HEYNE
BÜCHER

J. M. DILLARD

STAR TREK®
GENERATIONEN™

Roman zu dem gleichnamigen Film

Story von
Rick Berman & Ronald D. Moore
& Brannon Braga

Drehbuch von
Ronald D. Moore & Brannon Braga

Star Trek®
Classic Serie
Band 80

Deutsche Erstausgabe

WILHELM HEYNE VERLAG
MÜNCHEN

HEYNE SCIENCE FICTION & FANTASY
Band 06/5360

Titel der amerikanischen Originalausgabe
STAR TREK® GENERATIONS™
Deutsche Übersetzung von Andreas Brandhorst

2. Auflage

Redaktion: Rainer Michael Rahn

Erstausgabe by Pocket Books/Simon & Schuster, Inc., New York

Printed in Germany 1995
Umschlagbild: Pocket Books/Simon & Schuster, New York
Umschlaggestaltung: Atelier Ingrid Schütz, München
Technische Betreuung: M. Spinola
Satz: Schaber Satz- und Datentechnik, Wels
Druck und Bindung: Ebner Ulm

ISBN 3-453-09049-7

Für meine
bemerkenswerte Mutter

ERSTER TEIL

RAUMDOCK, ERDE
Jahr 2293
(alte terranische Zeitrechnung)

1

Im Quartier des Captains an Bord der *Enterprise*-A ertönte das nautische Zeitzeichen und unterbrach die Stille. Mit einer sorgfältig zusammengefalteten Uniform in den Händen verharrte James Kirk vor dem offenen Koffer, der auf dem schmalen Bett lag. Einige Sekunden lang wartete er und lauschte. Eine andere Uhr schlug – sie bestand aus dunklem, glänzendem Kirschbaumholz und gehörte eigentlich auf einen Kaminsims.

Neunzehn Uhr Bordzeit. Spock und McCoy würden bald eintreffen, um zusammen mit ihm ein Spießrutenlaufen ganz besonderer Art zu beginnen: Die Crew erwartete sie bei den vielen traditionellen Partys, die zum Abschluß einer langen Mission stattfanden.

Neunzehn Uhr. Das Geräusch unaufhaltsam verstreichender Zeit. Der Abend hatte bereits begonnen und strebte nun dem unvermeidlichen Ende entgegen.

Kirk legte die Uniform in den Koffer, trat dann an die Wand heran und betätigte dort eine kleine Schaltfläche. Ein Fach öffnete sich, und er holte einige flache Schachteln daraus hervor. In jeder von ihnen lag eine Medaille. Er nahm sich nicht die Zeit, sie zu betrachten, fügte sie statt dessen den anderen Dingen im Koffer hinzu. Erinnerungen regten sich in ihm … Was er jetzt erlebte, geschah nicht zum erstenmal. Schon des öfteren hatte er seine Sachen gepackt und die Kabine des Captains verlassen, ohne zu wissen, ob es eine Rückkehr für ihn gab.

Zum Beispiel damals, vor einem halben Leben. Als junger Mann kehrte er mit dem ersten Raumschiff namens *Enterprise* zur Erde zurück, nach dem Ende der ursprünglichen Fünf-Jahres-Mission. Ganz deutlich entsann er sich an seinen Zorn, als er herausfand, daß Nogura ihn befördern und dadurch zum Dienst in der Admiralität zwingen wollte. Jetzt gab es keinen Zorn, nur Enttäuschung. Und Trauer angesichts eines bitteren Verlustes. Diesem Empfinden gesellte sich ein Hauch von Stolz hinzu – Stolz darüber, daß es ihm bei jenem ersten Mal gelungen war, dem Oberhaupt von Starfleet höchstpersönlich die Stirn zu bieten und *sein* Schiff zurückzubekommen.

Diesmal fragte sich Kirk nicht, ob er sich jetzt zum letztenmal als Captain an Bord der *Enterprise* befand. Daran konnte überhaupt kein Zweifel bestehen. Das Schiff sollte außer Dienst gestellt werden, und in gewisser Weise galt das auch für die Senior-Offiziere: Spock, McCoy, Uhura – selbst Scotty, der sich lieber in den Ruhestand zurückzog, als ohne seine Gefährten bei Starfleet zu bleiben.

In diesem Fall gab es keine Tricks, um das Unausweichliche hinauszuschieben. Kirk hatte sie bereits alle angewandt und war müde nach den langen Jahren des Kampfes um sein Kommando. Geistesabwesend rieb er eine schmerzende Stelle am Rücken – dort hatte er sich während des Aufenthalts in der klingonischen Strafkolonie Rura Penthe verletzt. Es gab einen guten Grund dafür, warum er sich in diesem Zusammenhang nicht an McCoy wandte: Wenn er Leonards ärztliche Hilfe in Anspruch nahm, so gestand er damit, daß ihm die frühere Widerstandskraft fehlte, daß er allmählich alt wurde.

Er sah sich nach weiteren Gegenständen um, die einen Platz im Koffer verdienten, griff nach einem Holo-Bild und sah auf David hinab, seinen und Carols Sohn. Auch David war der Zeit zum Opfer gefallen – Klingonen hatten ihn vor einigen Jahren umgebracht. Fast behutsam stellte Kirk das Bild neben die Kaminuhr und ein Buch aus echtem Papier. Davids Holo war immer der erste persönliche Gegenstand, der sich der Standardeinrichtung eines Quartiers hinzugesellte, und es verließ die Kabine erst ganz zum Schluß. Es würde diesen Raum erst morgen früh verlassen, wenn Kirk ging.

Das Interkom summte, und Jim drehte sich zu schnell um – dadurch erwachte neuer Schmerz im Rücken. Er schnitt eine Grimasse und schaltete das Kommunikationsgerät ein. »Hier Kirk.«

Eine vertraute Stimme tönte aus dem Lautsprecher. »Hier Uhura, Captain. Ich ...«

»Sollten Sie nicht zu einer Party unterwegs sein, Commander?«

»Ja, Sir«, erwiderte Uhura, und Kirk stellte sich ihr Lächeln vor. »Aber ich habe noch einige Minuten Zeit und wollte sie auf der Brücke verbringen.«

»Verstehe«, murmelte Jim.

»Die Subraum-Interferenzen haben jetzt nachgelassen, Sir. Es ist mir gelungen, eine Verbindung zur Starbase Dreiundzwanzig herzustellen. Ich kann Ihnen sogar einen visuellen Kanal anbieten. Allerdings: Die Empfangsqualität ist nicht besonders gut.«

»Sie sind ein Schatz, Uhura.«

»Ich weiß, Sir.«

»Schalten Sie zu meinem Quartier um.« Kirk spürte, wie sein Herz schneller schlug, als er zum Schirm ging und ihn aktivierte. Zuerst zeigte das Projektionsfeld nur ein Streifenmuster, doch dann erschien das ein wenig verzerrte Gesicht von Carol Marcus. Im Hintergrund sah Jim ihr Krankenbett in der medizinischen Abteilung von Starbase 23. Er hatte sie dort besucht, bevor er und die *Enterprise*-A zu ihrer letzten Mission aufgebrochen waren – die Medien sprachen in diesem Zusammenhang vom ›Khitomer-Unternehmen‹. Carol hatte während eines Angriffs, hinter dem angeblich Klingonen steckten, schwere Verletzungen erlitten und war die ganze Zeit über bewußtlos gewesen. Jim entsann sich an seine Furcht, daß sie nie wieder erwachte...

Bei jener Gelegenheit hatte er sich folgendes geschworen: Wenn er noch einmal eine Chance bekam, mit ihr zu sprechen, so wollte er ihr sagen, daß er zurückkehrte, und zwar für immer. Der durch den Verlust der *Enterprise* verursachte Schmerz ließ nach, wenn er daran dachte, daß mit Carol alles in Ordnung war, daß sie auf ihn wartete.

»Carol?« Die Worte platzten regelrecht aus ihm heraus. »Dem Himmel sei Dank, Carol. Du ahnst gar nicht, wie sehr es mich erleichtert, dich wach zu sehen. Ich habe schon befürchtet...«

Die Frau sprach zur gleichen Zeit. »Jim. O Gott, Jim... Es hieß, die Klingonen hätten dir Gorkons Ermordung zur Last gelegt und dich zu einem schrecklichen Kerkerplaneten gebracht. Ich hatte solche Angst...«

Sie unterbrachen sich beide und lachten erleichtert. »Offenbar hast du überlebt«, sagte Carol schließlich. Die Empfangsqualität ließ tatsächlich zu wünschen übrig: Ein grünlicher Schimmer lag im Gesicht der Patientin, erinnerte Kirk an die Kleidung von Chirurgen. Er vermittelte einen Eindruck von Blässe und Schwäche. Andererseits: Carol saß im Sessel, und ein Datenblock ruhte in ihrem Schoß – sie hatte ganz offensichtlich gearbeitet.

Kirk lächelte. »Unkraut vergeht nicht. Wie geht's dir?«

»Die Ärzte meinen, daß ich in ein oder höchstens zwei Tagen entlassen werden kann. Ist wirklich alles in Ordnung mit dir?«

»Ja. Ich bin nur arbeitslos – ab morgen. Wir sind hier im Raumdock, Carol. Die *Enterprise* wird außer Dienst gestellt.« Er versuchte, unbekümmert zu klingen, schaffte es jedoch nicht, den Schwermut ganz aus seiner Stimme zu verbannen.

Das Lächeln wich von Carols Lippen, und sie schwieg einige Sekunden lang. »Es tut mir leid, Jim.«

»Nun, es ist keine Überraschung für mich.« Kirk zuckte mit den Schultern und verlieh seiner Stimme einen fröhlichen Tonfall. »Was machst du in ein oder zwei Tagen?«

Carols Miene erhellte sich wieder, und sie straffte die Schultern. Kirk glaubte, einen speziellen Glanz in ihren Augen zu erkennen: So funkelte es in ihren Pupillen, wenn sie von einer für sie sehr wichtigen Arbeit zu sprechen begann. »Ich möchte die Themis-Station wiederherrichten, Jim. Da die Klingonen inzwischen kein Problem mehr darstellen ...«

Er unterbrach sie. »Du wärst fast *gestorben,* Carol. Du solltest die Dinge ruhig angehen und dir nicht sofort ein Riesenprojekt vornehmen.«

»Das mußt gerade du sagen.« Die Frau schmunzelte. »Wie oft bist *du* fast ums Leben gekommen? Trotzdem hätte ich dich nicht einmal mit einem Traktorstrahl von der *Enterprise* fernhalten können ...«

»Nun, das hat sich inzwischen geändert.« Kirk versuchte, auch weiterhin locker zu klingen, sich nichts von seiner Anspannung anmerken zu lassen. »Ich habe jetzt viel Zeit. Und ich möchte sie mit dir verbringen.«

»Oh, gut. Ich freue mich immer, dich zu sehen, Jim. Allerdings: Themis dürfte wohl kaum ein Urlaubsort sein. Dort können wir nicht mehr als Trümmer erwarten ...«

»Vielleicht habe ich mich nicht klar genug ausgedrückt«, sagte Kirk in einem scherzhaften Ton. »Ich meine kein Wochenende auf Themis, sondern Flitterwochen.«

Carol lachte überrascht und schien zu erröten – aber vielleicht lag es auch nur am schlechten Empfang. »Jim ...«, erwiderte sie mahnend. Die unausgesprochene Frage lautete: *Willst du mich auf den Arm nehmen?*

»Ich meine es ernst. Willst du etwa behaupten, daß du nicht damit gerechnet hast?« Kirk hatte diese Angelegenheit für klar und abgemacht gehalten, versuchte nun vergeblich, sich an den genauen Wortlaut des Gesprächs zu erinnern, an die Vereinbarung, nach seiner Pensionierung zu heiraten.

»Ich habe tatsächlich nicht damit gerechnet.« Einmal mehr verblaßte Carols Lächeln, und ihre Züge brachten nun Besorgnis zum Ausdruck. »Jim ... Unsere gemeinsam verbrachte Zeit liegt mir sehr am Herzen, aber ... Wir haben nie über eine Ehe geredet.«

»Dann holen wir es jetzt nach. Ich liebe dich, Carol. Ich habe immer gedacht, daß wir zusammenbleiben, sobald ich mich in den Ruhestand zurückziehe. Daß wir dann unser Leben miteinander teilen. Du hast sogar darauf hingewiesen, daß die Marcus-Laboratorien jemanden wie mich gut gebrauchen könnten ...«

»Was die Laboratorien betrifft: Meine Güte, ich würde dich sofort einstellen, wenn du möchtest. Du hast ausgezeichnete Beziehungen, die dabei helfen könnten, neue Forschungsstationen einzurichten. Viele Reisen und Gelegenheiten, deine diplomatischen Fähigkeiten einzusetzen ... Aber ich könnte dir dabei keine Gesellschaft leisten.« Carol seufzte. »Ich liebe dich ebenfalls, Jim, aber du kannst gar nicht richtig seßhaft werden. Du wirst ruhelos bleiben und ständig nach Aufregungen Ausschau halten – bis du irgendwann stirbst. Wenn du nun vorschlägst, daß wir uns irgendwo ein hübsches Häuschen bauen und den Rest unserer Tage im trauten Heim verbringen sollen ... Es wäre für uns beide der Tod.«

»Ich verstehe«, entgegnete Kirk leise.

»Sei mir bitte nicht böse.«

»Nein, schon gut, du hast recht.« Der schlimmste Aspekt dieses Eingeständnisses bestand darin, daß es der Wahrheit entsprach. Tief in seinem Innern hatte er diese Szene bereits vorhergesehen und gewußt, was ihm bevorstand. Trotzdem empfand er so, als sei ihm gerade der Boden unter den Füßen weggezogen worden. »Ich bin dir nicht böse. Ich bin nur … müde. Und ich suche nach einem Ort, an dem ich ausruhen kann. Eine sehr anstrengende Mission liegt hinter uns.«

»Besuch mich. Dann können wir alles besprechen.«

Der Türmelder summte. Kirk warf einen Blick über die Schulter, sah dann wieder zum Schirm. »Ich muß jetzt Schluß machen. Die Tradition verlangt, daß ich mehrere Partys besuche.«

»Ich liebe dich, Jim.«

Er tastete nach dem Bildschirm, schien Carol auf diese Weise berühren oder sich an der Gegenwart festhalten zu wollen. Aber er spürte, daß beide von ihm fortglitten, daß er beides verlor – wie auch die *Enterprise.*

Dunkelheit ersetzte das Bild auf dem Projektionsfeld. Kirk drehte sich zur Tür um. »Herein.«

Spock betrat das Quartier, und er kam mit zwei Päckchen: ein kleines auf einem größeren, beide fein säuberlich in buntes Papier gewickelt. Der Vulkanier zögerte und wirkte ein wenig verlegen.

»Was ist das?« Gespielt überrascht deutete Kirk auf die Mitbringsel.

»Ein Geschenk für Sie, Sir.« Spock reichte ihm das größere Päckchen. »Vielleicht entspricht es nicht dem Brauch, aber … Es erscheint mir angemessen nach so vielen Jahren des gemeinsamen Dienstes.«

Kirk lächelte gerührt und nahm auf dem Bett Platz. Vorsichtig strich er das Papier beiseite, und im Innern der Schachtel entdeckte er … einen Gegenstand aus Messing und Holz: einen Sextanten. Vor Jahrhunderten hatten Seeleute solche Instrumente für die Navigation benutzt.

»Damit ich den richtigen Weg finde?« Kirk strich mit den Fingerkuppen über den Gegenstand. »Danke, Spock. Das ist ein wundervolles Geschenk …«

Erneut summte der Melder. »Herein«, sagte Jim, und McCoy trat durch die Tür.

Der Arzt gab sich heiter, als er zwei staubige Flaschen zeigte, doch Kirk blieb skeptisch – Leonards Grinsen erschien ihm irgendwie aufgesetzt und falsch. Purpurne Schatten hatten sich unter McCoys blauen Augen gebildet, und er wirkte fast ausgezehrt. Die Zeit auf Rura Penthe war auch für ihn eine große Belastung gewesen.

Er ist alt geworden, dachte Kirk. *Ebenso wie ich.*

»Nun …«, begann McCoy, und sein Grinsen schien dabei noch breiter zu werden. »Offenbar ist mir der Vulkanier zuvorgekommen. Auch ich habe Geschenke mitgebracht.«

»*Zwei* Flaschen? Hoffentlich sind beide für mich.« Kirk richtete den Blick auf sie und wünschte sich seine Brille herbei.

»Von wegen.« Leonard hob die eine und pustete – Kirk wedelte die Staubwolke beiseite. »Dies ist die älteste und somit für dich.«

Jim nahm die Flasche entgegen und sah aufs Etikett.

»Vor langer Zeit«, intonierte McCoy. Seine Stimme vibrierte dabei – oder bildete sich das Kirk nur ein? »Und diese hier …«

Er blies aufs Etikett der zweiten Flasche, bevor er sie Spock reichte.

»Das ist Alkohol, Doktor«, stellte der Vulkanier fest und klang dabei ein wenig überrascht.

»Guter alter saurianischer Brandy, um ganz genau zu sein«, erläuterte McCoy zufrieden. »Trinken Sie gelegentlich ein Tröpfchen. Denken Sie dabei an mich und auch daran, wie wichtig es ist, ab und zu aufzutauen und aus sich herauszugehen.«

»Einverstanden«, erwiderte Spock. »Falls Sie bereit sind, sich die Bedeutung von Logik zu vergegenwärtigen, wenn Sie dies sehen.« Er reichte McCoy das kleinere Päckchen.

Der Arzt wickelte es aus, und zum Vorschein kam ein handtellergroßes, glänzendes Metallobjekt, das komplexe geometrische Muster aufwies. »Sieht toll aus, Spock. Aber … was *ist* es?«

»Ein vulkanisches Mandala. Man meditiert damit, um dem Selbst Frieden zu bringen und es von emotionalem Ballast zu befreien. Dadurch bereitet man sich auf den Empfang von Logik vor.«

»Oh, danke.« McCoy schob den Gegenstand in die Tasche. »Ich verspreche Ihnen, immer dann einen Blick auf das Ding zu werfen, wenn mir der Sinn nach ein wenig Logik steht. Immerhin muß ich von jetzt an auf Sie und Ihre Rationalität verzichten …«

»Meine Herren …« Kirk stand auf und ging zum Tisch. »Ich bin nicht besonders gut, wenn's darum geht, Geschenke einzuwickeln, aber … Das hier ist für Sie.« Er reichte dem Vulkanier das Buch aus Papier.

Spock betrachtete es, und der Schatten eines Lächelns huschte ihm über die Lippen. »*Horatio Hornblower*. Vielen Dank, Captain.«

»Damit Sie sich an mich erinnern«, sagte Jim.

McCoy wölbte eine Braue. »Glaubst du nicht, *Don Juan* wäre den Umständen besser gerecht geworden?«

»Hüte deine Zunge, Pille – sonst behalte ich dein Geschenk.« Kirk deutete auf die Uhr aus Kirschbaumholz. »Es widerstrebt mir ohnehin, ein solches Prachtstück wegzugeben.« Er öffnete die gläserne Klappe vor dem Zifferblatt und schob den Minutenzeiger auf die 12 zurück. Daraufhin schlug die Uhr wieder und ließ eine sanfte Melodie erklingen.

McCoy lauschte hingerissen.

»Zum Gedenken an die gute alte Zeit.« Kirk lächelte.

»Jim … Sie ist wundervoll. Noch nie zuvor hat mir jemand ein so schönes Geschenk gemacht – mit Ausnahme meiner Enkel.« Der Arzt musterte die beiden anderen Männer und wurde plötzlich ernst. »Ich kann mir gar nicht vorstellen, wie das Leben ohne euch beide sein soll. Ist jetzt wirklich Schluß? Nach all den Jahren …«

»Werd nicht sentimental, Pille«, sagte Kirk fest. Sie hatten einen langen Abend vor sich, und bestimmt fragte man ihn hundertmal, was er ohne die *Enterprise* anstellen wollte. Jedesmal mußte er eine würdevolle Antwort geben. Er konnte es sich einfach nicht leisten, schon jetzt deprimiert zu sein. »Red nicht so, als sähen wir uns nie wieder.«

»Na schön. Wann *sehen* wir uns wieder?«

»Wie wär's mit morgen? Ich plane einen Abstecher zu den Yosemite-Fällen. Vielleicht habt ihr Lust, mich zu begleiten …«

»Geht leider nicht«, erwiderte McCoy bedrückt. »Ich komme bei Joanna und ihrer Familie unter. Wir wollen später zu einer Forschungsreise durch den B'renga-Sektor aufbrechen. Und Spock fliegt heim …«

»Heim?« Kirk sah den Ersten Offizier an.

Der Vulkanier nickte. »Ich ziehe derzeit die Möglichkeit in Erwägung, zusammen mit Botschafter Sarek diplomatische Arbeit zu leisten. Morgen fliege ich nach Vulkan. Es tut mir leid – ich sehe mich außerstande, Sie zu den Yosemite-Fällen zu begleiten.«

»Verstehe«, sagte Jim leise. Zum erstenmal begriff er, daß es nicht nur darum ging, einige Monate Landurlaub getrennt voneinander zu verbringen. Dies war der Abschied von seinen beiden besten Freunden, vielleicht für immer.

Von einem Augenblick zum anderen fühlte er sich einsam und verlassen. Gleichzeitig zitterte eine Art Vorahnung in ihm. Vor dem inneren Auge sah er eine mehrere Jahre zurückliegende Szene: Zusammen mit Spock und McCoy saß er vor einem Lagerfeuer im Yosemite-Park und musterte seine Freunde, in deren Gesichtern sich der Schein orangefarbener Flammen widerspiegelte.

Er hatte versucht, El Capitan zu erklettern, den

schwierigsten Berg weit und breit. Das Ergebnis: Er stürzte ab. Spock war rechtzeitig zur Stelle, um ihn aufzufangen. McCoy hatte sich mächtig über die Risikobereitschaft des Captains aufgeregt und ihn gefragt, ob es seine Absicht gewesen sei, Selbstmord zu begehen.

Kirk entsann sich an seine Antwort. *Es ist komisch. Selbst als ich in die Tiefe stürzte … Ich wußte ganz genau, daß ich nicht sterben würde – weil ihr beide bei mir wart. Ich habe nie daran gezweifelt, allein zu sterben.*

Doch in Zukunft durfte er nicht mehr davon ausgehen, daß Spock zugegen war, um ihn aufzufangen, und daß ihm McCoy eine Predigt hielt. Er verlor jetzt alles, das wirklich etwas für ihn bedeutete: Carol, Spock, Pille, die *Enterprise*. Diese Erkenntnis verwandelte sich nun von einem Keim zu einer reifen Frucht.

Kirk schauderte unwillkürlich. *Jemand wandelt auf meinem Grab …*

Wenige Sekunden später rief er sich zur Ordnung, vertrieb das Selbstmitleid aus dem Zentrum seines Ichs und rang sich ein Lächeln ab. »Nun, *irgendwann* sehen wir uns wieder.« Er stand auf. »Meine Herren … Danke für die Geschenke. Ich schätze, es wird jetzt Zeit für die Partys.«

»Der letzte Partyabend an Bord.« McCoy holte tief Luft und sah seine beiden Freunde an. »Sind wir dafür bereit?«

»Nein, das sind wir nicht«, antwortete Jim ehrlich. »Aber wir sollten trotzdem gehen.«

2

Ein Jahr später stand Pavel Chekov, Starfleet-Commander, im endlosen Meer eines Weizenfeldes und sah zum wolkenlosen Himmel empor. Schon seit einer ganzen Weile stand er hier und wartete – lange genug, um zu schwitzen und den Sonnenschein als unangenehm grell zu empfinden. Sicher auch lange genug, um in Hinsicht auf den Grund fürs Warten sehr nachdenklich zu werden.

Der eine Ozean blau, der andere goldgelb, der eine oben, der andere unten... Dadurch entstand der Eindruck von Unendlichkeit. Chekov fühlte hier jene Mischung aus Freiheit und Trennung vom Rest des Universums, die er während des vergangenen Jahres – seit dem Abschied von der *Enterprise* – häufig empfunden hatte. Als Starfleet-Offizier mußte er bereit sein, sich Veränderungen anzupassen, doch in diesem Fall erwies es sich als besonders schwer. Noch vor einigen Monaten war er entschlossen gewesen, Kontakte mit seinen früheren Kollegen zu meiden. Der Grund: eine schlechte Erfahrung. Er hatte sich mit Irina Galliulin in Verbindung gesetzt, jener Frau, die er seit seiner Akademiezeit liebte und mit der er den Rest seines Lebens verbringen wollte. Doch er mußte erfahren, daß sie bald jemand anders heiratete.

Deshalb kaufte er eine kleine Datscha außerhalb von Moskau – um dort seine freie Zeit zu verbringen, meistens allein. Schließlich gelang es ihm, die Enttäuschung zu überwinden, und daraufhin sehnte er sich nach den alten Freunden zurück. Als ihn Starfleet einlud, an der Schiffstaufe für die neue *Enterprise*-B teilzunehmen, zögerte er nicht, die gute Gelegenheit zu nutzen.

Er stand nun neben Montgomery Scott, der ebenfalls zum Himmel emporsah und die Stirn runzelte. Er genoß Scotts Gesellschaft – unter anderem deswegen, weil der ehemalige Chefingenieur des Raumschiffs *Enterprise* offensichtlichen Gefallen an seiner Pensionierung fand. Er lebte nun in Schottland, bei der Familie seiner Schwester, spielte dort die Rolle des liebevollen Onkels und schrieb Artikel für technische Fachzeitschriften. Darüber hinaus hatte er Chekov voller Stolz mitgeteilt, daß Starfleet seine Dienste als Berater beim Entwurf neuer Schiffe nutzte. Wie dem auch sei: Trotz der familiären Pflichten und seiner Tätigkeit für die Flotte fand Scott genug Zeit, um sich mit den alten Freunden zu treffen. Er wirkte gesünder denn je. Die Wangen des sonnengebräunten Gesichts wiesen einen rötlichen Ton auf, der nicht von Scotch kündete, sondern auf Zufriedenheit hinwies. Er war noch immer sehr kräftig gebaut, schien jedoch etwas schlanker zu sein als früher.

Chekov beneidete ihn. Vielleicht gelang es auch ihm irgendwann, einen Platz für sich zu finden. Doch derzeit identifizierte er sich mehr mit dem Captain – mit Jim, berichtigte er sich. Es fiel ihm noch immer sehr schwer, nach so langer Zeit den Rang einfach zu vergessen. Aus den gleichen Gründen erschien es ihm seltsam, von Scott *Pavel* genannt zu werden. Ganz offensichtlich brodelten in Kirk jene Unruhe und Enttäuschung, die Chekov praktisch jeden Tag spürte. Er hatte es in den Augen des Captains – in *Jims* Augen – gesehen.

Die Gedanken des Russen kehrten ins Hier und Heute zurück, als er einen kleinen Fleck im Blau entdeckte. Er hob den Arm und deutete in die entsprechende Richtung.

»Da ist er«, wandte er sich aufgeregt an seinen Begleiter. »Im Süden!«

Mit der rechten Hand schirmte sich Scott die Augen

ab, hielt einige Sekunden lang Ausschau und schnalzte dann mit der Zunge. »Sind Sie blind? Das ist ein Vogel.«

Chekov wollte widersprechen, doch dann sah er die Flügel. Die Aufregung in ihm verflüchtigte sich jäh.

»Ein Transfer durch den berüchtigten Kristallenen Graben«, fuhr Scott im gleichen brummigen Tonfall fort. »Sich mit einem Floß auf Lavaströmen treiben lassen ... ein Sturz aus der Umlaufbahn ... Der Kerl scheint eine Art galaktischen Zehnkampf zu veranstalten.«

Falten bildeten sich in Chekovs Stirn, als er die Mißbilligung in der Stimme des ehemaligen Chefingenieurs hörte. Gegen das Orbitalspringen konnte man wohl kaum Einwände erheben. Er spielte mit dem Gedanken, es selbst einmal auszuprobieren – sobald er gesehen hatte, wie Kirk damit zurechtkam. Pavel wollte protestieren, den Captain in Schutz nehmen. Scott führte ein erfülltes Familienleben; vielleicht wußte er gar nicht, wie es war, ohne Halt zu sein, sich ständig nach dem Abenteuerlichen zu sehnen.

Doch bevor Chekov derartige Worte an den Schotten richten konnte, ertönte ein lauter Knall, dem unmittelbar darauf ein zweiter folgte. »Das dürfte er sein«, sagte er. »Ich schätze, er hat gerade die Schallmauer durchbrochen.«

Wieder sahen sie zum Himmel hoch. Zunächst glaubte Chekov fast, daß er sich erneut getäuscht hatte, doch dann sah er im Westen einen Punkt, der schnell größer wurde. Diesmal entpuppte er sich nicht als Vogel, sondern als ein Mann, der an einem Fallschirm hing.

Er landete nicht besonders elegant im Kornfeld. Chekov und Scott eilten zu ihm.

Kirk setzte sich auf, nahm den Helm ab und grinste wie ein Junge. »Ins Schwarze getroffen! Ich bin über der arabischen Halbinsel abgesprungen und lande hier, genau am Ziel!« Er stand auf und lehnte es ab, sich dabei helfen zu lassen. Dem Umstand, daß sein Schutzanzug noch immer dampfte, schenkte er keine Beachtung.

»Eigentlich befindet sich das Ziel dort drüben, Captain – fünfunddreißig Meter entfernt.« Chekov deutete nach Westen.

Kirk verzog die Lippen zu einem schiefen Lächeln. Den gleichen Gesichtsausdruck hatte Chekov häufig auf der Brücke beobachtet, wenn Spock zwar präzisen, aber unerwünschten Rat anbot.

»Danke für den Hinweis«, erwiderte der Captain. Er wollte den Anzug abstreifen, bückte sich – und stöhnte plötzlich.

Scott schüttelte mit neuerlicher Mißbilligung den Kopf. »Ich habe Sie davor gewarnt, den Rücken einfach zu ignorieren. Sie sollten sich von einem Arzt untersuchen lassen.«

Kirk runzelte skeptisch die Stirn und löste die Verschlüsse des Sicherheitsharnischs. Er sah Chekov an, von dem er wußte, daß er sich weitaus mehr als Scott für Tollkühnes begeisterte. »Für morgen habe ich einen triellíptischen Sprung geplant. Er beginnt über Nordchina, und man saust dreimal um die Erde, bevor der Wiedereintritt in die Atmosphäre beginnt ...«

Chekov war tatsächlich daran interessiert, Einzelheiten über trielliptische Orbitalsprünge zu erfahren – und vielleicht selbst einmal einen zu versuchen. Andererseits: Er befürchtete plötzlich, daß Kirk an Gedächtnisschwund litt, und allein diese Vorstellung genügte, um ihn mit tiefer Verlegenheit zu erfüllen.

»Captain ... Vielleicht haben Sie vergessen, daß morgen die Schiffstaufe stattfindet.«

Ärger huschte über Kirks Miene, und hinzu kam so etwas wie trotzige Entschlossenheit. »Ich nehme nicht daran teil.« Er zögerte und zerrte einmal mehr an den Verschlüssen des Schutzanzugs. »Helfen Sie mir bitte, Scotty.«

Scott kam der Aufforderung nach, doch ein Schatten verdunkelte seine Züge. »Sie wollen nicht daran teilnehmen? Wir haben es versprochen!«

»Als ich mich in den Ruhestand zurückzog, habe ich geschworen, nie wieder ein Starfleet-Schiff zu betreten. An dem Eid halte ich nun fest.«

»Captain …«, sagte Chekov und lächelte dünn. Sein Tonfall verkündete folgende Botschaft: *Wir wissen, daß Sie es nicht ernst meinen, Sir.* Einmal mehr fragte er sich nach dem Grund für Kirks erstaunlichen Starrsinn. Lag es vielleicht daran, daß Spock und McCoy nicht bei der Zeremonie zugegen sein würden? Das galt auch für Uhura, die in irgendeinem fernen Winkel der Galaxis Urlaub machte; sie wollte erst später zur Erde zurückkehren, um dann an der Akademie zu unterrichten. Und es galt auch für Sulu, den Kommandanten der *Excelsior*.

»Ich will nichts mehr davon hören«, entgegnete Kirk. »Und damit hat es sich.«

Ja, Sir! hätte Chekov fast geantwortet. Er und Scott wechselten einen wissenden Blick. Sie hatten den Hauch von Unsicherheit in der Stimme des Captains gehört und zweifelten kaum daran, daß es sich Kirk bis zum nächsten Morgen anders überlegte.

Kurz bevor sich die Tür des Turbolifts öffnete, holte Jim Kirk tief Luft und sammelte innere Kraft. Ein Jahr war vergangen, seit er sich – damals noch als Captain der *Enterprise* – vorgenommen hatte, nie wieder an Bord eines Starfleet-Schiffes zu gehen. Der Grund dafür: die schmerzliche Erkenntnis, daß ihm der Kommandosessel von nun an verwehrt blieb. Am vergangenen Tag hatte er Chekov und Scott gegenüber erklärt, an jener Absicht festhalten zu wollen, doch schließlich gab er doch der Pflicht und dem Verantwortungsbewußtsein nach. Auch eine gehörige Portion Neugier fehlte nicht: Er wollte einen unmittelbaren

Eindruck von der *Enterprise*-B gewinnen. Und deshalb begleitete er seine beiden Freunde zur Zeremonie der Schiffstaufe.

Aber schon beim Eintreffen im Raumdock entstand das seltsame Gefühl in ihm, daß es ein Fehler gewesen war, diesen Ort aufzusuchen. Irgend etwas schien *falsch* zu sein. Ließ sich dieser sonderbare Eindruck auf die Bürde der Vergangenheit und sein gegenwärtiges Leben zurückführen, dem es an Sinn und Inhalt mangelte? Oder hieß der Grund schlicht und einfach Enttäuschung? Immerhin fehlten seine beiden besten Freunde: Spock und Pille McCoy. Spock mußte sich im Auftrag seines Heimatplaneten um eine diplomatische Mission kümmern. Er hatte eine knappe, elegant formulierte Mitteilung geschickt, in der er auf die Verdienste der früheren *Enterprise*-Crew hinwies und der Besatzung des neuen Schiffes Erfolg wünschte. Was McCoy betraf... Seine Familie und er weilten ausgerechnet auf Vulkan. Leonard besuchte dort eine Feier zu Ehren seiner Enkelin, die ihr Studium an der vulkanischen Akademie der Wissenschaften beendete. Auch von ihm lag eine Kom-Nachricht vor, in der er Starfleet gratulierte. Eine zweite, private Botschaft hatte er an Kirk adressiert: *Ich vermisse dich, alter Freund. Bin im Geiste bei dir ...*

Jims Unbehagen begann mit einer unruhigen, von wirren Träumen heimgesuchten Nacht. Als er nun zur Lifttür blickte, als er einen kaum sichtbaren Spalt betrachtete, der gleich in die Breite wachsen würde... Dabei entstanden Bilder vor seinem inneren Auge – Bilder aus den Träumen, die Erinnerungen mit Imagination vereinten.

Das Yosemite-Tal in Kalifornien. El Capitan. Klettern. Kühler Fels unter den Fingern. Würzige, terranische Luft. Vorbeifliegende Habichte. Und Spock, der im wahrsten Sinne des Wortes aus heiterem Himmel erschien, ihn ablenkte. Und dann...

Der Sturz in die Tiefe. Er fiel so schnell, daß die Luft aus seinen Lungen entwich. Schwindel erfaßte ihn, während er versuchte, sich irgendwo festzuhalten ...

Szenenwechsel. Er saß mit Spock und Pille am Lagerfeuer. Er erklärte ihnen, warum er sich nicht gefürchtet hatte.

Selbst als ich fiel ... Ich wußte ganz genau, daß ich nicht sterben würde – weil ihr beide bei mir wart ...

Szenenwechsel. An Bord der *Enterprise*-A. Im Quartier des Kommandanten. Der letzte Abend. *Ich kehre nach Vulkan zurück, Captain,* sagte Spock.

Szenenwechsel. Und wieder fiel er, diesmal durch die Unendlichkeit. Hoch über der arabischen Halbinsel stürzte er aus der Umlaufbahn und hörte das Pfeifen einer allmählich dichter werdenden Atmosphäre. Gleichzeitig sah er die glatten Felswände von El Capitan und wartete darauf, daß Spock ihn fing ...

Aber Spock war fort, ebenso wie McCoy. Niemand begleitete Jim. Zum erstenmal in seinem Leben fühlte er sich allein, völlig allein, und Schrecken erfaßte ihn, während er Leonards leise Stimme hörte.

Ich vermisse dich, alter Freund ...

Und dann eine Frage, die Pille an Spock gerichtet hatte, an Bord eines klingonischen Schiffes, kurz nach Spocks Rückkehr aus dem Jenseits: *Wie fühlt es sich an, tot gewesen zu sein?*

Eigentlich lächerlich, sich von Träumen beunruhigen zu lassen. Kirk schüttelte kurz den Kopf und verdrängte jene Gedanken. Selbstmitleid war sinnlos. Auch wenn es ihm falsch erschien, daß Spock und McCoy fehlten – er sollte dankbar sein für die Präsenz von zwei anderen Freunden namens Scott und Chekov. Jim musterte sie kurz. Chekovs Miene verriet eine Beklommenheit, die sich mit seinem eigenen Unbehagen vergleichen ließ. In Scotts Gesicht hingegen zeigte sich vor allem Neugier in Hinsicht auf das neue Konstruktionsmuster des Turbolifts.

Kirk versuchte nach wie vor, die Träume der vergangenen Nacht zu vergessen, aber trotzdem spürte er, wie die Unruhe in ihm zunahm. Bei dieser Sache gab es nur einen angenehmen Aspekt: Sie bot ihm Gelegenheit, wieder seine Uniform zu tragen.

Die beiden Hälften der Lifttür schoben sich auseinander, und helles Licht flutete Kirk entgegen. Lauter Applaus erklang. Er blinzelte, bemerkte eine Holo-Kamera mit Scheinwerfer, außerdem einen Schwarm Journalisten mit gezückten Datenblöcken sowie die Brückenoffiziere. Er lächelte schief und merkte, wie sich Scott und Chekov neben ihm versteiften.

»Captain Kirk!« rief einer der Reporter. »Wie fühlt es sich an, wieder im Kontrollraum der *Enterprise* zu sein?«

Jim verstand nur diese eine Frage in dem jähen akustischen Durcheinander:

Captain, haben Sie einen Augenblick Zeit für …

Captain Scott, was halten Sie von …

Commander Chekov, wie gefällt Ihnen die neue Enterprise? *Bedauern Sie es nun …*

Eine uniformierte Gestalt trat durch die Menge und ins Licht des Scheinwerfers. Kirk mußte nicht extra einen Blick auf die Rangabzeichen werfen, um zu erkennen, wer sich ihm näherte. Seine Autorität schuf eine gewisse Aura, ein Selbstbewußtsein, das in jeder einzelnen Bewegung Niederschlag fand und ihn sofort als Captain dieses Schiffes identifizierte.

Eine eigentümliche Anspannung entstand und dehnte sich aus. *Meine Güte, bin ich damals ebenso nervös gewesen?* dachte Kirk.

»Entschuldigen Sie«, sagte der Mann zu den Journalisten, als er an ihnen vorbeiging. »Für Fragen gibt es später Gelegenheit.«

Sofort schwiegen die Reporter und wichen zurück. Die einzige Ausnahme bildete der Kameramann. Er schob sich ein wenig zur Seite, um sich in eine bessere

Aufnahmeposition zu bringen, und dadurch strahlte das Licht direkt in Kirks Augen. Jim trachtete danach, sich seine Verärgerung nicht anmerken zu lassen. Sein Blick glitt zu dem hageren jungen Offizier, der nun vor ihm stehenblieb.

»Ich bin Captain John Harriman.« Der neue Kommandant des Raumschiffs *Enterprise* nickte den drei Besuchern einen Gruß zu. »Hiermit heiße ich Sie an Bord willkommen.«

»Danke.« Zwar fühlte sich Kirk noch immer nicht ganz wohl, aber diesmal war sein Lächeln aufrichtiger Natur. Harriman erweckte den Eindruck, viel zu jung und unerfahren zu sein, um den Befehl über ein solches Schiff zu führen – und so mußte auch ein gewisser James T. Kirk gewirkt haben, als er damals das Kommando über die erste *Enterprise* antrat. Es gelang Harriman zwar, seine Nervosität zu verbergen, doch die Ehrfurcht den drei älteren Offizieren gegenüber sah man ihm deutlich an.

»Wir freuen uns sehr, daß einige lebende Legenden an unserem Jungfernflug teilnehmen«, sagte Harriman. »Ich habe schon von Ihren Missionen gehört, als ich noch die Grundschule besuchte.«

Scott und Chekov hielten unwillkürlich den Atem an. In Harrimans Miene zeichnete sich Verlegenheit ab, als er seinen Fauxpas bemerkte. Er schien fast in Panik zu geraten, und Kirk schmunzelte amüsiert.

»Dürfen wir uns umsehen?« fragte er.

»Natürlich.« Harriman vollführte eine Geste, die der ganzen Brücke galt. Die Erleichterung darüber, daß Kirk seinen verbalen Schnitzer ignorierte, war ihm deutlich anzusehen. »Wenn ich bitten darf …«

»Demora!« Chekov strahlte plötzlich, als er im Hintergrund ein vertrautes Gesicht sah. Er eilte fort, als Harriman, Kirk und Scott durch den Kontrollraum schritten.

»Das ist der neue Befehlsstand«, sagte der Captain,

obgleich eine solche Erklärung überhaupt nicht nötig war. Stolz klopfte er auf eine Armlehne. »Wenn Sie sich das Kom-Display ansehen, so werden Sie einige wichtige Veränderungen gegenüber der *Enterprise*-A feststellen …«

Auf diese Weise begann ein längerer Vortrag. Scott hörte wie hingerissen zu, doch Kirks Interesse erlahmte rasch. Harriman und der ehemalige Chefingenieur setzten den Weg zur Navigationsstation fort, doch Jim verharrte am Kommandosessel und berührte voller Neid die Rückenlehne.

Es fühlte sich falsch an, daß jemand anders hier sitzen sollte, daß Spock und Pille nicht neben diesem Sessel standen. Das Unbehagen in ihm verdichtete sich, und einmal mehr erwachten in ihm die Erinnerungen an den letzten Abend im Quartier des Captains. Spock und McCoy, die ihm mitteilten, daß sie nun getrennte Wege gingen. Seine Schwermut …

Selbst als ich fiel … Ich wußte ganz genau, daß ich nicht sterben würde – weil ihr beide bei mir wart …

Jim rief sich selbst zur Ordnung. *Hör auf damit!* Er wurde sentimental und gab sich Selbstmitleid hin. Damit einher ging ein anderes, gespenstisches Empfinden: dunkle Vorahnungen, die auf Träumen basierten …

»Captain …«, sagte jemand.

Er hob den Kopf, sah eine Journalistin mit einem Datenblock.

»Dies ist seit dreißig Jahren das erste *Raumschiff Enterprise* ohne einen Captain namens James T. Kirk«, sagte sie in einem forsch-fröhlichen Tonfall. »Was halten Sie davon?«

Was soll ich schon davon halten? fuhr es Kirk durch den Sinn. Am liebsten hätte er diesen Gedanken laut ausgesprochen und hinzugefügt: *Dieses Schiff war mein Leben. Es hat* alles *für mich bedeutet. Und jetzt …*

Er holte tief Luft und riß sich zusammen. »Nun, es

freut mich, hier zu sein und die *Enterprise* wieder ins All zu schicken.«

Jim versuchte, an der Reporterin vorbeizutreten, zu Harriman und Scott aufzuschließen. Doch sie versperrte ihm den Weg.

»Womit sind Sie beschäftigt gewesen, seit Sie sich in den Ruhestand zurückgezogen haben?«

»Mit … vielen Dingen.« Kirk bemühte sich, Harrimans Blick einzufangen, aber die Aufmerksamkeit des jungen Kommandanten galt in erster Linie dem Gespräch mit Scott.

»Entschuldigen Sie bitte, Captain!« rief Chekov mit genug Kommando-Autorität, um die Journalistin zurückweichen zu lassen.

Kirk nickte ihm dankbar zu.

Pavel lächelte wissend und deutete dann mit offensichtlichem Stolz auf den jungen Offizier an seiner Seite: eine terranische Frau mit seltsam vertraut wirkenden asiatischen Zügen und schulterlangem schwarzem Haar. »Ich möchte Ihnen den Steuermann der *Enterprise*-B vorstellen.«

Eine Frage lag auf Kirks Zunge: *Kennen wir uns?* Doch bevor er diese Worte laut aussprechen konnte, fügte Chekov hinzu:

»Fähnrich Demora Sulu – Captain James Kirk.«

Jim war so überrascht, daß er die junge Frau ein oder zwei Sekunden lang groß anstarrte.

Mit typischem Sulu-Selbstvertrauen reichte sie ihm die Hand. »Es ist mir eine Ehre, Sie kennenzulernen, Sir. Mein Vater hat mir einige« – in den dunklen Augen glänzte es humorvoll – »interessante Geschichten über Sie erzählt.«

Kirk fand schließlich die Sprache wieder. »Ihr Vater? Hikaru Sulu ist Ihr *Vater*?« Er wußte natürlich, daß Sulu eine Tochter hatte: ein *kleines Mädchen,* das bestimmt nicht alt genug sein konnte, um die Starfleet-Akademie zu besuchen – geschweige denn, um die

Navigationskontrollen eines Raumschiffs zu bedienen. Chekov war Demoras Pate, was sein onkelhaftes Verhalten ihr gegenüber erklärte.

»Ja, Sir«, bestätigte die junge Frau stolz.

Chekov beugte sich vor. »Sie sind ihr schon einmal begegnet, aber damals war sie etwa so groß...« Er hielt die Hand in Hüfthöhe.

Kirk schüttelte ungläubig den Kopf. Die Sache ergab durchaus einen gewissen Sinn: runde Wangen unter glänzenden Augen; das gutmütige Wesen. Eigentlich konnte diese Dame nur Hikarus Tochter sein. »Ja, ja, ich erinnere mich. Du hast... äh... Sie haben davon gesprochen, ebenfalls einmal Raumschiffe durchs All steuern zu wollen, so wie Ihr Vater. Aber das liegt doch noch gar nicht so lange zurück. Es können nicht mehr als...«

»Zwölf Jahre, Sir«, sagte Chekov.

»Oh. Nun...« Kirk zögerte. Eins mußte man Demora lassen: Sie zeigte jetzt weder Erheiterung noch Ärger, beschränkte sich darauf, respektvoll zu warten. Jim rechnete und seufzte schließlich. »Herzlichen Glückwunsch.« Er untermalte diese Worte mit einem Lächeln. »Die *Enterprise* braucht einen Steuermann namens Sulu.«

»Danke, Sir.« Demoras Stimme bewies, daß sie die Offenheit und Würde ihres Vaters teilte. »Wenn Sie mich jetzt bitte entschuldigen würden...« Sie wandte sich an Chekov. »Ich möchte dir das neue System der Andruckabsorption zeigen...«

Kirk rechnete fast damit, daß dieser Bemerkung ein *Onkel Pavel* folgte.

Chekov und Demora gingen fort. Jim sah ihnen nach, und Trauer senkte sich schwer auf ihn herab, als er an seinen Sohn David und Carol dachte, an verlorene Gelegenheiten. Das von Davids Tod hervorgerufene Gefühl des Verlustes hatte im Lauf der Zeit nicht etwa nachgelassen, sondern eine immer stärkere Ausprägung gewonnen. Sein eigenes Ende rückte nun näher, und dadurch schien er die ungenutzten Chancen im Leben deutlicher zu erkennen. Wenn ihm von Anfang an bekannt gewesen wäre, daß er einen Sohn hatte… Dann sähe jetzt vielleicht alles ganz anders aus. Dann hätte er – vielleicht – andere Entscheidungen getroffen, die es seinem Sohn ermöglichten, zu leben und alt zu werden…

In einem solchen Fall könnte er jetzt vielleicht mit ihnen beiden zusammensein, anstatt zu versuchen, der eigenen Einsamkeit zu entfliehen – während Carol ihren Kummer unter Arbeit begrub. Im vergangenen Jahr hatte er sie nur zweimal gesehen, und jedesmal war sie ganz auf den Wiederaufbau der Themis-Station konzentriert gewesen. Möglicherweise erging es ihr ähnlich wie ihm. Vielleicht hatte auch bei ihr die Trauer zugenommen, anstatt nachzulassen. Vielleicht erinnerte er, Jim, sie zu sehr an den getöteten Sohn – auf die gleiche Weise, wie Demora ihn nun an Sulu erinnerte.

Scotty näherte sich und grinste breit.

»Ein verdammt gutes Schiff, wenn Sie mich fragen«, sagte er mit Nachdruck. »Was gäbe ich für eine Tour durch die technische Sektion…«

Kirk brummte unverbindlich und sah zu Demora, die nun wieder ihren Platz am ›Ruder‹ einnahm. »Ich bin baff, Scotty…«

»Weshalb?« fragte der Schotte und grinste noch immer.

»Wann hat Sulu die Zeit gefunden, eine Familie zu gründen?«

Scotty folgte Jims Blick zu Demora und gab ein leises *Ah* von sich. »Sulu hat Starfleet einen guten Offizier gegeben, nicht wahr?«

»Sie scheint eine tüchtige junge Frau zu sein.«

»Ja, das ist sie.« Scotts Blick kehrte zu Kirk zurück. »Wie heißt es so schön? Es gibt immer Zeit genug. Man muß nur entscheiden, wofür man sie verwendet.«

Jim nickte geistesabwesend. Einige Sekunden lang schwiegen die beiden Männer, und dann murmelte Scotty in einem wissenden Tonfall: »*Das* ist also der Grund, warum Sie wie ein abenteuerlustiger Achtzehnjähriger die Galaxis durchstreifen. Der Ruhestand hat Ihnen Einsamkeit beschert, wie?«

In Kirks Augen blitzte es kurz. »Angesichts eines solchen Taktgefühls bin ich froh, daß Sie Chefingenieur und kein Psychiater geworden sind.«

Harriman wirkte noch immer angespannt, als er zu Scott und Kirk trat. Seine übertriebene Förmlichkeit deutete darauf hin, daß er sich im Erfassungsfokus der Kamera wußte. »Bitte entschuldigen Sie, meine Herren. Wenn Sie jetzt bitte Platz nehmen würden ...«

»Oh, natürlich.« Kirk straffte die Gestalt und reaktivierte das für die Medien bestimmte Lächeln. Scott folgte seinem Beispiel und ging zusammen mit Jim zu den drei Sesseln, die man der Brückeneinrichtung für diesen besonderen Anlaß hinzugefügt hatte.

Als Harriman zum Befehlsstand ging und sich die übrigen Brückenoffiziere an ihre Konsolen setzten, kehrte Chekov zu seinen beiden Freunden zurück und ließ sich in den dritten Sessel sinken. Er blickte noch einmal voller Stolz zu Demora, um dann Kirk zuzuflüstern: »Ich bin nie so jung gewesen.«

Jim lächelte. »Nein. Sie waren noch jünger.«

»Treffen Sie Vorbereitungen für das Verlassen des Raumdocks«, wies Harriman seine Crew an. Es klang nicht nur ein wenig angespannt, und Kirk hatte Mitleid mit dem jungen Captain. Für ihn selbst war es damals schwer genug gewesen, das Kommando über die *Enterprise* anzutreten – ohne die Anwesenheit von drei ›lebenden Legenden‹ und einer Journalistenhorde.

»Heckschub, voraus mit fünfundzwanzig Prozent Kapazität«, fuhr Harriman fort. »Backbord und Steuerbord: Positionskontrolle.« Er drehte den Kommandosessel. »Captain Kirk... Es wäre mir eine Ehre, wenn Sie den Befehl zum Beginn des Jungfernfluges gäben.«

»Nein«, erwiderte Jim sofort. Unhöflichkeit lag ihm fern – sicher hatte Harriman nur eine freundliche Geste im Sinn –, aber er empfand das Angebot als demütigend. Er wollte keine Galionsfigur irgendeiner Art sein und eine symbolische Anweisung erteilen, die nur betonte, daß die *Enterprise* nicht mehr unter seinem Befehl stand – ihm lag nichts daran, sich erneut dieser Erkenntnis zu stellen. »Nein, danke.«

Offenbar hielt Harriman die Ablehnung für Bescheidenheit. »Bitte. Ich bestehe darauf.«

Stille herrschte, und Kirk spürte die Blicke aller Anwesenden auf sich ruhen, auch die der Journalisten. Hilflos sah er Scotty und Chekov an, dann den erwartungsvollen Harriman. Schließlich stand er auf. Man schien so etwas wie eine Offenbarung von ihm zu erwarten, doch seine Worte klangen eher banal:

»Bringen Sie uns hinaus«, sagte er schlicht.

Die Brückenoffiziere spendeten begeisterten Applaus. Kirk setzte sich wieder und versuchte, sich vom grellen Licht nicht blenden zu lassen. Er hoffte, daß den Kameralinsen und Recordern seine Verlegenheit entging.

»*Sehr* gut, Sir«, kommentierte Chekov leise.

»Ich bin zu Tränen gerührt«, fügte Scott hinzu.

Mit Impulskraft glitt das Schiff aus dem Raumdock und durchs Sonnensystem. Unter anderen Umständen hätte sich Kirk vielleicht entspannt und den Flug tatsächlich genossen, aber er und seine beiden Gefährten waren praktisch in ihren Sesseln gefangen, solange ihnen das Interesse der Journalisten galt. Wieder lächelte Kirk ins viel zu helle Licht der Scheinwerfer und gab dumme Antworten auf noch viel dümmere Fragen – zum Beispiel: *Jetzt sind Sie wieder auf der Brücke des Raumschiffs* Enterprise *– wie fühlen Sie sich?*

Die drei Veteranen zögerten. Jim sah zu Chekov, der

einen Blick mit Scott wechselte – niemand von ihnen wollte antworten.

Jim ließ einige Sekunden verstreichen, bevor er seufzte, das PR-Lächeln auf seine Lippen zauberte – inzwischen taten ihm schon die Kiefer weh – und sagte: »Oh, ganz gut.« Praktisch im gleichen Augenblick überwanden Scotty und Chekov ihre Verlegenheit und sagten synchron: »Ganz gut.«

Auf diese Weise ging es eine Zeitlang weiter, bis Harriman sie mit folgenden Worten rettete: »Meine Damen und Herren – wir haben gerade den Asteroidengürtel hinter uns gebracht. Unser Flug führt uns bis zum Pluto, und anschließend kehren wir ins Raumdock zurück. Eigentlich machen wir nur einen Spaziergang um den Block.«

Die Reporter drehten sich um und schienen erst jetzt zu begreifen, daß es im Kontrollraum noch ein weiteres potentielles Opfer gab. Einer von ihnen fragte: »Captain, bleibt Zeit genug für einen Test des Warp ...«

Der Mann unterbrach sich, als ein Pfeifen von der Kommunikationsstation erklang.

»Wir empfangen einen Notruf«, meldete der Kom-Offizier überrascht.

Kirk schnitt eine Grimasse, als laute Statik aus dem Lautsprecher drang. Unmittelbar darauf hörte er die verzerrte und nur sehr schwer zu verstehende Stimme eines Mannes.

»Hier ist der Transporter *Lakul*. Wir sind in einer Art energetischen Turbulenz gefangen und können uns nicht daraus befreien ...« Das Rauschen und Knistern wurde wieder lauter. Jim spitzte die Ohren und hörte: »... brauchen dringend Hilfe ... zerreißt uns ...«

Wieder kam es zu starken Interferenzen. Die Finger des Kom-Offiziers huschten über Tasten, doch wenige Sekunden später sah er zu Harriman und schüttelte den Kopf.

Die Spezialistin an der wissenschaftlichen Station

blickte auf verschiedene Displays. »Der Transporter *Lakul* ist eins von zwei Schiffen, die el-aurianische Flüchtlinge zur Erde bringen.«

Harriman blinzelte zweimal und räusperte sich, während er diese Information verdaute. Wertvolle Zeit verstrich – Zeit, die bei den in Not geratenen Personen über Leben und Tod entscheiden mochte. Kirk wartete atemlos und hoffte inständig, daß sich der junge Captain rechtzeitig genug faßte, um zu handeln. Irgendwie gelang es ihm, auch weiterhin sitzenzubleiben, nicht einmal die Fäuste zu ballen.

Harriman wandte sich dem Steuermann zu. »Können Sie die Position der Transporter bestimmen?«

Er hatte die Frage gerade erst ausgesprochen, als Demora ruhig erwiderte: »Koordinaten drei eins null Komma zwei eins fünf. Entfernung drei Lichtjahre.«

»Öffnen Sie einen Kom-Kanal zum nächsten Starfleet-Schiff«, wies der Kommandant den Kom-Offizier an. »Wir sind nicht zu einem Rettungsunternehmen in der Lage. Unsere Besatzung ist nicht einmal vollständig.«

Der Navigator sah auf seinen Schirm und drehte sich dann halb zum Captain um. »Wir sind das einzige Starfleet-Schiff in Reichweite, Sir.«

Harriman seufzte enttäuscht und auch verärgert, während das Licht der Aufnahmekamera zu ihm wanderte. Wieder verstrichen einige Sekunden, was Kirk dazu veranlaßte, in seinem Sessel unruhig hin und her zu rutschen. Mit wachsender Unruhe trommelten seine Finger auf den Oberschenkeln – er war dazu bereit, aufzustehen und das Kommando zu übernehmen, wenn der Captain nicht bald eine Entscheidung traf.

Schließlich seufzte Harriman noch einmal und strich den Uniformpulli glatt.

»Na schön. Offenbar bleibt uns keine Wahl.« Und zu Demora: »Nehmen Sie Kurs auf die Transporter. Maximale Warpgeschwindigkeit.«

Kirk lehnte sich erleichtert zurück – um sich gleich darauf wieder zu versteifen. Scott beugte sich zu ihm, und in seinen Augen zeigte sich ein amüsierter Glanz, als er raunte: »Stimmt was nicht mit dem Sessel?«

Jim warf ihm einen verdrießlichen Blick zu, als die *Enterprise* den Warptransfer begann.

Eine Minute später sah Demora von ihren Kontrollen auf. »Wir sind jetzt in visueller Reichweite der energetischen Turbulenz, Captain.«

»Auf den Schirm«, sagte Harriman.

Das große Projektionsfeld rückte ins Zentrum der allgemeinen Aufmerksamkeit und bot einen bizarren Anblick: Ein peitschenartiges Etwas aus geballter Energie wand sich im All hin und her. Der größte Teil des Phänomens leuchtete weiß, aber hier und dort glühten auch violette, blaue und goldene Streifen. Für Kirk sah das Ding lebendig aus.

»Was *ist* das, zum Teufel?« hauchte Chekov.

»Ich habe die Transporter lokalisiert«, berichtete Demora. Das Bild auf dem Schirm veränderte sich und zeigte zwei Raumschiffe, die wie dicke Fliegen in einem pulsierenden Spinnennetz steckten.

»Die Außenhüllen sind den hohen Belastungen nicht gewachsen«, sagte Sulus Tochter. »Sie halten nicht mehr lange stand.«

Sie hielt sich an der Konsole fest, als die *Enterprise* B plötzlich erbebte. Kirk stieß dadurch gegen Chekov.

»Von dem Energieband gehen starke gravimetrische Störungen aus«, meldete der Navigator.

Harriman schloß die Hände fest um die Armlehnen des Kommandosessels. »Wir müssen sichere Distanz wahren, um nicht ebenfalls in das Etwas hineingezogen zu werden.« Er starrte zum Wandschirm und runzelte die Stirn. Vermutlich fragte er sich nun, was es zu unternehmen galt.

Für Kirk war die Sache völlig klar. Er wartete noch

ein wenig, konnte sich dann nicht länger beherrschen. »Traktorstrahlen ...«

Scotts Ellenbogen traf ihn zwischen den Rippen, und Jim schwieg sofort. Er wußte natürlich, daß Harriman das Kommando führte, doch die Situation erforderte unverzügliche Entscheidungen ...

Harriman sah über die Schulter. Sein Gesicht präsentierte keinen Ärger, nur Bedauern. »Wir haben keine Traktorstrahlprojektoren.«

Kirk versuchte nicht, seine Empörung zu verbergen. »Wir haben das Raumdock ohne Traktorstrahlpotential verlassen?«

»Die Projektoren werden erst Dienstag installiert«, erwiderte Harriman sachlich. Er sah zum Navigationsbereich. »Fähnrich Sulu, versuchen Sie, ein Subraumfeld bei den Transportern zu schaffen. Vielleicht gelingt es ihnen dadurch, die Turbulenz zu verlassen.«

»Aye, Sir.« Demora beugte sich zu ihrer Konsole vor.

Nein, wollte Kirk sagen, aber die junge Frau war schneller als er. Sie schüttelte den Kopf und sah auf. »Die Quanteninterferenzen sind zu stark, Captain.«

Wieder starrte Harriman zum Wandschirm, beobachtete das energetische Phänomen und runzelte die Stirn. Kirk ahnte, was der junge Mann nun empfand: Sein erster Tag als Kommandant der *Enterprise* verwandelte sich in einen Alptraum; Schiff und Captain waren nicht darauf vorbereitet, schon beim Jungfernflug mit derartigen Problemen konfrontiert zu werden. Aber ob Anteilnahme oder nicht: Wenn Harriman auch weiterhin untätig blieb, so *mußte* Jim eingreifen ...

»Wie wär's, wenn wir Plasma aus den Warpgondeln strömen lassen?« schlug Harriman vor. »Vielleicht verändert sich dadurch die Struktur der Turbulenz – was dazu führen könnte, daß sie die Schiffe nicht mehr festhält.«

»Aye, Sir«, sagte der Navigator. »Ventile geöffnet. Plasma strömt aus ...«

Harriman hielt den Atem an und sah kurz zu Kirk, der ihn mit einem schiefen Lächeln bedachte.

»Das Plasma bleibt ohne Wirkung, Sir«, meldete der Navigator. »Ich glaube ...«

»Sir!« entfuhr es Demora. »Einer der beiden Transporter bricht auseinander!«

Auf dem Wandschirm war zu sehen, wie sich eine energetische Ranke fester um eins der beiden Schiffe schlang – das daraufhin explodierte. Die Männer und Frauen im Kontrollraum der *Enterprise* schwiegen, als der stumme Detonationsblitz verblaßte und glühende Trümmer durchs All glitten.

»Wie viele Personen befanden sich an Bord jenes Schiffes?« fragte Chekov entsetzt. Eigentlich stand es ihm nicht zu, eine solche Frage zu stellen – sie blieb dem Captain vorbehalten. Doch in diesen Sekunden des Grauens schien niemand Anstoß daran zu nehmen – erst recht nicht Harriman, der entgeistert zum Wandschirm starrte.

»Zweihundertfünfundsechzig«, sagte Demora leise.

Zwei Männer ließen kaum merklich die Schultern hängen, als sie das hörten – Harriman und Kirk.

Zum Teufel mit Höflichkeit und dergleichen, dachte Jim. *Zweihundertfünfundsechzig ... Ich weiß, wie schwer es für ihn ist, aber ich kann nicht einfach die Hände in den Schoß legen und abwarten. Er bekommt meine Hilfe, ob er will oder nicht ...*

Wieder erklang Demoras Stimme, und diesmal ließ sich ein drängender Unterton in ihr vernehmen. »Die Außenhüllenstabilität der *Lakul* beträgt nur noch zwölf Prozent, Sir.«

Harriman drehte langsam den Kommandosessel, und sein Blick begegnete dem Kirks. Unsicherheit huschte durch die Züge des jüngeren Captains. Jim verstand – Harriman wollte den Brückenoffizieren und Journalisten gegenüber nicht unfähig erscheinen. Andererseits wußte er, daß Kirk über weitaus mehr Erfahrung verfügte. Und immerhin standen noch mehr als zweihundert weitere Leben auf dem Spiel …

»Captain Kirk …«, sagte Harriman mit einer bewundernswerten Mischung aus Würde und Demut. »Für irgendwelche Vorschläge wäre ich Ihnen sehr dankbar.«

Diese Worte riefen eine erstaunliche Reaktion in Kirk hervor. Das gleiche Empfinden hatte während des Traums der vergangenen Nacht in ihm geprickelt: freier Fall, wie der Sturz vom Hang des Berges El Capitan im Yosemite-Tal. Oder wie der Sprung aus dem Orbit. Doch diesmal erlebte er das Hochgefühl, nach dem er bei jenen Abenteuern vergeblich gesucht hatte. Diesmal konnte er *aktiv* werden, einen Unterschied bewirken.

Wie der Korken aus einer Sektflasche schoß er aus dem Sessel, stand einige Sekunden später neben Harriman und warf ihm einen Blick zu, der Dankbarkeit und Respekt vermitteln sollte.

»Zunächst einmal …« Er sprach so leise, daß ihn nur der junge Mann hören konnte. »Bringen Sie uns bis auf Transporterreichweite heran und beamen Sie die Besatzung der *Lakul* an Bord.«

Harriman musterte ihn überrascht. »Aber was ist mit den gravimetrischen Störungen? Sie könnten die *Enterprise* auseinanderreißen.«

Kirk legte ihm die Hand auf die Schulter. »Wenn Sie im Kommandosessel sitzen wollen, müssen Sie bereit sein, gelegentlich ein Risiko einzugehen«, sagte er ruhig. Es klang weder vorwurfsvoll noch belehrend.

Harriman zögerte kurz, straffte dann die Schultern und wandte sich dem Wandschirm zu. »Navigation: Reduzieren Sie die Entfernung bis auf Transporterreichweite.«

Kirk blinzelte in jäher Helligkeit, hob den Kopf und stellte fest, daß sich der Kameramann dem Befehlsstand näherte – offenbar plante er eine Nahaufnahme.

»Schalten Sie das verdammte Ding aus!« befahl er laut genug, um überall auf der Brücke gehört zu werden.

Der Kameramann wollte Einwände erheben, überlegte es sich jedoch anders, als er Kirks und Harrimans finstere Mienen sah. Er desaktivierte das Aufzeichnungsgerät und wich zu den Reportern zurück.

Unterdessen näherte sich die *Enterprise* der Turbulenz. Das Band aus wogender Energie schwoll im großen Projektionsfeld immer mehr an, bis ... Ein Ausläufer zuckte dem Raumschiff entgegen und verfehlte es nur knapp. Kirk seufzte lautlos und dankte Sulu dafür, daß er sein Navigationsgeschick an die Tochter weitergegeben hatte.

»Wir sind in Reichweite, Sir«, meldete Demora.

Harriman blickte auch weiterhin zum Wandschirm. »Beamen Sie die Personen direkt zur Krankenstation.«

Direkt? dachte Kirk verblüfft – der Einsatz des Transporters im Innern des Schiffes war alles andere als ungefährlich. Harrimans Blick ruhte auf ihm. Der junge Mann ahnte vermutlich, was ihm nun durch den Kopf ging; wenn die Situation nicht so kritisch gewesen wäre, hätte er vielleicht gelächelt.

»Keine Sorge, Captain. Die neue *Enterprise* ist zu einigen bemerkenswerten Dingen fähig.«

Chekov runzelte beunruhigt die Stirn, als er vortrat und Harriman fragte: »Wie viele Ärzte und Krankenpfleger gehören zur medizinischen Sektion dieses Schiffes?«

Harrimans Stolz verwandelte sich sofort in Verlegenheit. »Das Personal der Krankenstation trifft erst am Dienstag ein.«

Chekov vergeudete keine Zeit damit, sich nach den Gründen zu erkundigen. Er deutete auf die beiden nächsten Journalisten. »Sie beide sind gerade zu Medo-Helfern ernannt worden. Kommen Sie mit.«

Sie eilten zum Turbolift, als Demora berichtete: »Der

Maschinenraum meldet Fluktuationen bei den Warpplasma-Ausrichtern.«

Scott war auf den Beinen, noch bevor die junge Frau den Satz beendet hatte. »Die Ausrichter umgehen und auf Reservesysteme umschalten«, sagte er und trat zum Navigationsbereich. Kirk warf ihm einen amüsierten Blick zu. *Eben haben Sie mir noch den Ellenbogen in die Rippen gestoßen …*

Scott ignorierte Jim und blickte auf die Anzeigen.

»Sir.« Ein junger, dürrer Lieutenant, der gerade erst die Akademie-Ausbildung hinter sich hatte, sah erschrocken von seinem Pult auf. »Der Transferfokus läßt sich kaum ausrichten.« Er blickte erneut auf die Displays und schüttelte verwirrt den Kopf. »Die Personen scheinen sich in einer Zone ausgeprägter … temporaler Instabilität zu befinden.«

»Scotty?« rief Kirk. Dieses eine Wort genügte. Der frühere Chefingenieur wandte sich sofort von Demora ab, ging mit langen Schritten zu dem jungen Lieutenant und prüfte dort die Kontrollen.

Zwei oder drei Sekunden später brummte er verblüfft. »Bei allen Raumgeistern – was ist das?«

Kirk trat zu ihm. Scotts Blick klebte an den Anzeigen fest, als er sagte: »Bei den Biosignalen kommt es immer wieder zu Phasenverschiebungen: Es findet ein ständiger Wechsel zwischen unserem Raum-Zeit-Kontinuum und einem … anderen Ort statt.«

»Phasenverschiebungen?« wiederholte Kirk. »Und welchen anderen Ort meinen Sie?« Er sah ebenfalls auf die Anzeigen, konnte mit den dargestellten Daten jedoch nichts anfangen.

Scott gab keine Antwort und setzte sich, als ihm der Lieutenant seinen Platz überließ.

»Sir!« entfuhr es dem Navigator. Die Sorge verlieh seiner Stimme einen fast schrillen Klang. »Die *Lakul* platzt auseinander!«

Erneut beobachtete Kirk, wie sich eine Ranke aus

Energie um das Raumschiff schlang. Die Außenhülle gab an mehreren Stellen gleichzeitig nach, und das tödliche Feuer einer Explosion verschlang den Transporter. Jim sah zu Scott, und die unübersehbare Bestürzung des Schotten beantwortete seine unausgesprochene Frage.

»Es ist mir gelungen, siebenundvierzig Personen zu transferieren«, sagte Scott. Er sprach leise, doch seine Worte schienen laut im Kontrollraum widerzuhallen. »Von insgesamt hundertfünfzig.«

Es blieb keine Zeit, mit Kummer zu reagieren. Der Boden unter Kirk geriet in Bewegung und schleuderte ihn gegen den Kommandosessel. Irgendwie schaffte er es, sich daran festzuhalten, während es um ihn herum krachte. Instinktiv hob er den Arm und schirmte damit das Gesicht ab, als es Funken und Metallsplitter regnete.

Und dann war das Chaos ganz plötzlich vorbei. Das Deck kippte so abrupt in die Waagerechte zurück, daß Kirk Gefahr lief, erneut das Gleichgewicht zu verlieren. Er ließ den Arm sinken und blickte sich um, sah nur eine rußgeschwärzte Wand und nicht das befürchtete Leck. Ernste Verletzungen gab es nicht – mit einer Ausnahme. Der Navigator lag über seiner Konsole: die Augen offen, der Kopf blutverschmiert und unnatürlich weit zur Seite geneigt – Genickbruch.

Neben dem Toten saß eine steife, blasse Demora. Ihre Hände hatten sich so fest um den Rand des Pults geschlossen, daß die Knöchel weiß hervortraten.

»Statusbericht!« rief Kirk, um das Heulen der Sirenen zu übertönen. Scott schob die Leiche behutsam beiseite und nahm an der Navigationskonsole Platz.

Demora holte tief Luft. »Wir sind in einem gravimetrischen Feld gefangen, das vom Rand der Turbulenz ausgeht.«

Diesmal brauchte Harriman keinen Rat. »Triebwerke – voller Umkehrschub!«

3

Kurz vorher, an Bord der *Lakul*. Tolian Soran saß mit überkreuzten Beinen auf dem Boden der überfüllten Passagierkabine und blickte zum Bildschirm, der das gleißende Band in der ewigen Nacht des Alls zeigte.

Die anderen Flüchtlinge schwiegen schockiert, murmelten leise vor sich hin oder beweinten den Verlust des Schwesterschiffes. Sie fürchteten das fremde, tödliche Etwas im Weltraum. Im Gegensatz zu Soran – er hieß es willkommen.

Seit dem Tag der Rettung durch die *Lakul* versuchte er, genug Kraft zu sammeln, um das eigene Leben zu beenden. Nach der Zerstörung von Sadorah City, seiner und Leandras Heimat, hatte er sich bemüht, die Rettungskapsel in die Todesstrahlen der Borg zu steuern. Die Familie – ausgelöscht. Frau und Kinder – tot. Sie starben, während er von der Sicherheit eines extraplanetaren Observatoriums aus das Entsetzen beobachtete.

Allein der Zufall wollte es, daß ihn die fliehende *Lakul* entdeckte und an Bord beamte – gegen seinen Willen. Er lebte noch, und trotzdem war er ebenfalls tot, tief in seinem Innern. Gram hatte ihn umgebracht. Er wünschte sich, daß sein Körper dem Geist und der Familie folgte, doch das blieb ihm verwehrt.

Soran sah zum Bildschirm und lächelte grimmig. Das glänzende Band wirkte ebenso unheilvoll wie die Strahlenbündel der Borg, die sich gewaltigen Messern gleich in seine Heimatwelt gebohrt hatten. Gleichzeitig stellte es Erlösung in Aussicht. Es verhieß ihm eine Möglichkeit, ebenso zu sterben wie Leandra, Emo und Mara.

Das Schiff erbebte und erzitterte.

Gleich ist es soweit, dachte Soran. Schreie erklangen; Leute krochen hin und her, kletterten übereinander hinweg. Er ignorierte das Geschehen in seiner Nähe, schlang einfach nur die Arme um die Knie und wartete.

Es knirschte in den Wänden, und große Beulen bildeten sich in ihnen. Etwas traf Soran an der Stirn, und Blut rann ihm über die Braue ins Auge. Er lächelte.

Und dann, als das Krachen und Kreischen ohrenbetäubend laut wurde, erschien das Licht mitten in der Kabine. Soran spürte, wie sich ihm die Haare aufrichteten, auf dem Kopf ebenso wie am Nacken und an den Armen. Er atmete tief durch, sehnte die Auflösung und das Nicht-Sein herbei. Ein Name beherrschte sein Denken und Fühlen:

Leandra …

Dunkelheit. Und Stille.

So ist er also, der Tod, dachte Soran überrascht. Und doch … Er war sich noch immer der eigenen Existenz bewußt, und Enttäuschung begleitete diese Erkenntnis. Er hatte gehofft, ganz und gar zu verschwinden, eins zu werden mit Leere und Nichts. Aber er hörte nach wie vor das leise Zischen seines Atems, das Pochen des eigenen Herzschlags. Er spürte, wie ihm kühle, feuchte Luft über die Haut strich.

Und er fühlte die Körperwärme einer anderen Person.

Soran öffnete die Augen und sah … Dunkelheit. Es war keine völlige Finsternis, denn jenseits des offenen Fensters funkelten Sterne und schenkten der Nacht ihren sanften Glanz. Er lag auf einer weichen Unterlage: die Matratze eines Bettes. In der Ferne rauschten die Wellen des Meers, und ein vertrauter, angenehmer Duft wehte ihm entgegen: Salzwasser, vermischt mit den Aromen exotischer Flora.

Trotz seiner Benommenheit begriff er sofort: Dies

war Talaal, der Urlaubsort, an dem er die Hochzeitsnacht verbracht hatte.

Er rollte sich auf die Seite – und *sie* lag neben ihm. Das Licht der Sterne verlieh ihren Zügen einen matten, silbrigen Schimmer. Dunkles Haar säumte ihr Gesicht und duftete nach Blumen.

»Leandra«, flüsterte Soran und weinte – in ihm brach der Damm, hinter dem sich Emotionen angestaut hatten. Er schloß seine Frau in die Arme, drückte sie an sich und grub das Gesicht in ihr Haar. Ein Wunder: Sie hatte echte, warme Substanz. Nein, dies war kein Traum, sondern greifbare Realität.

»Leandra … Oh, bei den Göttern, Leandra …«

Die Wunden des Universums schlossen sich, und es präsentierte sich wieder so, wie es sein sollte.

»Tolian?« murmelte sie schläfrig. »Was ist los, Schatz?« Sein Schluchzen weckte sie. »Stimmt was nicht? Hattest du einen Alptraum?«

»Ja, ich habe geträumt«, erwiderte er bitter. Seine Lippen strichen über das herrlich duftende Haar. »Bitte versprich mir, mich nie zu verlassen …«

»Natürlich verlasse ich dich nie, Tolian. Das weißt du doch. Aber was …«

Ihre Gestalt verblaßte, metamorphierte zu einem Phantom. Soran schrie entsetzt, als er keinen warmen Körper mehr berührte, sondern durch leere Luft tastete. Er sah die Frau noch immer: Ein Hauch Mondschein erhellte ihr Gesicht, spiegelte sich in besorgt blickenden Augen wider. Ja, er konnte sie sehen, doch nicht berühren …

»Leandra!« heulte er. Ihre Lippen bewegten sich, aber für ihn blieb alles still. Während er noch versuchte, etwas zu verstehen, verschob sich die Wirklichkeit: Zusammen mit den Flüchtlingen der *Lakul* befand er sich an Bord eines anderen Raumschiffs, eines Kreuzers der Föderation.

»Nein!« rief Soran und bemühte sich verzweifelt,

Leandras ausgestreckte Hand zu ergreifen. Es gelang ihm nicht. »Neeeiiin …!«

In der offenen Tür verharrte Chekov kurz und riß die Augen auf. Seine Reaktion bezog sich nicht etwa auf die hochmoderne technische Ausstattung der Krankenstation, galt vielmehr einer Szene des Schreckens.

Etwa fünfzig Überlebende von der *Lakul* – anmutig wirkende Humanoiden und die letzten Repräsentanten des langlebigen el-aurianischen Volkes – lagen bewußtlos auf Diagnosebetten, hockten auf dem Boden und lehnten apathisch an den Wänden. Es waren nicht etwa ihre unmittelbaren, physischen Verletzungen, die Entsetzen in Chekov und seinen beiden Begleitern weckten. Die meisten El-Aurianer schienen sogar unverletzt zu sein, rein körperlich gesehen. Doch ein Blick in ihre Augen genügte, um das Grauen zu erfahren …

Pavel glaubte fast, ein Irrenhaus des achtzehnten Jahrhunderts betreten zu haben.

Die wachen Flüchtlinge betrachteten etwas, das nur sie sahen und von hinreißender Schönheit sein mußte – Entzücken zeigte sich in den Mienen. Andere hoben immer wieder die Hände und versuchten offenbar, Imaginäres zu ergreifen. Jeder von ihnen schien eine andere Vision zu erleben, sich in einer anderen inneren Welt zu befinden. Eine disharmonische, gespenstische Litanei erklang: Stöhnen und Ächzen, kaum hörbares Flüstern, hier und dort Schluchzen und Wimmern.

Die Farben berühren mich.
Ich bin in Glas gefangen.
Ich sehe die Sekunden.
Helft mir. Helft mir …

Am Morgen dieses Tages hatte Chekov verstanden, warum es Kirk widerstrebte, die *Enterprise*-B zu betreten. Auch ihm wäre es zunächst lieber gewesen, nicht am Jungfernflug teilzunehmen – weil er sich dabei auf die Rolle eines Zuschauers beschränken mußte. Doch letztendlich erging es ihm wie dem Captain: Er erlag dem Reiz der neuen *Enterprise.*

Und als Kirk praktisch das Kommando übernahm... Daraufhin fühlte sich Chekov wieder von der alten Aufregung erfaßt. Zum erstenmal seit einem Jahr gewann er den Eindruck, wieder eine Aufgabe zu haben, einen festen Platz, und deshalb zögerte er nicht, sich um die Krankenstation zu kümmern. Als Sicherheitsoffizier der *Reliant* hatte er auch eine medizinische Ausbildung für den Notfall absolviert, und die damals erworbenen Kenntnisse konnte er nun gut gebrauchen.

Diese Gedanken gingen ihm durch den Kopf, während er in der offenen Tür zögerte. Dann gab er sich einen inneren Ruck, trat ein und griff nach den Diagnosescannern. Er rüstete seine beiden Helfer – ein Mann und eine Frau – mit entsprechenden Geräten aus und erklärte ihnen, wie man damit umging.

Plötzlich schüttelte sich das Schiff, und Chekov taumelte gegen die nächste Wand.

»Lieber Himmel!« Der erschrockene Mann ließ seinen Scanner fallen. »Was war das?«

Pavel fand das Gleichgewicht wieder, hob das Diagnosegerät auf und reichte es dem furchterfüllten Journalisten.

»Hier, nehmen Sie!« sagte er scharf. »Wir dürfen keine Zeit vergeuden...«

Die Frau sah sich mit weit aufgerissenen Augen um. »Was ist passiert? Glauben Sie, das Energieband ...«

Wieder erbebte das Schiff, und die Frau ließ ihren Scanner ebenso fallen wie zuvor der Mann.

»Es spielt keine Rolle, was geschieht«, knurrte Chekov. »Wir überlassen es den Offizieren auf der Brücke und kümmern uns um diese Leute hier.« Als die beiden Journalisten einfach nur stumm dastanden, fügte er mit noch mehr Nachdruck hinzu: »Denken Sie nicht – *handeln* Sie!«

In seiner Stimme erklang eine solche Schärfe, daß die Reporter ihre Scanner nahmen und Chekov in die stöhnende Menge folgten.

Bitte … Ich möchte nicht fort. Laßt mich hier …

Ich bin gefangen. Gebt mich frei.

Helft mir. Bitte, helft mir …

»Es ist alles in Ordnung«, sagte Pavel in einem tröstenden Tonfall. Neben einer sehr attraktiven Frau mit langem, kastanienbraunem Haar ging er in die Hocke. Ihr Alter ließ sich kaum abschätzen, und sie schien unverletzt zu sein. Ihr kummervoller Blick reichte in unergründliche Ferne. »Es ist alles in Ordnung«, wiederholte er. »Miß … Ma'am … Hören Sie mich?«

Sie gab keine Antwort, nahm seine Präsenz vielleicht nicht einmal wahr. Chekov untersuchte sie mit dem Scanner. Nichts Ernstes, nur einige Prellungen. Ähnliches galt für den nächsten Überlebenden: die gleiche Fast-Katatonie, einige blaue Flecken. Beim dritten Patienten sah Pavel kurz zu dem Reporter, der sich gerade über einen reglosen El-Aurianer beugte.

»Bisher nur leichte Verletzungen«, sagte er, und der Mann nickte bestätigend. Einige Meter entfernt richtete sich seine Kollegin auf und vollführte eine zustimmende Geste. »Wie dem auch sei …«, fuhr Chekov fort. »Sie alle scheinen einen neuralen Schock erlitten zu haben.«

»Aber wodurch?« fragte die Journalistin. »Aufgrund von psychischem Streß während des Angriffs?«

Der Reporter wandte sich inzwischen einem weiteren El-Aurianer zu, der auf einem Biobett saß. Chekov sah einen blassen Mann mit silbergrauem Haar und Augen, die ihn an zu heiß und zu schnell brennende Kerzen erinnerten. Ein roter Streifen führte von der Stirnmitte zum Nasenrücken, reichte unter dem Auge hinweg und die Wange hinab.

»Nein, wahrscheinlich nicht«, antwortete Pavel. »Das kann wohl kaum die Erklärung für eine solche

Massenreaktion sein. Vielleicht steckt das Energieband dahinter …«

»Warum?« heulte der Blasse. Chekov drehte sich um und beobachtete, wie der schlanke El-Aurianer den größeren Reporter an den Schultern packte und näher zog. »Warum?«

Pavel bemerkte Wahnsinn und Verzweiflung in den Augen des Mannes und eilte zum Medo-Schrank.

Glücklicherweise blieb der Reporter ruhig und versuchte nicht, sich aus dem Griff des El-Aurianers zu befreien. »Es ist alles gut«, sagte er beschwichtigend. »Sie sind hier an Bord der *Enterprise* und in Sicherheit.«

»Nein …« Der blutende Mann schluchzte und schloß die Hände fester um die Schultern des Journalisten. »Ich muß weg von hier! Ich … ich muß zurück! Ihr versteht nicht! *Laßt mich gehen!*«

Von einem Augenblick zum anderen griff er nach der Kehle des Reporters und drückte zu. Chekov hob den geladenen Injektor, preßte ihn an den Oberarm des Rasenden und betätigte den Auslöser.

Der El-Aurianer sank bewußtlos zu Boden, direkt neben dem Journalisten, der nach seinem Hals tastete. »Wovon hat er gefaselt?«

Chekov bekam keine Gelegenheit, etwas zu erwidern. Neben ihm stolperte eine Frau, und er bewahrte sie vor einem Sturz. »Vorsichtig …«

Für die Schwäche der Überlebenden gab es keinen erkennbaren Grund – beim Diagnosescan erwies sie sich als unverletzt. Sie war klein, weder besonders schön noch häßlich, und ihr Alter ließ sich ebenso schwer schätzen wie das der anderen El-Aurianer. Dutzende von dünnen schwarzen Zöpfen wuchsen unter einer großen purpurnen Mütze hervor und endeten erst an den Hüften. Sie wandte Pavel das Gesicht zu, sah zu ihm auf und präsentierte dunkle Augen, in denen tiefer Frieden und gleichzeitig unbeschreibliche Pein schimmerten.

»Sie brauchen sich keine Sorgen mehr zu machen«, behauptete Chekov und lächelte betont herzlich, um die Frau von ihrem Schmerz abzulenken. »Kommen Sie, legen Sie sich hin …«

Er führte sie zu einem Biobett.

Wenn er Jahre später an diesen Tag dachte, so fragte er sich oft, was aus dieser Frau geworden sein mochte.

Die Triebwerke der *Enterprise* heulten, als sich das Schiff dem Zerren der energetischen Ranke entgegenstemmte und zu entkommen versuchte – vergeblich. Immer wieder wurde das Schiff von mehr oder weniger heftigen Erschütterungen erfaßt, als der Tentakel aus Energie danach tastete.

»Andruckabsorber fallen aus«, meldete Demora, und nur zwei Sekunden später rief Scott:

»Triebwerke reagieren nicht mehr!«

Harriman saß verkrampft im Kommandosessel und sah zu Kirk auf. »Ich habe nicht erwartet, an meinem ersten Tag als Kommandant dieses Schiffes zu sterben.«

Jim lächelte dünn, als er sich an der Rückenlehne des Sessels festhielt und vorbeugte. »Als Captain lernt man zuerst, wie man den Tod betrügt.« Er richtete sich wieder auf. »Scotty?«

Der Schotte ahnte Kirks Frage voraus und beantwortete sie sofort: »Es gibt keine Möglichkeit, ein so starkes gravimetrisches Feld zu neutralisieren!«

Wieder erbebte das Schiff. Demoras Hände blieben um die Kante ihrer Konsole geschlossen. »Außenhüllenstabilität auf zweiundachtzig Prozent gesunken!«

Kirk schwieg, und sein Blick galt Scott, der schließlich brummte: »Nun, ich habe da eine Theorie …«

Jim schmunzelte. »Das dachte ich mir.«

Der frühere Chefingenieur deutete zum Wandschirm. »Eine Antimaterie-Explosion direkt voraus …

Dadurch könnte das Feld lange genug zusammenbrechen, um uns entkommen zu lassen.«

Kirk nickte langsam, als er darüber nachdachte. »Ein Photonentorpedo?«

»Aye.«

Der ältere Captain sah zu Demora. »Photonenkatapulte vorbereiten. Warten Sie auf meinen Feuerbefehl.«

»Sir ...« Demoras Gesicht zeigte deutliche Betroffenheit. »Wir haben keine Torpedos.«

»Ich verstehe. Vermutlich werden die Dinger erst am Dienstag geliefert, wie?« Kirk schloß kurz die Augen und öffnete sie dann wieder. Harriman nickte niedergeschlagen.

»Captain ...«, ließ sich Scott vernehmen. »Es wäre möglich, den Einsatz eines Photonentorpedos zu *simulieren* – mit einer Resonanzentladung von der zentralen Deflektorscheibe.«

Der Boden unter Kirks Füßen neigte sich immer wieder von einer Seite zur anderen, und er versuchte, das Gleichgewicht zu wahren. Hoffnung erwachte in ihm, als er fragte: »Wo befinden sich die Deflektormodule?«

»Deck fünfzehn«, entgegnete Demora sofort. »Sektion einundzwanzig Alpha.«

Harriman stand auf und schwankte. »Ich gehe. Sie haben den Befehl über das Schiff.« Er wartete keine Antwort ab und ging sofort zum Turbolift.

»Nein«, sagte Kirk scharf. So groß die Versuchung auch sein mochte, im Befehlsstand Platz zu nehmen – dies war Harrimans Schiff. Und der junge Mann hatte gerade bewiesen, daß er es verdiente. Nur ein wahrer Captain brachte die Bereitschaft mit, seinen Zorn zu vergessen und das Kommando um der Crew willen jemand anders zu überlassen.

Harriman straffte die Gestalt, drehte sich um und begegnete Kirks Blick.

»Nein«, wiederholte Jim etwas sanfter. »Ein Captain

gehört auf die Brücke seines Schiffes.« Eine kurze Pause. »Ich kümmere mich um die Sache.«

Harriman lächelte, aber nur mit den Augen. Sein Gesichtsausdruck blieb ernst, als er kurz nickte und damit mehr bestätigte als nur die laut ausgesprochenen Worte des älteren Captains.

Kirk eilte zum Turbolift. »Halten Sie die *Enterprise* zusammen, während ich fort bin«, bat er Scott.

»Ich versuch's.«

Jim schenkte dem Schotten ein knappes Lächeln, bevor sich die Tür des Lifts schloß.

Als die beiden Türhälften auf Deck fünfzehn auseinanderglitten, erlebte Kirk wieder das Gefühl des freien Falls – Schrecken vermischte sich dabei mit schier unvorstellbarem Glück. Schrecken deshalb, weil er sich an den Traum der vergangenen Nacht erinnerte und wußte, daß diesmal kein Spock zugegen war, um ihn aufzufangen. Was das Glück betraf... Er bekam nun Gelegenheit, seiner Berufung gerecht zu werden, das Schicksal herauszufordern und ihm seinen Willen aufzuzwingen. Es gab keine Zeit, um zu denken und zu überlegen; es ging einzig und allein darum, so schnell wie möglich zu handeln.

Mit einer Geschwindigkeit, zu der er sich gar nicht mehr fähig gehalten hatte, stürmte er durch den Korridor. Er folgte den Hinweisschildern zur Sektion einundzwanzig Alpha und erreichte schließlich den Deflektorraum – dort ragten große Generatoren hinter den Schaltkonsolen auf.

Das Herz klopfte ihm bis zum Hals, und er keuchte atemlos. Doch solche Dinge spielten jetzt überhaupt keine Rolle mehr – zum erstenmal seit mehr als einem Jahr fühlte sich Kirk wieder richtig lebendig. Nach kurzer Suche fand er die Verkleidungsplatte, löste sie, betrachtete kurz die Schaltkreise darunter und begann dann mit den erforderlichen Modifizierungen.

Er arbeitete erst seit einer Minute daran, als das Interkom summte und Scotts Stimme aus dem Lautsprecher drang. Sie verlor sich fast im Knirschen und Knacken der überlasteten Rumpfstruktur. »Brücke an Captain Kirk.«

»Hier Kirk!« rief Jim, ohne die Arbeit zu unterbrechen. Eigentlich war seine Aufgabe ganz einfach. Und wenn er sich nicht ablenken ließ, hatte er es in wenigen Sekunden geschafft...

»Captain...«, begann Scott. Kirk kannte diesen fast wehleidigen Tonfall und wußte daher, daß die Situation wirklich kritisch wurde. Eigentlich erübrigte sich sogar ein verbaler Hinweis darauf. Er *spürte* es, selbst bei diesem Schiff, das sich in vielen Dingen von der alten *Enterprise* unterschied. Die Vibrationen deuteten darauf hin, daß die Außenhülle nicht mehr lange standhielt. Das erste Leck stand unmittelbar bevor.

»Ich weiß nicht, wie lange ich das Schiff noch zusammenhalten kann!« rief Scott.

Im Hintergrund hörte Kirk Demora: »Fünfundvierzig Sekunden bis zum Strukturkollaps!«

Er nahm die letzten Veränderungen an den Schaltsystemen vor und schloß die Klappe. »Alles klar!«

Scott unterbrach die Interkom-Verbindung, und Jim stand auf und stakste durch einen Korridor, der in ständiger Bewegung zu sein schien. Es hatte jetzt keinen Sinn mehr, sich zu beeilen. Entweder drohte der *Enterprise* gleich keine Gefahr mehr, oder es ging ihnen allen an den Kragen. Er hatte getan, was in seiner Macht stand.

Kirk war erst zehn Schritte weit gekommen, als die Erschütterungen erheblich nachließen. Er lächelte zufrieden, davon überzeugt, daß sich seine seltsamen Todesahnungen gerade als falsch erwiesen hatten. Er freute sich natürlich, auch und insbesondere wegen der vielen anderen Personen an Bord. Doch gleichzeitig fühlte er sich auf seltsame Art und Weise enttäuscht. Ein Tod unter solchen Umständen erschien ihm gar nicht so schlecht. Ob er jemals wieder die Chance erhielt, sich mit dem Schicksal zu messen?

Noch ein Schritt, und dann geschah es: Eine Explosion donnerte, so unglaublich laut und heftig, als hätte sie ihren Ursprung in seinem eigenen Kopf. Sie riß ihn von den Beinen, schleuderte ihn an die Wand oder auf den Boden – er wußte es nicht genau. Im grellen Bruchteil einer Sekunde sah Jim, wie sich um ihn herum alles in der violetten Hitze des Energiebands auflöste, wie sich sein eigener Leib mit dem Pulsieren vereinte.

Er war allein – und zumindest in dieser Hinsicht bestätigte sich der Traum. Das Ende kam nicht etwa mit Reue, sondern mit Freude darüber, daß McCoy und Spock an einem anderen Ort weilten, wo ihnen keine Gefahr drohte. Sie würden ihren Weg ohne ihn fortsetzen.

Stille folgte, und in dieser Stille begann der letzte, endlose freie Fall …

4

Kurz vorher …

Montgomery Scott unterbrach die Interkom-Verbindung zum Deflektorraum und beobachtete den hin und her zuckenden Energietentakel auf dem Wandschirm. Das Etwas wirkte wie ein zorniger Blitz, der nicht erlöschen, sich irgendwo entladen wollte. Die *Enterprise* erbebte nun die ganze Zeit über, wie ein Seeschiff, das durchs sturmgepeitschte Meer pflügte. Dumpfes Donnern hallte immer wieder durch die Korridore.

Scott hielt den Atem an, als sich der junge Captain Harriman vorbeugte, um Sulus Tochter eine Anweisung zu erteilen.

»Hauptdeflektor aktivieren.«

Ebenso atemlos wie die Brückenoffiziere und Journalisten sah Scott zum Wandschirm. Ein heller Energiestrahl löste sich von der zentralen Deflektorscheibe, und unmittelbar darauf gleißte es auf der Steuerbordseite des Schiffes.

Scottys Anspannung wuchs, ebenso wie bei den übrigen Anwesenden, aber er empfand keine Furcht – im Gegensatz zu dem jungen Lieutenant, der neben ihm an der Konsole saß. Er hatte ein erfülltes Leben hinter sich und während des vergangenen Jahrs Freude gefunden sowohl an der Beratertätigkeit als auch am Familienleben.

Er glaubte, die ganze Zeit über zufrieden gewesen zu sein. Doch als Captain Kirk zum Turbolift eilte und dabei auf die für ihn typische Art lächelte …

Halten Sie die Enterprise *zusammen, während ich fort bin.*

Daraufhin spürte Scott eine längst vergessene Aufregung. Und in den Augen des Captains sah er ein verräterisches Funkeln …

Vor vielen Jahren wäre Scott erschrocken gewesen, ohne sich etwas davon anmerken zu lassen – wenn auch nur deshalb, weil das eigene Überleben den größten Teil seiner Aufmerksamkeit erforderte. Derartige Empfindungen existierten nun nicht mehr für ihn. Er fürchtete sich noch immer vor dem Tod, ja, doch hinzu kam nun eine neue, von Erfahrung und Alter geprägte Perspektive. Er hatte es oft mit anscheinend ausweglosen Situationen zu tun bekommen – und sie immer mit heiler Haut überstanden.

Auch wenn es diesmal anders sein sollte: Für ihn gab es viel weniger zu verlieren als für die jungen Leute im Kontrollraum. Ganz deutlich nahm er ihre Angst wahr, und aus irgendeinem Grund beruhigte sie ihn, erfüllte ihn mit dem Wunsch, Hilfe zu gewähren.

Er legte dem Lieutenant an seiner Seite die Hand auf die Schulter. Der junge Mann war von den dramatischen Darstellungen des Wandschirms so sehr gefesselt, daß ihn die Berührung heftig zusammenzucken ließ. Scott lächelte beruhigend, und der Lieutenant schnitt eine verlegene Grimasse, starrte dann wieder zum Projektionsfeld.

Auch Scott drehte den Kopf und beobachtete die Reaktion der energetischen Ranke. Sie wich zurück, wand sich wie frustriert hin und her.

Die Vibrationen ließen nach. Scott holte tief Luft und ließ den Atem langsam entweichen. »Wir kommen frei.«

Die Grimasse des jungen Lieutenants verwandelte sich in ein Lächeln. Harrimans Schultern sanken um einige Zentimeter, und ein leises, erleichtertes Seufzen löste sich von seinen Lippen. Scott richtete sich auf, mit der Absicht, zu dem jungen Captain zu gehen und ihm zu gratulieren …

Blendendes Weiß glitt jäh über den Wandschirm,

und das Schiff kippte nach Backbord. Scotty versuchte, sich an der Konsole festzuhalten, aber seine Finger glitten ab – er landete rücklings auf dem Boden. Der Lieutenant wurde zur Seite geschleudert und wäre fast auf den Schotten gefallen. Im letzten Augenblick gelang es ihm, sich am Sessel festzuklammern.

Zunächst rührte sich Scott nicht von der Stelle und wartete auf die nächste Erschütterung. Einige Sekunden verstrichen, ohne daß etwas geschah. Das Deck hob und senkte sich nicht noch einmal.

Langsam stand der ehemalige Chefingenieur auf und beobachtete, wie Demora zu ihren Kontrollen zurückkehrte. Sie lächelte erfreut. »Wir haben uns aus dem gravimetrischen Feld gelöst.«

Wie durch ein Wunder saß Harriman nach wie vor im Kommandosessel. Er sah zum Wandschirm, und es schien ihn zu überraschen, noch am Leben zu sein. Eine Schaltfläche in der Armlehne klickte unter seiner Hand. »Sie haben es geschafft, Kirk!« Er drehte den Sessel zum Navigationsbereich. »Schadensbericht, Fähnrich.«

Demora war schon wieder ernst geworden und bediente die Kontrollen mit der Tüchtigkeit eines erfahrenen Offiziers. *Ein prächtiges Mädchen,* dachte Scott und beschloß, Sulu bei der nächsten Gelegenheit darauf hinzuweisen, wie gut sich seine Tochter während der Krise verhalten hatte. »Wir haben einige Strukturschäden in der Steuerbord-Warpgondel«, meldete die junge Frau. Dann zögerte sie und runzelte die Stirn. »Darüber hinaus gibt es ein Leck in der technischen Sektion. Abschirmende Kraftfelder sind aktiv und stabil.«

Später wußte Scott nicht zu sagen, wieso er plötzlich Bescheid wußte. Die technische Sektion eines Raumschiffs war sehr groß – es gab also viele Bereiche, in denen es zu einem Leck gekommen sein mochte. Es mußte nicht unbedingt der Deflektorraum in Frage kommen. Und doch... Demoras Worte ließen irgend etwas in ihm erstarren. Er brachte nur ein einziges Wort hervor, und dabei schien seine heisere Stimme jemand anders zu gehören.

»Wo?«

Demora sah ihn an. Scotts Augen und Gesichtsausdruck verrieten ihn offenbar, denn sie schien zu wissen, was seine Frage bedeutete. Eine subtile Veränderung in ihren Zügen deutete auf Besorgnis hin, und ihr Blick kehrte zu den Anzeigen der Konsole zurück. Harriman stand auf und erweckte den Eindruck, Scotts Vorahnungen zu teilen.

In diesen langen Sekunden wünschte sich der Schotte nichts sehnlicher, als sich zu irren. Er sah, wie Demoras Augen größer wurden, als sie die Datenbotschaften der Instrumente entgegennahm. Daraufhin begriff er, daß sein Wunsch unerfüllt bleiben mußte.

»Betroffen sind die Sektionen zwanzig bis achtundzwanzig«, sagte Demora leise. »Auf den Decks dreizehn, vierzehn und...« Sie zögerte kaum merklich. »Und fünfzehn.«

Benommen wandte sich Scott jenem Pult zu, an dem er bis eben gesessen hatte. Ein Tastendruck aktivierte die interne Kommunikation. »Brücke an Captain Kirk.« Er wartete kurz. »Captain Kirk... *bitte* melden Sie sich.«

Eine Ewigkeit der Stille. Scott hatte einfach nicht die Kraft, den Blicken der übrigen Anwesenden zu begegnen – er schloß die Augen.

Schließlich faßte er sich und sagte zu Demora: »Teilen Sie Chekov mit, daß ich ihn auf Deck fünfzehn erwarte.«

Er schritt zum Turbolift und merkte kaum, daß ihm Harriman folgte.

Chekov befand sich noch immer in der Krankenstation und half den Überlebenden. Abgesehen von der geistigen Verwirrung gab es nur eine nennenswerte Verletzung. Sie betraf den blassen Mann, der den Reporter angegriffen hatte und ein Sedativ bekommen hatte – die Wunde in seinem Gesicht stammte offenbar von einem Metallfragment. Die beiden Journalisten wurden ihren neuen medizinischen Aufgaben erstaunlich gut gerecht, und alles deutete darauf hin, daß die Situation bald unter Kontrolle war.

Die Arbeit lenkte Chekov ab, und deshalb merkte er nicht sofort, daß die Erschütterungen aufgehört hatten. Als diese Erkenntnis schließlich in ihm heranreifte, wandte er sich an seine beiden Assistenten, die noch immer Patienten untersuchten.

»Na bitte. Jetzt wissen Sie, daß die Offiziere auf der Brücke unser Vertrauen verdienen.«

Die Journalisten lächelten erleichtert. »Dem Himmel sei Dank«, erwiderte die Frau. »Ich hatte schon Angst, keine Gelegenheit zu bekommen, über diese Sache zu berich ...«

Den Rest hörte Chekov nicht. Die Welt neigte sich abrupt zur Seite, und er taumelte, stieß gegen eine Diagnoseliege. Als die heftigen Vibrationen zu Ende gingen, fand er sich auf der dunkelhäutigen Frau mit den seltsamen Augen wieder.

Rasch erhob er sich. »Ist alles in Ordnung mit Ihnen?«

Sie gab keine Antwort, setzte sich stumm auf. Die purpurne Mütze war ihr vom Kopf gerutscht – Chekov griff danach und reichte sie ihr. Sie starrte ihn groß an, ließ sich dann von ihm aufhelfen und zum Biobett führen.

Die ganze Zeit über blieb ihr Blick auf ihn gerichtet – und glitt gleichzeitig durch ihn. Die Frau schien etwas zu beobachten, das nur sie sehen konnte.

Schließlich blinzelte sie kurz und rückte Chekov ins Zentrum ihrer Aufmerksamkeit.

»Er ist jetzt dort«, sagte sie ganz ruhig und mit einer Direktheit, die eine Antwort von Pavel verlangte.

»Wer ist wo?«

»Er ist jetzt auf der anderen Seite.« Anteilnahme und Mitgefühl prägten den Gesichtsausdruck der El-Aurianerin. »Er weilt nicht mehr im Hier.«

Chekov drehte den Kopf, als die Journalistin rief: »Die Erschütterungen! Sie haben endgültig aufgehört!«

Er konzentrierte sich wieder auf die dunkelhäutige Frau. Seltsam: Irgend etwas an ihr fesselte ihn. Nun, es war natürlich dumm, ihren Worten Bedeutung beizumessen – immerhin stand sie unter der Wirkung eines starken neuralen Schocks. Er versuchte sich vorzustellen, wie McCoy mit einer solchen Angelegenheit fertig geworden wäre. *Legen Sie sich hin, Ma'am. Keine Sorge, es ist alles in bester Ordnung. Entspannen Sie sich ...*

Er lächelte erneut und klopfte der Frau auf die Hand. »Sprechen Sie jetzt nicht mehr. Ruhen Sie sich aus.« Widerstrebend wandte er sich ab.

»Ihr Freund«, sagte die El-Aurianerin. In ihrer Stimme erklang eine solche Gewißheit, daß Chekov zögerte. Die Worte bewirkten ein sonderbares Unbehagen in ihm, und er versuchte, es abzuschütteln. Stumm belächelte er seine eigene Irrationalität und machte erneut Anstalten, sich umzudrehen.

»Ihr Freund Jim«, betonte die Frau, und Pavel musterte sie verdutzt.

»Commander Chekov«, tönte Demoras Stimme aus dem Interkom-Lautsprecher. Sie klang angespannt und zu förmlich. »Captain Scott erwartet Sie auf Deck fünfzehn, in der Nähe des Maschinenraums.«

Er warf der El-Aurianerin noch einen letzten Blick zu und spürte dabei, wie sich neuerliches Unbehagen in ihm regte. Mit einigen langen Schritten eilte er an anderen Biobetten vorbei zum Interkom. »Was ist los, Demora? Stimmt was nicht?«

Doch Sulus Tochter hatte die Verbindung bereits unterbrochen.

Chekov überließ die Patienten den beiden Journalisten und lief zum nächsten Turbolift. Demoras knappe Mitteilung verstärkte das zuvor von der dunkelhäutigen Frau in ihm geweckte Unbehagen, und es metamorphierte fast zu Panik. Er bemühte sich, nicht daran zu denken, was auf Deck fünfzehn geschehen sein mochte.

Kurz darauf sah er Scott und Harriman, die im letzten unbeeinträchtigten Teil eines Korridors standen, vor einem Kraftfeld, hinter dem man durch ein gezacktes Loch in der Wand ins All blicken konnte.

»Mein Gott«, hauchte Pavel, als er sich den beiden Männern hinzugesellte. Er wußte bereits, wie die Antwort auf seine Frage lautete. Scotts Niedergeschlagenheit bot einen viel zu deutlichen Hinweis. »Hat sich dort jemand aufgehalten?«

Harriman bedachte ihn mit einem Blick, der tiefes Mitgefühl zum Ausdruck brachte. Chekovs Herzschlag setzte kurz aus. Scott stand völlig reglos, starrte durchs Loch in den Weltraum. »Aye ...«, erwiderte er leise.

Den Rest seiner Zeit an Bord der *Enterprise*-B verbrachte Chekov wie in Trance. Später entsann er sich nicht daran, ob Scott oder Harriman ihm gesagt hatten, wer fehlte – er wußte nicht einmal, wie und wann er zur Brücke zurückgekehrt war. Dort sah er sich selbst, wie er neben Scott und dem jungen Captain stand, der Demoras Bericht entgegennahm: *Ich habe alle Sektionen des Schiffes und auch das All in unserer Nähe sondiert. Es fehlt jede Spur von ihm.*

Daraufhin sah er Scott an und konnte einfach nicht glauben, daß es diesmal kein Wunder gab, daß es diesmal unmöglich sein sollte, den Captain aus den Klauen des Todes zu befreien. Es war ihnen schon einmal gelungen, damals, als Kirk im Zwischenraum unweit der tholianischen Grenze gefangen gewesen war. Sie hatten ihn für tot gehalten, doch er überlebte. Warum sollte er dem Schicksal nicht auch diesmal ein Schnippchen schlagen können?

Doch Scott seufzte nur, als er zum leeren Kommandosessel sah und dann den Kopf schüttelte. »Nur ein kurzer Spaziergang um den Block«, flüsterte er bitter.

»Nein.« Chekov spürte, wie sich seine Augen mit Tränen füllten. »Ausgeschlossen. Es darf nicht auf diese Weise enden ...«

Scott trat neben seinen alten Freund und legte ihm die Hand auf die Schulter. »Alles muß einmal enden.«

Eine Zeitlang gaben sich die beiden Männer dem Kummer hin, ignorierten Reporter und Aufnahmekamera. Bis Harriman sagte: »Lassen Sie uns heimkehren.«

Er schritt zum Befehlsstand und nahm seinen Platz als Captain der *Enterprise* ein.

5

Captain Hikaru Sulu saß im Kommandosessel der *Excelsior,* trank Tee und sah zum Wandschirm, der vorbeigleitende Sterne zeigte. Derzeit herrschte Ruhe auf der Brücke, wie auch während der letzten Tage. Sie waren so ereignislos gewesen, daß sich Sulu den Luxus erlauben konnte, die Gedanken treiben zu lassen. Die *Excelsior* kehrte nach einer langen Kartographierungsmission im Thanatos-Sektor heim. Der Flug dauerte noch eine Weile, ohne daß mit Zwischenfällen irgendeiner Art gerechnet werden mußte – was dem Captain Gelegenheit gab, über dies und das nachzudenken. Diesmal galten seine Überlegungen der Zeit. Er verglich die vorbeischwebenden Sterne mit Sekunden und Minuten, die aus der Zukunft kamen und in der Vergangenheit verschwanden, ohne festgehalten oder zurückgeholt werden zu können. Wenn man die Sache aus dieser Perspektive sah, hatte die Gegenwart nur als Zwischenstadium Bedeutung, als eine unmeßbar kurze Phase, die das Vergangene vom Zukünftigen – dem Unbekannten – trennte.

Sulu lächelte dünn, als ihn die eigene Verdrießlichkeit amüsierte. Vermutlich hing sie mit dem Jungfernflug der neuen *Enterprise*-B zusammen. Es enttäuschte ihn, daß er nicht daran teilnehmen konnte. Und gleichzeitig erfüllte ihn dieser Umstand mit einer gewissen Erleichterung. Der Grund für die Enttäuschung: Er hätte Demora gern am ersten Tag ihres Dienstes Gesellschaft geleistet und seine alten Freunde wiedergesehen. Was die Erleichterung betraf… Er wollte nicht daran erinnert werden, daß die gute alte Zeit endgültig vorbei war.

Und doch … Es mochte durchaus von Vorteil sein, sich die Unbeständigkeit der Dinge zu vergegenwärtigen. Kummer und Gram wuchsen aus dem Streben nach Unerreichbarem. Zufriedenheit und Glück erforderten die Bereitschaft, das Unvermeidliche hinzunehmen, auch den eigenen Tod zu akzeptieren. Die Buddhisten kannten dafür eine nützliche Meditation: Denk an dich selbst und stell dir vor, glücklich und lebendig zu sein.

Und nun ein anderes Bild: der Tod. Die Haut kalt und grau, der Körper steif.

Stell dir vor, wie dein Leib zerfällt und Würmern als Heimstatt dient, wie sich das Fleisch von den Knochen löst und in den Boden zurückkehrt, aus dem es einst kam …

Sulu hatte sich seinen Tod oft genug vorgestellt, um nicht mehr davon entsetzt zu sein. Doch das Konzept des Verlustes belastete ihn nach wie vor. Er wußte: Eines Tages würde dieses prächtige Schiff nicht mehr existieren. Ebensowenig wie die erste *Enterprise* – sie hatten ihre Zerstörung vom Genesis-Planeten aus beobachtet. Vielleicht verlor er die *Excelsior* nicht aufgrund eines so dramatischen Zwischenfalls; vielleicht mußte er sie einfach ›nur‹ einem anderen Captain überlassen.

Er sah auf, als der Erste Offizier Masoud Valtane laut seufzte. Als Xenologe wurde Valtane immer unruhiger, weil er keine Planeten mehr untersuchen konnte. Sulu unterdrückte ein Lächeln, als sein Stellvertreter links vom Befehlsstand verharrte und sich nervös über den dunklen Schnurrbart strich. Bei der Besatzung war Valtane nicht besonders beliebt, was sowohl an seiner Reserviertheit lag als auch daran, daß er alles sehr genau nahm. Im Lauf der Zeit wußte Sulu den Ersten Offizier immer mehr zu schätzen. Er fand heraus, daß Valtanes Distanziertheit in Beziehungen zu anderen Personen nicht auf Arroganz oder Hochmut zurückging, sondern auf einem fast kindlichen Mangel an Heuchelei basierte. Außerdem: Der Umstand, daß er fast alles wörtlich verstand, erinnerte Sulu an einen anderen wissenschaftlichen Offizier.

Das in die Armlehne des Sessels integrierte Interkom summte. Sulu stellte die Tasse Tee ab und drückte eine Taste. »Brücke.«

»Captain...« Lieutenant Djugaschwilis normalerweise ruhige Stimme klang jetzt eine halbe Oktave höher als sonst. Ihre unüberhörbare Nervosität sorgte dafür, daß sich in Sulu etwas versteifte. »Die magnetischen Sicherheitsschranken funktionieren nicht mehr. Wir verlieren Kühlmittel. Warpinstabilität steht unmittelbar bevor.«

Sulu sah zu Valtane, dessen Hand nun am Schnurrbart verharrte. Der halkanische Navigator Lojur hatte die Mitteilung gehört und warf einen Blick über die Schulter. Sorgenfalten zerfurchten das in Rot zwischen den Brauen tätowierte Familiensymbol. Lieutenant Shanda Docksey, Steuermann, drehte ebenfalls den Kopf, und dadurch schwang ihr kastanienbraunes Haar herum.

Docksey gehörte erst seit kurzer Zeit zur Crew. Furcht glänzte in ihren Augen, als sie sich an Lojur wandte, der wie beruhigend die Hand auf die Rückenlehne ihres Sessels legte. Steuermann und Navigator waren unzertrennlich seit Dockseys Ankunft vor einigen Tagen. Sie hatte gerade erst die Ausbildung an der Starfleet-Akademie hinter sich gebracht, und Lojur fand großen Gefallen daran, die Rolle des Veteranen, Mentors und väterlichen Lehrers zu spielen.

»Wieviel Zeit bleibt uns?« fragte Sulu.

»Weniger als drei Minuten, Sir«, erwiderte Djugaschwili.

Aufgrund früherer Übungen wußte der Captain, daß die Zeit nicht genügte, um alle Techniker in den primären Rumpf zu evakuieren. Hinzu kamen: Die *Ex-*

celsior befand sich zu weit im interstellaren Raum, um die betreffenden Personen mit Hilfe des Transporters in Sicherheit zu bringen. »Rettungsboote einsatzbereit machen.«

»Aye, Sir.«

»Alarmstufe Rot!« befahl Sulu. Sirenen heulten, als er die Kom-Verbindung unterbrach.

Er drehte den Sessel ein wenig zu schnell: Tee schwappte über den Rand der Tasse. »Lieutenant Lojur ... Treffen Sie Vorbereitungen für die Separation vom sekundären Rumpf.«

»Ja, Captain.« Lojur bediente die Kontrollen seiner Konsole.

»Docksey ... Wie weit sind wir von Planeten und anderen Himmelskörpern entfernt?«

Die junge Frau schien ihre Bestürzung überwunden zu haben und antwortete sofort. »Die Distanz zur nächsten Starbase beträgt null Komma fünf Parsec. In einem Umkreis von fünf Parsec befinden sich keine Planeten.«

Sulu nickte. »Halten Sie sich in Bereitschaft für maximalen Warpfaktor. Die Entfernung zwischen uns und dem sekundären Rumpf soll mindestens zwei Parsec betragen, wenn die Explosion erfolgt. Mr. Lojur – leiten Sie die Separation ein.«

»Separation wird eingeleitet.«

»Mr. Valtane ...«

Der Erste Offizier hatte die wissenschaftliche Station aufgesucht, als der Alarm begann. Die Anspannung war ihm ebenso deutlich anzusehen wie den anderen Brückenoffizieren, als er sich zum Befehlsstand umdrehte.

»Wieviel Zeit haben wir noch bis zur Detonation?« fragte der Kommandant.

»Zwei Minuten und sechs Sekunden, Captain.«

Sulu nickte zufrieden und wartete, zählte dabei die Sekunden.

Schließlich meldete Lojur: »Separation erfolgt, Captain.«

Das Bild auf dem Wandschirm wechselte, zeigte jetzt nicht mehr das All mit den Sternen, sondern den sekundären Rumpf – er bestand aus der technischen Sektion und den Warpgondeln. Sulu beobachtete, wie winzig wirkende Rettungsboote aus den Hangars glitten, zornigen Bienen gleich, die nun aufstiegen, um einen Angreifer zu verjagen. »Zeit?«

»Noch eine Minute und dreißig Sekunden, Sir.«

Sulu sah zum Navigator. »Lojur, Sie haben eine halbe Minute, um die Starttechniker in den Hangars an Bord zu beamen.«

»Ja, Sir.« Der Halkaner führte einige Schaltungen durch, und Docksey sah ihm aus großen Augen zu. Lojur offenbarte die Selbstsicherheit eines alten Hasen, der dem Neuling zeigte, worauf es ankam.

»Captain...« Rand – sie trug das goldgelbe und silbergraue Haar im Nacken zusammengebunden – sah von den Anzeigen der Kommunikationskonsole auf. Von allen Brückenoffizieren hatte sie am meisten Erfahrung und die bisherigen Ereignisse mit ruhiger Gelassenheit zur Kenntnis genommen. Ein neugieriger, verwunderter Unterton in ihrer Stimme veranlaßte Sulu, in ihre Richtung zu sehen. »Eine persönliche Nachricht für Sie – von der Erde.«

Wahrscheinlich von Demora, dachte er voller Stolz. Sicher wollte sie ihm aufgeregt Bericht von ihrem ersten Tag an Bord der *Enterprise*-B erstatten. Es freute ihn, daß sie versuchte, mit ihm Kontakt aufzunehmen – doch unglücklicherweise konnte er nicht antworten. »Das muß bis später warten.«

»Die Mitteilung ist von Pavel Chekov«, sagte Rand. Sie zögerte kurz, und ihre Stimme schwankte, als sie hinzufügte: »Er klingt... Ich glaube, es ist etwas passiert.«

Zuerst verstand Sulu nicht, doch dann reifte eine

Erkenntnis in ihm: Captain Chekov gehörte zu den Offizieren der alten *Enterprise,* die am Jungfernflug des neuen Schiffes teilnahmen. Ein Gedanke beherrschte Hikarus Empfinden und drängte alles andere beiseite:

Demora …

Er hielt unwillkürlich den Atem an, als die Kälte jäher Besorgnis sein Herz umklammerte.

Nein, ausgeschlossen. Wenn seiner Tochter etwas zugestoßen wäre, so hätte sich Captain Harriman mit ihm in Verbindung gesetzt. Es sei denn … Vielleicht fühlte sich Pavel als guter Freund verpflichtet, ihm die schlechte Nachricht selbst zu überbringen.

Oder …

»Bitten Sie ihn um etwas Geduld.« Sulu wandte sich an Valtane. »Zeit?« fragte er scharf.

»Noch eine Minute und dreizehn Sekunden bis zur Explosion des Antimateriewandlers, Sir.«

»Bringen Sie uns in dreizehn Sekunden von hier weg«, wies Sulu Docksey an. »Warp zehn. Lojur …«

»Verstanden, Captain. Der Transporterraum meldet, daß nur noch sieben Starttechniker transferiert werden müssen. Es bleibt niemand zurück, Sir.«

Sulu seufzte leise, stand auf und ging zu Rand. »Öffnen Sie den Kanal, Commander.«

Die Frau berührte eine Schaltfläche. Vor ihr erhellte sich ein kleiner Bildschirm, und aus einem zunächst wirren Streifenmuster schälten sich die Konturen von Pavel Chekovs Miene.

Sulu neigte den Oberkörper nach vorn, stützte sich an der Konsole ab und musterte seinen alten Freund. Seit ihrem letzten Gespräch schien Chekov um Jahre gealtert zu sein, doch dieser Eindruck wurde nicht etwa von zusätzlichen grauen Haaren oder einigen weiteren Falten im Gesicht hervorgerufen.

Nein, es lag vielmehr am tiefen Kummer in den glänzenden, geröteten Augen. Dieser Anblick wirkte auf Sulu ähnlich wie ein Fausthieb in die Magengrube – er zuckte zusammen.

»Pavel...«, sagte er leise. »Mein Gott, Pavel...« Er versuchte, jene Frage zu formulieren, die ihm auf den Lippen lag, doch irgend etwas hinderte ihn daran. Die unausgesprochenen Worte hingen wie eine unsichtbare dunkle Wolke zwischen ihnen.

Wer ist gestorben?

»Hikaru...« Chekov sprach betont ruhig, aber hinter der eisernen Selbstbeherrschung spürte Sulu brodelnde Emotionen, die sich kaum unter Kontrolle halten ließen. »Es tut mir leid, daß Sie es ausgerechnet von mir erfahren müssen. Während ihres Jungfernflugs geriet die *Enterprise*-B in eine Art... energetische Turbulenz. Die Außenhülle riß an einer Stelle auf...«

»Demora«, sagte Sulu, doch Chekov schüttelte schon den Kopf, noch bevor ihm die letzte Silbe des Namens über die Lippen gekommen war.

»Alle Starttechniker an Bord, Sir!« rief Lojur.

»Warptransfer beginnt«, fügte Docksey hinzu. »Warpfaktor zehn.«

Sulu hörte die Stimmen wie aus weiter Ferne – die Ereignisse auf der Brücke schienen plötzlich an Bedeutung verloren zu haben. Seine Aufmerksamkeit galt vor allem der Darstellung in dem kleinen Kom-Projektionsfeld.

»Mit Demora ist alles in Ordnung«, sagte Chekov. »Befindet sich nach wie vor im Dienst. Aber... der Captain suchte den Deflektorraum auf, um von dort aus zu versuchen, das Schiff zu retten. Es gelang ihm. Allerdings...« Chekov senkte den Kopf. »Er... er kam ums Leben.«

»Der Captain?« Sulu blinzelte verwirrt. Er kannte Harriman, den Kommandanten der *Enterprise*-B, aber von einer Freundschaft in dem Sinne konnte kaum die Rede sein. Warum hielt es Chekov für nötig, deshalb über viele Lichtjahre hinweg mit ihm zu reden?

Rand stöhnte leise und preßte sich dann die Hand auf den Mund.

Sulu blickte auf sie hinab und *verstand* plötzlich. Ein emotionaler Schock durchzuckte ihn wie ein elektrischer Schlag. Er griff nach der Kante von Rands Konsole und hauchte: »Der *Captain* …«

Dieser Gedanke erschien absurd. Er konnte sich vorstellen, eine solche Nachricht über Scotty, McCoy oder sogar Chekov zu hören, aber Kirk … Jim Kirk war eine unsterbliche Legende, die den Tod nicht zu fürchten brauchte …

»Scott benachrichtigt Uhura und Kirks Neffen«, fuhr Chekov fort. Er wirkte hilflos, suchte vergeblich nach den richtigen Worten. »Ich gebe Mr. Spock Bescheid. Starfleet wird einen Gedenkgottesdienst veranstalten.« Er zögerte. »Es tut mir leid, Hikaru«, wiederholte er. »Ich weiß gar nicht, was ich sagen soll. Daß so etwas geschehen mußte … Es ist unfaßbar für mich.«

»Pavel …« Sulu berührte den Bildschirm. »Danke dafür, daß ich es von Ihnen höre. Geben Sie gut auf sich acht.«

Das kummervolle Gesicht Chekovs verschwand aus dem Projektionsfeld.

Sulu legte Rand kurz die Hand auf die Schulter. »Heben Sie die Alarmstufe Rot auf.« Er sprach leise, aber die besondere Festigkeit in seiner Stimme übertönte das Heulen der Sirenen.

»Sir?« Valtane bedachte den Captain mit einem fragenden Blick, ebenso wie Lojur und Docksey.

»Alarmstufe Rot aufheben.« Sulu wandte sich von Rands Station ab, kehrte zum Befehlsstand zurück und drückte dort eine Taste in der Armlehne. »An alle: Die Übung ist beendet.« Er holte tief Luft. »James T. Kirk starb heute an Bord der *Enterprise*-B. Ich halte eine Schweigeminute zu seinen Ehren für angemessen.«

Das Heulen verstummte abrupt, und auf der Brücke herrschte völlige Stille.

Sulu schwieg zusammen mit seinen Offizieren, starrte zum Wandschirm und betrachtete dort eine dunkle, unbekannte Zukunft.

Leonard McCoy betrat die multireligiöse Kapelle, die zum Starfleet-Hauptquartier in San Francisco gehörte, wählte dort einen Platz im rückwärtigen Bereich. Sonnenschein filterte durch die hohen bunten Fenster, malte blaue, rote und violette Muster auf Stühle, Teppich und die Hände des Arztes. Der kleine Raum war nicht geschmückt, sah man von der duftenden Zimmercalla in der Nähe des Podiums ab.

Stille umhüllte den Arzt. Außer ihm hielt sich niemand anders an diesem Ort der Andacht auf. McCoy begrüßte das – er war extra fünfundvierzig Minuten früher gekommen, um mit seinem alten Freund allein zu sein.

Natürlich fehlte Jims physische Präsenz. Immerhin handelte es sich um einen Gedenkgottesdienst, nicht um eine Bestattung. Kirk hatte keine Leiche hinterlassen, was *richtig* zu sein schien. Seine sterblichen Überreste trieben nun irgendwo durchs All, eins mit der Ewigkeit.

McCoy lehnte sich zurück und seufzte leise. In der vergangenen Nacht hatte er kaum geschlafen. Wirre Träume plagten ihn, darunter auch Erinnerungen an den Zwischenfall mit der *Reliant*. Damals war Kirk mit dem Geisterschiff verschwunden und von allen für tot gehalten worden. In Wirklichkeit aber saß er im Zwischenraum fest.

In Leonards Träumen kehrte Kirk zurück, schwebte, in einen Raumanzug gekleidet, durchs Nichts und winkte mit den Armen – auf die gleiche Weise war er während der Verschiebungsphasen im Kontrollraum der ersten *Enterprise* erschienen: als ein Phantom.

Auch diesmal winkte Jim, aber es ging ihm gar nicht darum, Hilfe zu bekommen. Er *grüßte* vielmehr. Und er *lächelte*, forderte McCoy mit seinen Gesten auf, ihm Gesellschaft zu leisten. Leonard freute sich so sehr darüber, seinen Freund glücklich zu sehen, daß er mit Tränen erwachte.

Manchmal erfüllte ihn die Erkenntnis, daß Jim wirklich und endgültig tot war, mit Bitterkeit und tiefem Kummer. Doch dann erinnerte er sich daran, daß Kirk ein gutes Leben geführt, mehr geleistet und erfahren hatte als sonst jemand.

Die Tür öffnete sich. McCoy drehte sich um und sah Spocks Miene. Der Vulkanier bemerkte den Arzt und wollte sich zurückziehen, die Tür wieder schließen.

Leonard stand auf und trat in den Mittelgang. »Nein. Gehen Sie nicht, Spock. Bitte, kommen Sie herein …«

Spock zögerte. »Ich möchte Sie nicht stören, Doktor.«

»Wenn's jemand anders wäre … Dann würde ich es vorziehen, jetzt allein zu sein. Nun, ich bedauere, daß wir uns ausgerechnet unter diesen Umständen wiedersehen, aber ich bin trotzdem froh, daß Sie hier sind.« Der Anblick des Vulkaniers brachte neuerlichen Kummer, denn er erinnerte McCoy daran, daß sie ohne Jim nie wieder ein Trio sein konnten. Tränen brannten in den Augen des Arztes, und er versuchte, sie zurückzuhalten. Seltsam: Er hatte angenommen, sich lange genug der Trauer hingegeben zu haben, um seine emotionalen Reaktionen besser kontrollieren zu können. Außerdem wollte er den Vulkanier nicht in Verlegenheit bringen, indem er in aller Öffentlichkeit weinte. Trotzdem fiel es ihm nun sehr schwer, nicht laut zu schluchzen.

Er rang sich ein schiefes Lächeln ab, als Spock näher kam und buntes Licht über sein Gesicht strich. Zum großen Erstaunen des Arztes blieb der Vulkanier vor ihm stehen und streckte die Hand aus. »Ich bedauere die Umstände ebenso wie Sie, Doktor. Dennoch freue auch ich mich über das Wiedersehen.«

McCoy starrte verblüfft auf die dargebotene Hand – Vulkanier waren Kontakttelepathen; eine Berührung genügte, um sie mit dem Chaos des menschlichen Bewußtseins zu konfrontieren. Schließlich gab er sich einen Ruck und griff danach. Spocks Finger fühlten sich fast fiebrig warm an, und für ein oder zwei Sekunden gewann Leonard einen vagen Eindruck von den Empfindungen des Vulkaniers. Er spürte sonderbare Ruhe und eine tiefe Anteilnahme, die dazu führte, daß seine Augen erneut feucht wurden.

»Ich fasse es einfach nicht«, entfuhr es McCoy mit jähem Schmerz. »Drei Tage sind vergangen, und ich kann es noch immer nicht fassen. Irgend etwas in mir weigert sich zu glauben, daß Jim nicht mehr lebt.«

»Er ist tot.« Spocks Stimme klang völlig sachlich, brachte keine Bitterkeit oder dergleichen zum Ausdruck. »Ob wir es glauben oder nicht.« Langsam ließ er McCoys Hand los und deutete zu den Stühlen. »Sollen wir uns setzen?«

»Ja.« Leonard nahm Platz, und der Vulkanier folgte seinem Beispiel. Eine Zeitlang saßen sie schweigend und sahen zu den Blumen am Podium. »Spock ...«, sagte Leonard schließlich. »Erinnern Sie sich an unseren Aufenthalt im Yosemite-Tal, zusammen mit Jim? Er meinte damals, für ihn gäbe es überhaupt keinen Zweifel daran, daß er allein stirbt.«

»Ja, ich erinnere mich«, antwortete der Vulkanier ruhig.

»Ich muß immer wieder daran denken, daß ich bei ihm hätte sein sollen. Ich meine, Sie konnten ihm keine Gesellschaft leisten – immerhin nahmen Sie zusammen mit Ihrem Vater an einer diplomatischen Mission teil. Aber mir ging's nur darum, die Abschlußfeier meines Enkelkinds zu besuchen. Ich hätte vermutlich am Jungfernflug der *Enterprise*-B teilnehmen können, wenn das wirklich mein Wunsch gewesen wäre. Aber ich ... entschied mich dagegen. Ich hatte genug von Starfleet, und um ganz offen zu sein: Ich wollte meine Zeit nicht an Bord eines Schiffes vergeuden, das uns gar nicht braucht. Es gefällt mir nicht, in ein lebendes Ausstellungsstück verwandelt zu werden.« Der Arzt zögerte. »Immer wieder geht mir dieser Gedanke durch den Kopf: Ich hätte bei Jim sein sollen. Dann wäre dies alles vielleicht nicht passiert ...«

»Ihre Präsenz an Bord der neuen *Enterprise* hätte keinen Unterschied bedeutet, Doktor«, sagte Spock fest. »Sie wären vom Captain zur Krankenstation geschickt worden, und anschließend hätte er trotzdem den Deflektorraum aufgesucht. Selbst wenn wir eine hypothetische Situation annehmen und uns vorstellen, daß Sie beide zum kritischen Zeitpunkt zusammen waren ...« Der Vulkanier zögerte, und ein kaum wahrnehmbarer Schimmer des Leids teilte McCoy folgendes mit: Spock hatte an den gleichen Schuldgefühlen gelitten und sie mit Rationalität überwunden. »Dadurch wäre für Jim nur alles schwerer gewesen. Die Sorge um Sie hätte ihn belastet.«

Leonard dachte darüber nach. »Vielleicht haben Sie recht. Nun, ich schätze, er starb auf die von ihm gewünschte Weise – indem er mit Erfolg versuchte, die *Enterprise* zu retten.«

Spock neigte dem Arzt das Gesicht entgegen und lächelte, ohne dabei die Lippen zu bewegen. Leonard fragte sich, wieso er einen solchen Eindruck gewann. Vielleicht deshalb, weil sich die Falten in den Augenwinkeln des Vulkaniers ein wenig vertieften? »Es ist kein schlechter Tod.«

Daraufhin drehte McCoy abrupt den Kopf. »Stimmt. Sie kennen sich damit aus, nicht wahr?« Er entsann sich an Spocks entsetzlichen Strahlentod und konnte ein Schaudern nicht unterdrücken. Gleichzeitig tröstete es ihn zu wissen, daß Jims Leben auf weniger qualvolle Weise zu Ende gegangen war. »Soll ich Ihnen was sagen?«

Der Vulkanier wartete geduldig.

»Sie tun mir leid, Spock.« Leonard sprach in einem ehrlichen, aufrichtigen Tonfall, ohne die ironische Schärfe, die er dem Ersten Offizier der alten *Enterprise* gegenüber so oft verwendet hatte. »Weil Sie uns alle überleben werden. Weil die Zeit Sie immer wieder mit dem Verlust eines guten Freundes konfrontiert.« Er zögerte und versuchte, scherzhaft zu klingen, die Heiserkeit aus seiner Stimme zu verbannen. Es gelang ihm nicht. »Das haben Sie davon, sich mit uns Menschen abzugeben. Keine *Katras*, die es für die Nachwelt zu bewahren gilt. Keine in letzter Minute stattfindenden Reisen zum Mount Seleya, um uns zurückzubringen…«

Plötzlich strömten ihm Tränen in die Augen, und Spock verschwand hinter einem Schleier aus Nässe. »Verdammt!« McCoy spürte Feuchtigkeit auf den Wangen und fluchte erneut, als er das Zittern in seiner Stimme hörte. »*Verdammt!* Es tut mir leid, Spock.« Er wischte die Tränen mit dem Handrücken fort, holte dann ein Taschentuch hervor. »Ich habe mir fest vorgenommen, mich nicht zu so etwas hinreißen zu lassen…«

»Schon gut«, entgegnete der Vulkanier sanft. »Ich habe viele Jahre lang mit Menschen zusammengearbeitet und bin daher an ihre emotionalen Ausbrüche gewöhnt.«

McCoy lächelte entschuldigend, während er die Suche nach einem Taschentuch fortsetzte. Er fand keins, doch dafür entdeckte er etwas, das sein Lächeln offener gestaltete und in die Breite wachsen ließ. »Sehen Sie nur, Spock. Sie haben bestimmt geglaubt, ich hätte das Ding in irgendeine Schublade gelegt und dann einfach vergessen.« Er hob das vulkanische Mandala. Das Kupfer war an mehreren Stellen grün angelaufen, und viele Fingerabdrücke zeigten sich an dem Objekt. »Ich hab's immer dabei und bezeichne es als meinen vulkanischen Talisman.« Er lachte unsicher und verlegen. »Vielleicht sollte ich mit Hilfe dieses Gegenstands in mich gehen. Mit meiner Logik ist es seit einigen Tagen nicht zum besten bestellt.«

Er zögerte und rieb das Metall zwischen zwei Fingern. »Erinnern Sie sich an den Tag, an dem Sie mir das Mandala schenkten?«

»Natürlich, Doktor.«

»Und Jim gab mir die Uhr. Scheint erst gestern gewesen zu sein – und doch ist schon ein Jahr vergangen. In der letzten Nacht habe ich nicht geschlafen und von Mitternacht bis zum Morgengrauen gehört, wie die Uhr jeweils zur vollen Stunde schlug. Er gab sie mir, damit ich mich an die guten alten Zeiten erinnere – doch ich mußte dauernd daran denken, wie schnell sie vorbei sind. Die Zeit gleitet an uns vorbei, und wir können sie nicht festhalten. Sie, ich, selbst das hier ...« Leonard hob das Mandala. »Eines Tages existiert es nicht mehr.«

»›Die Zeit verschlingt alles‹«, zitierte Spock.

»Ja.« McCoy sah auf, und so etwas wie Zorn blitzte in seinen Augen. »Ich denke immer wieder an die Zeit ...«

ZWEITER TEIL

Achtundsiebzig Jahre später

6

Captain Jean-Luc Picard stand auf dem Hauptdeck der *Enterprise,* sah zur blauweißen Fahne der Vereinten Föderation der Planeten auf und atmete die würzige Luft tief ein. Unter ihm neigte sich leise knackendes Holz im Rhythmus der Wellen hin und her. Weiter oben sang der Wind in den Segeln.

Er fühlte sich versucht, den Kopf zu heben und laut zu lachen, um die Perfektion des Augenblicks zu genießen. Das Schicksal schien es außerordentlich gut mit ihm zu meinen. Es erfüllte ihn mit Glück, genau auf jene Weise zu leben, die seinen Wünschen entsprach. Trotzdem: Er blieb ernst, als er den Blick über die Brückencrew schweifen ließ. Jeder von ihnen trug der historischen Epoche entsprechende Kleidung.

Es fiel Picard sehr schwer, nicht zu schmunzeln, als er den schelmischen Glanz in den Pupillen des Ersten Offiziers sah. Erstaunlicherweise erweckte Will Riker den Eindruck, nie eine andere Uniform getragen zu haben – bei ihm sahen die weiße Kniehose sowie die dunkelblaue Weste mit den goldenen Epauletten an den Schultern keineswegs wie ein Kostüm aus. Doch sein Bart und der verwegen aufgesetzte Hut paßten mehr zu einem Freibeuter als zu einem Marineoffizier des neunzehnten Jahrhunderts. Mit einem Papagei auf der Schulter und einem Holzbein …

Picard nickte Riker kurz zu und drehte dann den Kopf, bevor das eigene Lächeln von den Augen zu den Lippen wachsen konnte.

»Bringt den Gefangenen!« donnerte Riker und gefiel sich ganz offensichtlich in seiner Rolle.

Eine nahe Luke schwang auf. Deanna Troi duckte

sich hindurch und hielt dabei ihren dreieckigen Hut fest. Geordi LaForge folgte ihr – sein VISOR paßte nicht in die Szenerie. Hinter ihm kam der Gefangene: Worf, ohne Hut und in Hemdsärmeln. Eiserne Ketten rasselten an Händen und Füßen, als ihn seine beiden Begleiter übers Deck führten.

»Mr. Worf…«, begann Picard und hoffte, daß er würdevoll genug klang. »Ich habe immer gewußt, daß irgendwann einmal ein solcher Tag kommen würde. Sind Sie bereit, sich der Anklage zu stellen?«

Worf blinzelte und sah sich verwundert um.

Gespielt grimmig bohrte ihm Troi den Ellenbogen in die Rippen. »Antworten Sie!«

Der Klingone bedachte sie mit einem sowohl verwunderten als auch amüsierten Blick, straffte dann die Schultern. »Ich bin bereit.«

Erneut nickte Picard Riker zu, der darauf eine Schriftrolle hervorholte. Er räusperte sich und las, während Geordi die Fesseln des Gefangenen löste.

»Wir, die Offiziere und Besatzungsmitglieder der *USS Enterprise*, erklären hiermit, daß wir im Vollbesitz unserer geistigen Kräfte sind. Wir legen Lieutenant Worf folgendes zur Last. Erstens: Bei zahllosen Gelegenheiten hat er mehr getan als nur seine Pflicht. Zweitens: Seit zwölf Jahren ist er ein guter und immer zuverlässiger Offizier dieses Schiffes. Und drittens: Er hat sich Respekt und Bewunderung der ganzen Crew erworben.«

Die letzte Kette fiel aufs Deck, und Riker rollte das Dokument wieder zusammen.

»Angesichts solcher Verbrechen kann es nur ein Urteil geben«, verkündete Picard und bemühte sich sehr, auch weiterhin ernst zu bleiben. »Hiermit befördere ich Sie zum Lieutenant Commander und verleihe Ihnen alle damit einhergehenden Rechte und Privilegien. Möge Gott Ihrer Seele gnädig sein.«

Die Besatzung spendete begeisterten Applaus. Picard erlaubte sich nun ein Lächeln und beugte sich vor, um Worf die Hand zu schütteln. »Herzlichen Glückwunsch, Commander.«

Auch der Klingone lächelte. »Danke, Sir.«

Der Captain hielt Worfs Hand fest, bis Riker näher trat. Der amüsierte Glanz in den Augen des Ersten Offiziers hatte sich verstärkt. »Die Planke ausrichten!«

Mehrere Besatzungsmitglieder eilten herbei und drängten Worf in Richtung eines schmalen Brettes, das über den Rand des Decks hinausragte. Darunter rauschte das Meer.

»Die Dienstmarke senken!« rief Riker.

Ein Mann war an einer Rahnock emporgeklettert und ließ nun ein Seil herab, an dem ein dreieckiger Offiziershut samt Feder befestigt war. Etwa drei Meter über dem Brett verharrte der Hut.

»Sie können es schaffen, Worf!« Deanna winkte mit ihrem eigenen Hut. »Sehen Sie nicht nach unten!«

Andere Stimmen erklangen:

»Viel Glück!«

»Fallen Sie nicht ins Meer!«

Picard beobachtete das Geschehen und machte nun keinen Hehl mehr aus seiner Erheiterung. Riker schob sich an ihn heran und sagte leise: »Er scheitert bestimmt.«

An Mut mangelte es Worf gewiß nicht. Mit der für ihn typischen Entschlossenheit trat er auf die Planke, näherte sich langsam der hin und her baumelnden Trophäe.

Geordi wölbte die Hände trichterförmig vor dem Mund. »Es geht *tiiieef* hinunter!«

»Und sicher ist das Wasser ziemlich kalt!« fügte Riker laut hinzu.

Der Klingone ignorierte die spöttischen Bemerkungen und setzte den Weg über die immer schmaler werdende Planke fort.

Picard sah, wie dünne Falten in Beverly Crushers

Stirn entstanden. »Geordi …« Besorgt wandte sie sich an den Chefingenieur. »Haben Sie daran gedacht, das Sicherheitsprogramm des Holo-Decks zu aktivieren? Ich weiß nicht, ob Klingonen schwimmen können …«

Geordis Lippen verzogen sich zu einem breiten Lächeln. »Ich erinnere mich nicht genau …«

Die Crew schwieg, als Worf das Ende des Bretts erreichte und zu dem Hut aufsah. Der Klingone atmete tief durch, duckte sich, spannte die Muskeln und sprang.

Picard staunte, und der neben ihm stehende Riker schnappte überrascht nach Luft, als Worf mit einer Hand nach dem Hut griff, zurückfiel und auf der Planke landete.

Ein oder zwei Sekunden lang schien das Unglück unvermeidbar zu sein. Unter dem Klingonen bog sich das Brett, und Worf ruderte mit den Armen, um das Gleichgewicht zu wahren …

Schließlich drehte er sich zu den sprachlosen Zuschauern um und setzte stolz den Hut auf.

Die Besatzungsmitglieder jubelten. Picard schmunzelte und sah den Ersten Offizier an, der zwar klatschte, aber ein wenig enttäuscht wirkte. »Im Lauf der Jahre habe ich zumindest eins gelernt«, sagte der Captain. »Man sollte nie einen Klingonen unterschätzen.«

Riker gab keine Antwort. Sein Gesichtsausdruck blieb neutral, doch der schelmische Aspekt kehrte nun in die Züge des stellvertretenden Kommandanten zurück.

»Computer …«, sagte er. »Planke entfernen.«

Ganz plötzlich verschwand das Brett unter den Füßen des Klingonen. Worf stürzte in die Tiefe, fiel mit lautem Platschen ins türkisfarbene Meer.

Jubel und Applaus wiederholten sich.

»Nummer Eins …« Picard wandte sich Riker zu und wölbte die Brauen. »Es heißt nicht ›Planke entfernen‹, sondern ›Planke an Bord holen‹.«

»Oh.« Der Erste Offizier gab sich völlig unschuldig. »Natürlich. Wie dumm von mir. Entschuldigung.«

Unterdessen sah Data über die Reling und beobachtete, wie Worf tief unten Wasser trat und nach einer Strickleiter griff. Kurze Zeit später drehte sich der Androide zu Beverly Crusher um. »Doktor ... Warum finden es die Leute lustig, wenn jemand ins Wasser fällt?«

Die Ärztin lächelte breit. »Es ist alles Spaß.«

Data sah sie groß an. »Ich verstehe nicht.«

»Versuchen Sie, die allgemeine Stimmung zu erfassen und mitzumachen.« Voller Begeisterung deutete sie auf die Umgebung. »Lernen Sie, etwas ... spontaner zu sein.«

Der Androide neigte den Kopf zurück und verarbeitete diese Informationen. Dann beugte er sich vor und verwendete genau die richtige Quantität kinetischer Energie, um Beverly Crusher über die Reling zu stoßen. Mit sachlichem Interesse beobachtete er, wie sie schreiend ins Meer fiel. Einige Sekunden später drehte er sich mit der Absicht um, einen Eindruck von den Reaktionen seiner Kollegen zu gewinnen.

Niemand lachte. Das galt auch für Picard, der den Wortwechsel gehört hatte. Allerdings: Der Captain war so guter Stimmung, daß er sich sehr beherrschen mußte, um nicht zu schmunzeln. Er warf Riker einen kurzen Blick zu. Der Erste Offizier stellte sorgfältig gestalteten mimischen Ernst zur Schau, doch seine Augen verrieten ihn – auch er hätte am liebsten gelächelt.

Geordi eilte zur Reling und starrte nach unten, wandte sich dann an den verwirrten Androiden. »Das war *nicht* lustig, Data.«

»Ich habe versucht, spontan zu sein«, erwiderte Data. »Offenbar verstehe ich nicht, was es bedeutet, ›die allgemeine Stimmung zu erfassen und mitzumachen‹. Wieso gilt es als ›Spaß‹, wenn Worf ins Wasser fällt, während das bei Dr. Crusher nicht der Fall zu sein scheint?«

»Nun …« Geordi seufzte. »Es ist schwer zu erklären.« Er beugte sich vor und reichte Worf die Hand, der gerade das Ende der Strickleiter erreichte. Der klatschnasse Klingone kletterte über die Reling und zeigte stolz den Offiziershut. Ihm folgte eine ebenfalls nasse und ganz und gar nicht amüsierte Beverly Crusher.

Picard ging zum Achterdeck, begleitet vom Ersten Offizier, und von dort aus wandte er sich an die ganze Crew.

»Da wir jetzt alle an Bord sind …« Er legte eine kurze Pause ein und schmunzelte. »Nummer Eins, bringen Sie das Schiff vor den Wind. Stellen wir fest, was sich dort draußen befindet.«

»Aye, aye, Sir.« Will sah zu Deanna Troi. »Übernehmen Sie das Ruder, Commander.«

Die Counselor stieg die Treppe zum Achterdeck hoch und trat dort hinters große Ruderrad. »Achtung, Bram- und Besansegel setzen! An die Brassen!«

Picard beobachtete zufrieden, wie die Besatzungsmitglieder den Aufforderungen sofort nachkamen. Segel blähten sich im Wind.

»Zum Meer zurückkehren«, murmelte der Captain. »Zum einsamen Ozean und dem Himmel …« Er seufzte einmal mehr. »Stellen Sie sich vor, wie's damals gewesen ist, Will. Keine Triebwerke, keine Computer. Nur der Wind und das Meer. Und die Sterne wiesen den Weg.«

In Rikers Mundwinkeln zuckte es. »Schlechtes Essen, miserable Disziplin …« Er zögerte und setzte dann hinzu: »Keine Frauen …«

Picard schüttelte den Kopf und lächelte. Doch bevor er eine Antwort geben konnte, erklang eine Stimme. »Brücke an Captain Picard …«

»Hier Picard.«

»Es ist eine persönliche Nachricht für Sie eingetroffen. Von der Erde.«

Picard seufzte erneut, und das Glücksgefühl in ihm wich Ärger. »Ich nehme sie hier entgegen.« Und zu Riker: »Damals gab es Freiheit, Will. Keine Bindungen… Und einer der größten Vorteile eines Lebens auf See bestand darin, daß man unerreichbar blieb.«

Jean-Luc schritt zum Bug und lächelte dabei stumm vor sich hin. Er wußte nicht, was es mit der Nachricht auf sich hatte, aber woraus auch immer die Mitteilung bestand: Er wollte so schnell wie möglich zu seinen Gefährten in der Holo-Kammer zurückkehren. Für die heutige Feier war er besonders dankbar. Sie erinnerte ihn an folgendes: Als Kommandant eines Raumschiffs führte er genau das Leben, das er sich immer gewünscht hatte.

Auf dem Weg zum Vorschiff winkte er einigen Matrosen in der Takelage zu, und nach einigen weiteren Schritten sagte er: »Computer – Kom-Nische.«

Auf dem Vorderdeck entstand plötzlich eine Öffnung, und dahinter glühten die Displays von Schaltpulten. Picard trat durch den Ausgang und aktivierte einen Monitor – ohne zu zögern, wie er sich später erinnerte. Ohne irgendeine Ahnung von dem Unheil, das sich nun anbahnte.

Deanna Troi spürte als erste, daß irgend etwas nicht stimmte. Sie hatte die allgemeine gute Stimmung genossen, insbesondere die des Captains, dem das für die Beförderung bestimmte historische Szenario am besten gefiel. Auch in Worf regten sich bei dieser Gelegenheit nur positive Empfindungen: Er schien durch und durch gerührt zu sein, daß ihn seine Freunde und Kollegen auf diese Weise ehrten.

Als die Counselor nun am Steuerrad stand, fluteten ihr jähe und so intensive Emotionen entgegen, daß sie zunächst keine Identifizierung vornehmen konnte. Sie taumelte kurz, hielt sich an dem großen Rad fest und versuchte, ganz ruhig zu atmen. Erst dann gelang es ihr, genug Distanz zu gewinnen, um eine Analyse vorzunehmen.

Kummer. Und Entsetzen. Die Gefühle wiesen große Ähnlichkeit mit Deannas Reaktion auf den Tod ihres Vaters auf, und dieser Umstand verstärkte ihr Unbehagen.

Sie blickte zum Vorschiff und sah, daß Picard im offenen Zugang der Kom-Nische stand. Seine blasse Miene wies deutlich auf einen Schock hin.

»Vertreten Sie mich am Steuerrad«, sagte Deanna zu einem Besatzungsmitglied in der Nähe, und anschließend verließ sie ihren Platz. Sie ging langsam, um keine unnötige Aufmerksamkeit auf sich selbst oder den Captain zu lenken. Derartig verheerende Emotionen erforderten ein Höchstmaß an Takt.

Troi brachte die Stufen des Achterdecks hinter sich und schritt zum Vorschiff. Picard stand reglos, und sein Blick reichte in weite Ferne. Die Lippen waren geteilt, und unbeschreiblicher Schmerz glänzte in den Augen.

Deanna blieb in respektvollem Abstand stehen. »Captain ...«, sagte sie so leise, daß nur Jean-Luc sie hörte. »Ist alles in Ordnung mit Ihnen?«

Picard schwieg einige Sekunden lang, schien die Counselor gar nicht zu hören. Dann blinzelte er und schien Mühe zu haben, in die Gegenwart zurückzufinden. »Ja«, sagte er und starrte zum Monitor. »Ja.« Er drehte sich um. »Wenn Sie mich bitte entschuldigen würden, Counselor ...«

Er desaktivierte den kleinen Bildschirm. »Computer – Ausgang.«

Ein Schott materialisierte wie aus dem Nichts und glitt beiseite. Troi sah Picard nach, als er das Holo-Deck verließ und seinen Kummer mitnahm.

Riker hatte das Hauptdeck aufgesucht, ohne die Reaktion des Captains zu bemerken. Er sah auch nicht, daß Troi ihren Platz am Steuerrad verließ. Will vergnügte sich prächtig, unter anderem auch deswegen, weil es ihm inzwischen gelang, die Eifersucht in Hinsicht auf Worf und Deanna aus sich zu verbannen. Offenbar waren sie noch immer damit beschäftigt, die Grundlagen für eine engere Beziehung zu schaffen. Einzelheiten wußte Will nicht – und er wollte auch gar keine erfahren.

Der Captain hatte ihn auf eine mögliche Zukunft hingewiesen, in der es zu einer auf Eifersucht basierenden Fehde zwischen Riker und Worf kam. Will nahm das zum Anlaß, einer derartigen Zukunft vorzubeugen und die Freundschaft mit dem Klingonen zu pflegen.

Dieses Bestreben blieb nicht ohne Erfolg. Die Spannungen zwischen ihm und Worf lösten sich immer mehr auf, und jetzt erlaubte es sich Will sogar, dem neuen Lieutenant Commander mit gutmütigem Spott zu begegnen.

Er trat einem Worf entgegen, der noch immer die nasse Kleidung trug – und den ebenfalls nassen Offiziershut, dessen Feder wie traurig nach unten hing.

»Was halten Sie davon, die Oberbram- und Leesegel zu setzen, Mr. Worf?«

Der Klingone musterte ihn verwirrt. »Oberbram ... Lee ...?«

Riker lächelte und deutete nach oben. »Nun, Sie haben heute bewiesen, vollkommen schwindelfrei zu sein. Sehen Sie die hohe Rahnock? Wie wär's, wenn Sie ...«

»Brücke an Commander Riker.«

Will wandte sich sofort in die Richtung, aus der er die Stimme hörte. »Hier Riker.«

»Wir empfangen einen Notruf vom Amargosa-Observatorium, Sir. Darin ist von einem Angriff die Rede.«

»Alarmstufe Rot!« rief Riker, und sofort liefen Besatzungsmitglieder an ihm vorbei zum Vorschiff. »Gefechtsstationen besetzen! Captain Picard zur Brücke...«

Im Kontrollraum nahm Riker den dreieckigen Hut ab und sah zum Wandschirm, der einen düsteren Anblick bot: die übel zugerichteten, rußgeschwärzten Reste des Amargosa-Observatoriums vor dem Hintergrund einer gelben Sonne. Er schüttelte den Kopf. »Offenbar kommen wir zu spät...«

Worf hatte noch keine Zeit gefunden, die feuchte Kleidung zu wechseln. Er stand an seiner Station und sah auf die Anzeigen. »Es befinden sich keine anderen Raumschiffe im Sonnensystem.«

Die Tür des Turbolifts öffnete sich, und der Captain kam herein. Neugierige Blicke glitten ihm entgegen, mehr oder weniger verhüllt. Riker bemerkte die Besorgnis in Deannas Gesicht – nur sie schien eine Ahnung zu haben, was Picard belastete. Um was auch immer es sich handeln mochte: Etwas Banales konnte es wohl kaum sein. Nie zuvor war der Captain während einer Alarmstufe Rot zu spät auf der Brücke eingetroffen.

Picards Miene blieb völlig ausdruckslos, als er zum Kommandosessel schritt. Zu Rikers großem Erstaunen reagierte er nicht auf das vom Wandschirm präsentierte Bild, und er verzichtete sogar darauf, einen Statusbericht zu verlangen.

Der Erste Offizier räusperte sich. »Wir nähern uns Amargosa, Captain. Das Observatorium scheint kaum mehr zu sein als ein Trümmerhaufen.«

»Überlebende?« fragte Picard knapp.

»Die Sensoren registrieren fünf Lebensformen in der Station, Captain«, antwortete Data.

»Die Besatzung bestand aus insgesamt neunzehn Personen«, fügte Riker betroffen hinzu.

Picards Miene offenbarte nicht die geringste Veränderung, als er aufstand. »Alarmstufe Rot beenden.« Er wandte sich Riker zu, ohne ihn anzusehen. »Beginnen Sie mit Nachforschungen, Nummer Eins. Ich bin im Bereitschaftsraum.« Er drehte sich um und ging zur Tür.

Riker warf Deanna einen kurzen Blick zu – ihre Überraschung bot ihm keine Erklärung. »Sir?« fragte er und versuchte nicht, sein Erstaunen zu verbergen.

Picard wirbelte um die eigene Achse. »Habe ich mich nicht klar genug ausgedrückt?«

»Captain, ich dachte, Sie würden …«

»Halten Sie sich an Ihre Order«, zischte Picard und verließ die Brücke. Hinter ihm schloß sich die Tür des Bereitschaftsraums.

Amargosa roch nach Feuer und Tod.

Rikers erste Wahrnehmung betraf diesen Geruch. Er stieg ihm in die Nase, noch bevor der Retransfer in der Station komplett zu sein schien. Der Gestank stammte von Dingen, die eigentlich nicht brennen sollten: Metall, synthetische Materialien, Fleisch.

Will kniff die Augen zusammen und starrte durch träge dahinwallende Rauchschwaden. Nur einige wenige Lampen an der Decke glühten – offenbar stand nicht einmal für die Notbeleuchtung genug Energie zur Verfügung. Diffuses Halbdunkel herrschte, und fast überall verdichteten sich Schatten. Riker hob den kleinen Scheinwerfer, ließ den Lichtkegel über zerfetzte Wände und auseinandergeplatzte Konsolen gleiten. Er setzte sich in Bewegung, schritt vorsichtig durch das Chaos und dachte daran, daß hier irgendwo vierzehn Leichen lagen. Die übrigen Mitglieder der Einsatzgruppe – Crusher, Worf, Paskall und Mendez – folgten ihm stumm. Es wäre ein Sakrileg gewesen, unter solchen Umständen unnötige Worte zu verlieren; es wäre der Tragödie gegenüber respektlos gewesen, die hier stattgefunden hatte.

Der Zerstörungsgeruch war frisch, und das bedeutete: Seit dem Angriff konnten erst wenige Minuten vergangen sein. Während Riker und seine Freunde auf dem Achterdeck der *H.M.S. Enterprise* gefeiert hatten, war hier Leben ausgelöscht worden. Will verharrte abrupt, als er etwas Kleines und Dunkles sah, das unter einem verbogenen Metallträger hervorragte: eine blutige Hand. Beverly nahm sofort eine Sondierung mit ihrem medizinischen Tricorder vor, schüttelte dann den Kopf und wechselte einen enttäuschten Blick mit dem Ersten Offizier.

Die Gruppe setzte den Weg fort.

Worf sah sich mehrmals um und runzelte die Stirn. »Allem Anschein nach wurden diese Zerstörungen von Intervallern der dritten Kategorie angerichtet.«

Gemeine Waffen, dazu geeignet, Haut, Muskeln und Knochen zu verbrennen. Riker preßte kurz die Lippen zusammen. »Dann kommen nur Klingonen, Breen und Romulaner in Frage.«

»Ich empfange Biosignale.« In Crushers Gesicht leuchtete jähe Hoffnung auf. »Etwa zwanzig Meter weiter vorn.«

»Damit dürfte klar sein, daß Klingonen nicht für dies hier verantwortlich sind«, brummte Worf. Als er Rikers fragenden Blick bemerkte, fügte er hinzu: »Sie hätten niemanden am Leben gelassen.«

Beverly wagte sich zielstrebig in die Dunkelheit vor. »Dort drüben ...«

Riker folgte ihr, und der Lichtkegel seiner Lampe strich einmal mehr über Trümmer – bis die Ärztin schließlich neben einem reglosen Mann niederkniete. Ohne den Tricorder der Ärztin hätte Will den Betreffenden für tot gehalten – eine Intervallerentladung hatte den hinteren Bereich der Uniformjacke fast vollständig verbrannt. Er schnitt eine Grimasse, als er erneut den Geruch von verkohltem Fleisch wahrnahm. Übelkeit stieg in ihm empor, begleitet vom Zorn auf jene Leute, die zu solchen Grausamkeiten fähig waren.

Crusher schien alle anderen Emotionen aus sich zu verdrängen und nur an der Entschlossenheit festzuhalten, dem Mann zu helfen. Sie öffnete ihre Medo-Tasche und begann mit der Arbeit.

Riker winkte den drei übrigen Angehörigen des Einsatzteams zu. »Worf, Sie kommen mit mir. Paskall, Sie und Mendez sehen sich oben um.«

Die beiden Sicherheitswächter gingen fort. Riker und Worf schritten durch einen dunklen Korridor, folgten dabei dem Licht ihrer eigenen Lampen, die blasse Ovale in das Bild der Verwüstung malten. Nach einer Weile sah Will ein zylindrisches Objekt zwischen den Schatten: die herabgestürzte Komponente eines Belüftungsschachtes, vermutete er zunächst – bis sein Blick auf den Stiefel fiel. Worf drehte seine Lampe ein wenig, und ihr Schein strich über eine Frau. Neben ihr lag ein Mann, und beide trugen blaue Starfleet-Uniformen.

Riker ging in die Hocke, tastete nach dem Puls und schüttelte kurz darauf den Kopf. Grauen keimte in ihm, als ihn die Finsternis nicht vor einem schrecklichen Anblick bewahrte – die eine Gesichtshälfte der Frau war praktisch weggebrannt.

In der Ferne klopfte es. Der Erste Offizier sprang auf, orientierte sich und eilte in die entsprechende Richtung.

Der Lichtkegel von Worfs Lampe sauste zu einer geborstenen Wand. »Hier unten ...«

Die beiden Offiziere hebelten ein schweres Metallfragment beiseite, wühlten dann in dem Schutt darunter. Etwas regte sich dort, und Riker hörte leises Keuchen. Dieses Geräusch spornte ihn ebenso an wie den Klingonen. Sie gruben noch schneller, und wenige Sekunden später erschien eine verzweifelt hin und her tastende Hand.

»Es ist alles in Ordnung«, sagte Worf so sanft, daß Riker erstaunt aufsah, während er weiterhin grub.

Der Klingone griff nach der schmalen, blassen Hand, schloß dunkle Finger darum. »Wir helfen Ihnen.«

Wo hatte er solche Sanftmut gelernt? Vielleicht bei Deanna? Dieser Gedanke weckte einen Hauch Eifersucht in Riker, und er unterdrückte ihn sofort. Um so besser für den Klingonen, wenn er aus der Beziehung zur Counselor etwas lernte.

Worf hielt auch weiterhin die Hand, als Riker die Reste einer Konsole hob und sie beiseite stemmte. Darunter kamen Kopf und Oberkörper eines Humanoiden mit hellen Haaren zum Vorschein. Worf ließ die Hand nun los, und der Mann hob sie zur Stirn. Aus fast farblosen Augen sah er zu den beiden Starfleet-Offizieren auf, und der Schock stand ihm deutlich ins Gesicht geschrieben. Er schien unverletzt zu sein; eine alte Narbe reichte von der Stirnmitte unter einem Auge hinweg und über die Wange.

»Ich bin Commander William Riker vom Raumschiff *Enterprise*.«

Der Mann blinzelte und versuchte, Rikers Worte zu verstehen, in die Wirklichkeit zurückzufinden. »Soran...«, flüsterte er. »Dr. Tolian Soran...« Er riß die Augen auf, als er die rauchenden Trümmer sah, und für einen Sekundenbruchteil glaubte Riker, in den Zügen des Mannes eine Bitterkeit zu sehen, die an Wahnsinn grenzte.

»Wer hat die Station angegriffen, Doktor?« fragte Riker mit behutsamem Nachdruck. Er drehte sich nicht um, als er Schritte hörte, sah aus den Augenwinkeln, daß sich Beverly Crusher näherte.

Soran ließ noch einmal einen traurigen Blick durchs Chaos schweifen und schüttelte den Kopf. »Ich bin nicht sicher... Es ging alles so schnell.«

Beverly schenkte dem Wissenschaftler ein beruhigendes Lächeln und untersuchte ihn mit dem Tricorder. Riker sah dabei zu und trachtete danach, einen Eindruck von Soran zu gewinnen. Irgend etwas an dem Mann bereitete ihm vages Unbehagen. Vielleicht das seltsame Schimmern in den Augen, ein fast wild anmutender Glanz. Oder lag es daran, daß seine vermeintliche Hilflosigkeit aus irgendeinem Grund nicht ganz echt wirkte?

»Commander!« rief Paskall vom Oberdeck. »Sie sollten sich das hier ansehen!«

Riker wechselte einen kurzen Blick mit Worf, bevor er zur Notleiter eilte und nach oben kletterte, gefolgt von dem Klingonen. Paskall und Mendez knieten neben jemandem. Als sich Riker und Worf näherten, hob Mendez die Lampe so, daß ihr Licht aufs Gesicht der am Boden liegenden Gestalt fiel.

Es handelte sich um einen jungen Soldaten, und sein Tod schien eher auf einen unglücklichen Zufall zurückzuführen zu sein: Ein Trümmerstück hatte ihn erschlagen. Blut und Rußflecken zeigten sich in seinem Gesicht, doch die Züge waren unverkennbar.

Riker fühlte sich weder verwirrt noch überrascht, spürte nur, wie der Zorn in ihm zunahm, als er gewölbte Brauen und spitze Ohren sah. Er gab keinen Ton von sich und überließ es Worf, den gemeinsamen Groll mit einem einzigen Wort zum Ausdruck zu bringen:

»Romulaner …«

7

Unmittelbar nach dem Ende des Dienstes suchte Geordi LaForge Datas Kabine auf. Dafür gab es zwei Gründe. Erstens: Er glaubte, daß der Dr. Crusher betreffende Zwischenfall noch eine Erörterung verdiente. Und zweitens: Für gewöhnlich heiterte ihn die Gesellschaft des Androiden auf. Amargosa hatte die allgemeine Stimmung an Bord gedrückt; es schien unfair zu sein, daß die festliche Atmosphäre so schnell von einer Tragödie überschattet wurde. Andererseits: Konnte jemals von Gerechtigkeit oder Fairneß die Rede sein, wenn der Tod dem Leben ein ebenso abruptes wie gräßliches Ende brachte?

Und es ging nicht nur um Amargosa. Es war auch noch etwas anderes geschehen, und es stand in einem unmittelbaren Zusammenhang mit Picard. Geordi hatte sich in der Nähe des Vorschiffs aufgehalten, als der Captain die Mitteilung empfing. Sein Gesicht blieb ihm dabei verborgen, doch die Haltung wies deutlich auf einen erlittenen Schock hin.

Vor der Tür von Datas Unterkunft verharrte Geordi und betätigte den Melder. Das Schott glitt beiseite, und der Chefingenieur sah Data, der in einem Sessel saß, mit Spot auf dem Schoß.

»Oh, Geordi«, sagte der Androide. »Bitte kommen Sie herein. Freut mich sehr, Sie zu sehen. Ich würde Ihnen gern einige Fragen stellen …«

»Vermutlich geht es dabei um die Sache mit Dr. Crusher.« Geordi trat näher, und hinter ihm schloß sich die Tür wieder.

Data nickte. »Ja. Ich möchte herausfinden, warum

ihr Sturz ins Wasser nicht komisch war – obgleich alle lachten, als Commander Worf ins Meer fiel.«

»Nun … Ich weiß nicht, ob ich imstande bin, Ihnen das zu erklären. Der menschliche Humor ist eine recht komplexe Angelegenheit.«

Data runzelte die Stirn, während er die Katze streichelte. Sie schloß die Augen und schnurrte schläfrig. »Vielleicht geht es dabei um den Aspekt der Aggression. Ich habe Dr. Crusher über die Reling *gestoßen*. Und Worf fiel, weil die Planke plötzlich nicht mehr existierte.«

LaForge schüttelte den Kopf. »Nein. Humor kann manchmal ziemlich aggressiv sein. Und Sie haben Dr. Crusher nicht stark genug gestoßen, um sie zu verletzen.«

»Oh.« Verwirrung schimmerte in Datas goldenen Augen. »Ist sie noch immer böse auf mich?«

»Nein. Aber an Ihrer Stelle würde ich die Krankenstation eine Zeitlang meiden.« Geordi lächelte schief. »Wie sind Sie überhaupt auf die Idee gekommen, sie über die Reling zu stoßen?«

»Ich habe versucht …« Data neigte den Kopf ein wenig zur Seite und suchte nach den richtigen Worten. »… die allgemeine Stimmung zu erfassen und mitzumachen. So hat es Dr. Crusher ausgedrückt. Ich dachte, es sei amüsant.« Erneut runzelte er die Stirn – ganz offensichtlich beunruhigte es ihn, daß er dieses Phänomen nicht verstand. Er hob Spot und setzte die Katze auf den Boden; sie beschwerte sich mit einem leisen »Miau«.

Geordi beobachtete, wie der Androide zur Wand ging und dort eine Schaltfläche berührte. Ein kleines Fach öffnete sich, offenbarte einen winzigen Chip, der in einem kristallenen Behälter ruhte. Es war ein emotionaler Prozessor, hergestellt nach den Angaben von Noonien Soong. Schon vor einer ganzen Weile hatte Data darauf hingewiesen, daß er nicht beabsichtigte, den letztendlich auf seinen Schöpfer zurückgehenden Emo-Chip jemals zu nutzen. Doch jetzt brachte er ihm solches Interesse entgegen, daß LaForge neugierig näher kam.

»Data ... Denken Sie daran, das Ding zu verwenden?«

»Seit mehreren Monaten denke ich darüber nach.« Der Androide sah Geordi aus goldenen Augen an. »Und angesichts des Zwischenfalls mit Dr. Crusher halte ich nun den richtigen Zeitpunkt für gekommen.«

LaForge runzelte die Stirn. »Sie haben eine Überladung Ihres neuralen Netzes befürchtet, nicht wahr?«

»Ja, das stimmt«, bestätigte Data. »Andererseits glaube ich, daß ich bei meiner Entwicklung als künstliche Lebensform einen toten Punkt erreicht habe. Seit vierunddreißig Jahren bemühe ich mich, ›menschlicher‹ zu werden, über meine ursprüngliche Programmierung hinauszuwachsen. Trotzdem bin ich noch immer nicht imstande, ein so elementares Konzept wie den Humor zu verstehen.« Er wandte sich wieder dem kristallenen Behälter zu. »Vielleicht läßt sich das Problem nur mit dem Emo-Chip lösen.«

Geordi beugte sich vor, betrachtete den Prozessor skeptisch und seufzte. Nun, es bestand nicht die Gefahr von irreparablen Schäden; schlimmstenfalls ergab sich ein wenig Ärger. Außerdem: Durfte LaForge seinem Freund eine solche Erfahrung vorenthalten? »Na schön. Aber beim ersten Anzeichen von Problemen desaktiviere ich den Prozessor. Einverstanden?«

»Einverstanden.« Data nahm sofort Platz, bereit dazu, den Chip zu empfangen. Geordi trat hinter ihn und öffnete eine Klappe im Schädel. Darunter kamen Schaltkreise zum Vorschein.

»Es dauert nicht lange ...«, murmelte der Chefingenieur. In Gedanken fügte er hinzu: *Hoffentlich bereuen wir es später nicht ...*

Als Geordi Datas Elaborationspotential mit einem emotionalen Prozessor erweiterte, stand Riker im Bereitschaftsraum und teilte dem Captain mit, was die Einsatzgruppe im Amargosa-Observatorium entdeckt hatte.

An dem seltsam kühlen Gebaren Jean-Luc Picards hatte sich nichts geändert. Er saß im Sessel und kehrte Riker den Rücken zu, preßte die Fingerspitzen aneinander und blickte aus dem Fenster.

»Wir haben zwei tote Romulaner in der Station gefunden«, beendete Will den Bericht. »Derzeit wird ihre Ausrüstung analysiert. Vielleicht gibt uns das Aufschluß darüber, woher sie kamen.«

Die Zeigefinger lagen an den Lippen, als Picard nickte. Dann ließ er die Hände sinken. »Gibt es noch immer keinen Hinweis darauf, aus welchem Grund der Angriff stattfand?« Seine Stimme klang müde und schien wie aus weiter Ferne zu kommen. Offenbar fiel es ihm schwer, sich auf diese Angelegenheit zu konzentrieren.

»Die Aggressoren haben praktisch die ganze Station auseinandergenommen.« Riker schauderte innerlich, als er sich an die schrecklich zugerichteten Leichen entsann. »Sie riefen Daten aus den Speicherbanken des zentralen Computers ab und stellten in den Frachtkammern alles auf den Kopf. Es hat den Anschein, daß sie nach etwas suchten.«

»Hmm...« Picard schwieg wieder und starrte so lange wortlos aus dem Fenster, daß Riker unruhig zu werden begann. Schließlich sagte der Captain tonlos: »Informieren Sie Starfleet Command. Der Angriff auf das Observatorium könnte bedeuten, daß die Romulaner weitere Aktionen in diesem Sektor planen.«

Man hörte dem Ersten Offizier seine Überraschung ganz deutlich an, als er erwiderte: »Sie möchten, daß *ich* Starfleet Command informiere?«

Picard drehte den Sessel ein wenig und sah zu seinem Stellvertreter. »Gibt es da irgendein Problem?«

»Nein, Sir«, antwortete Riker rasch. *Zumindest habe* ich *keine Probleme damit.* Irgend etwas belastete den Captain. Welche Nachricht auch immer er an diesem Morgen von der Erde bekommen hatte – sie schien ihn zutiefst erschüttert zu haben.

»Danke, Nummer Eins«, sagte Picard. Sein Blick kehrte zum Fenster und zu den Sternen zurück.

Riker zögerte. »Das ist noch nicht alles, Captain. Einer der überlebenden Wissenschaftler – ein gewisser Dr. Soran – möchte Sie sprechen.« Er rechnete mit einem Einwand und fügte hastig hinzu: »Ich habe ihn darauf hingewiesen, daß Sie beschäftigt sind, aber er meinte, ein unverzügliches Gespräch mit Ihnen sei äußerst wichtig.«

Die erwartete Reaktion des Captains blieb aus. Er nahm die Worte des Ersten Offiziers einfach hin, sagte nur: »Verstanden. Sie können jetzt gehen.«

Er wollte ganz offensichtlich allein sein, doch Riker entschied sich dagegen, seine Besorgnis zu verbergen. Picard war ein sehr zurückhaltender Mann, aber Will hielt es für seine Pflicht, eine ganz bestimmte Frage zu stellen – obgleich er kaum daran zweifelte, daß er keine Antwort bekommen würde. »Sir ... Stimmt etwas nicht?«

»Nein.« Picards Stimme klang sanft – und vermittelte gleichzeitig eine subtile, warnende Schärfe. »Danke.«

Riker zögerte noch etwas länger, gab dann auf und überließ den Captain seinem Kummer.

Das Unbehagen in Geordi nahm zu, als er den Gesellschaftsraum im zehnten Vorderdeck betrat und darauf achtete, nicht von Datas Seite zu weichen. Er hatte dauernd das Gefühl, daß sich eine Katastrophe anbahnte – obwohl sich der Androide entspannt und heiter gab. Bisher schien der Emo-Chip einwandfrei zu funktionieren. Data war mit der neuen Komponente seines Selbst so zufrieden, daß er sie nun einem Test unterziehen wollte.

LaForge behielt ihn im Auge, als Data sich umsah und wie ein Kind staunte. Interessiert beobachtete er die Besatzungsmitglieder und lächelte, als jemand laut über einen Witz lachte. Selbst die Bewegungen des Androiden schienen sich verändert zu haben, wirkten jetzt eleganter, geschmeidiger, irgendwie ... menschlicher.

Sie näherten sich der Bar, und fast sofort stellte Guinan eine Flasche auf die Theke. Ihre Miene wies darauf hin, daß sie keinen Widerspruch duldete.

Sie lächelte andeutungsweise. »Sie haben sich gerade freiwillig dazu gemeldet, meine ersten Opfer zu sein.« Guinan deutete auf die Flasche, die eine bernsteinfarbene Flüssigkeit enthielt, in der sich das Licht widerspiegelte. »Das Rezept dafür habe ich von Forcas Drei. Sie werden begeistert sein.«

Sie füllte zwei Gläser, und Geordi nahm einen Duft wahr, der nicht nur auf einen hohen Alkoholgehalt hinwies. Er roch auch etwas, das eine seltsame Mischung aus Brokkoli und Eukalyptus zu sein schien. Sein Gesichtsausdruck blieb neutral – er wollte Data nicht beeinflussen, der nun am Glas schnupperte und einen großen Schluck trank.

LaForge beobachtete, wie der Androide die Stirn runzelte und auf das Glas in seiner Hand hinabblickte. Nach einigen Sekunden konnte Geordi seine Neugier nicht länger bezähmen. »Nun ...?«

Die Verwirrungsfalten blieben in Datas Stirn, als er dem Blick des Chefingenieurs begegnete. »Ich glaube, das Getränk hat eine emotionale Reaktion bewirkt.«

»Tatsächlich? Was fühlen Sie?«

Data ließ das Glas sinken und horchte in sich hinein. »Ich ...« Wieder sah er zu Geordi und verzog andeutungsweise das Gesicht. »Ich bin mir nicht sicher. Mit

Emotionen habe ich nur wenig Erfahrung. Daher sehe ich mich außerstande, mein Empfinden zu beschreiben.«

»Emotionen?« Guinan beugte sich fasziniert vor.

Der Chefingenieur neigte den Kopf zur Seite, was fast einer Bestätigung gleichkam. »Ich erkläre es später«, sagte er, ohne seine Aufmerksamkeit von Data abzuziehen.

Der Androide trank einen zweiten großen Schluck, stellte dann das Glas ab und schnitt eine Grimasse.

Guinan wandte sich an Geordi. »Ich glaube, er verabscheut meine neue Spezialität.«

»Ja, genau!« entfuhr es Data, und Aufregung leuchtete in seinen Augen. »Das ist der richtige Ausdruck: Ich *verabscheue* das Getränk!«

Der Enthusiasmus des Androiden war ansteckend. Zwar wich das Unbehagen nicht ganz aus LaForge, aber er spürte, wie er lächelte. »Ich glaube, der Chip funktioniert tatsächlich.«

Data leerte das Glas und grinste triumphierend. »Ja. Ich verabscheue das Zeug! Es ist gräßlich!«

Einige Sekunden lang überließ Guinan die beiden Männer ihrer Freude, hob dann die Flasche und fragte: »Noch eine Runde?«

Data hielt ihr glücklich sein Glas hin. »Ja, bitte.«

Tolian Soran saß ebenfalls im Gesellschaftsraum, doch von seinem Platz aus hatte er keinen direkten Blick zur Theke. Er starrte aus einem Panoramafenster ins All und beobachtete einen ganz bestimmten Stern: die Sonne namens Amargosa. In einer terranischen Sprache bedeutete dieses Wort ›bitter‹. Der bittere Stern – eine seltsam angemessene Bezeichnung.

Wenn er das Gespräch zwischen Data, Geordi und Guinan gehört hätte, so wäre ihm sofort klar gewesen, was geschah. Aber selbst dann hätte er nicht gelacht, nicht einmal gelächelt. Er schmunzelte fast nie, blieb praktisch immer ernst. Es gab kaum etwas, das ihn amüsierte.

Ihm ging es nur um eins: Er wollte zu Leandra zurückkehren. Vor einem knappen Jahrhundert hatte er die *Lakul* dazu benutzt, um für einen herrlichen, wundervollen Augenblick sein Ziel zu erreichen. Doch die *Enterprise*-B brachte ihn wieder fort. Jener andere Ort, an dem sie auf ihn wartete... Er schien real zu sein. Der Rest war Illusion – ein quälender, viele Jahrzehnte langer Umweg, der zuviel Pein bescherte, um als Wirklichkeit akzeptiert zu werden.

Jetzt befand er sich erneut an Bord eines Raumschiffs, das den verdammten Namen *Enterprise* trug. Doch diesmal würde es keine Distanz zwischen ihm und Leandra schaffen. Ganz im Gegenteil: Es sollte ihn zu ihr bringen – auch wenn er dazu alle Personen an Bord umbringen mußte.

Immerhin: Dies war nicht die *echte* Realität.

Aber ob real oder nicht: Soran wußte, daß er in diesem Universum seine ganze Schläue verwenden mußte, um in die Welt zurückzukehren, die er als Heimat erachtete. Der erste Schritt bestand darin, einen bestimmten Raumschiffkommandanten zu manipulieren.

Eine Zeitlang blieb er stumm und reglos sitzen, bis er ihn schließlich sah: einen uniformierten Mann, hager und kahlköpfig, mit einem markanten Gesicht. Soran erkannte ihn sofort – er strahlte ein Selbstbewußtsein aus, das ihn als Captain identifizierte. Wie lautete sein Name? Er hatte einen exotischen Klang, stammte von der Erde...

Picard. Ja, genau. Jean-Luc Picard.

Zielstrebig schritt Picard durch den Gesellschaftsraum, und seine verschlossene Miene erinnerte Soran an sein eigenes Empfinden. Was fühlte der Captain? Die Lider des Wissenschaftlers zitterten kurz, als er sich entspannte, um psychische Emanationen zu empfangen.

Ja. Ja … *Wir haben viel gemeinsam,* dachte Soran, als sich der Mensch näherte. *Du fühlst dich ebenfalls von dem verletzt, was du hier siehst: Leute, die lächeln und lachen, sich vergnügen, ohne Anteil zu nehmen an unserem Leid. Sie begreifen überhaupt nicht, daß dieses Universum zum größten Teil aus Entsetzen und Pein besteht. Aber sie werden es erfahren. Ja, bald begegnen sie alle dem Tod – ihrem eigenen ebenso wie dem von Freunden, Ehepartnern und Kindern. Niemand von ihnen entkommt.*

Abgesehen von mir. Bei den Göttern: Nur ich allein entkomme, ohne jemals zurückzukehren …

Picard erreichte den Tisch, blickte kühl und ernst auf den El-Aurianer hinab. »Doktor …«

Soran sah auf, und der Ernst in seinen Zügen ähnelte dem des Starfleet-Offiziers. »Ja, ja, Captain … Danke, daß Sie gekommen sind.«

Er streckte die Hand aus, und Picard nahm sie entgegen, drückte mit einer Festigkeit zu, die auf Entschlossenheit hinwies. Ein solcher Mann ließ sich nicht so leicht manipulieren. Es mochte auch schwer sein, ihn zu sondieren und herauszufinden, was ihn bewegte. Wie dem auch sei: Er spürte frischen Schmerz, und das genügte ihm zunächst. Mit der Zeit gelang es ihm sicher, Details in Erfahrung zu bringen, um zu lernen, wie er den Captain beeinflussen konnte.

Picard nahm auf der anderen Seite des Tisches Platz und winkte den Kellner fort, der herbeigeeilt war, um die Bestellung aufzunehmen. »Für mich nichts.« Brüsk wandte er sich an Soran. »Wie ich hörte, möchten Sie etwas Wichtiges mit mir besprechen.«

»Ja.« Sorans Blick bohrte sich in die dunklen Augen des Captains. »Ich muß unverzüglich zum Observatorium zurückkehren, um dort ein Experiment fortzusetzen. Es betrifft das Zentralgestirn des Sonnensystems.«

Ärger huschte durch Picards Gesicht. Soran wußte natürlich, daß sein Anliegen wie das eines exzentrischen Wissenschaftlers klang, der vor allem an die eigene Arbeit dachte und die Zeit des Captains vergeudete.

»Doktor...«, begann Picard, ohne ganz über seine Verärgerung hinwegtäuschen zu können. »Unsere Nachforschungen in bezug auf den Angriff sind noch nicht beendet. Sobald die Untersuchungen abgeschlossen sind, können Sie und die anderen Forscher zum Observatorium zurückkehren. Bis dahin...«

»Der Zeitfaktor spielt bei meinen Experimenten eine große Rolle.« Soran ließ einen Hauch Verzweiflung in seiner Stimme erklingen. »Wenn ich sie nicht innerhalb der nächsten zwölf Stunden fortsetzen kann, gehen viele Jahre Arbeit verloren.« Es mußte ihm gelingen, den Captain so schnell wie möglich zu überzeugen – andernfalls endete das Gespräch, bevor Soran den Schlüssel fand, den richtigen Ansatzpunkt. O ja, er fühlte etwas: schrecklichen Schmerz, Agonie, Leid...

Picard stand bereits auf. »Wir geben uns alle Mühe«, sagte er knapp. »Wenn Sie mich jetzt bitte entschuldigen würden...«

Plötzlich empfing Soran ein Bild: zwei schreiende Menschen, die unter so gräßlichen Qualen starben, daß Soran unwillkürlich nach Luft schnappte, sich schaudernd an die eigene, vor langer Zeit erfahrene Pein erinnerte. *Also haben wir mehr gemeinsam, als ich zunächst dachte.* Echtes Mitgefühl veranlaßte ihn, die Hand auszustrecken und nach dem Arm des Captains zu greifen.

Picard drehte sich ruckartig um – und erstarrte, als er das Wissen in Sorans Augen sah. Der El-Aurianer beugte sich vor, bis das Gesicht des Captains sein ganzes Blickfeld füllte.

»Es heißt, die Zeit sei das Feuer, in dem wir alle brennen«, sagte er leise. »Und für mich wird die Zeit knapp.«

Ja, er hatte die Emanationen richtig gedeutet: Flammen, Schreie, Schrecken. Picard senkte den Kopf, konnte dem Blick des Wissenschaftlers nicht mehr standhalten.

Soran ließ den Arm los. Der physische Kontakt war jetzt nicht mehr nötig – mit Worten hielt er Picard weitaus fester, als es sich mit Händen bewerkstelligen ließ. Aufrichtige Anteilnahme zeigte sich in seinem Gesicht, als er auch weiterhin in die Augen des Captains sah und daran dachte, wie die Todesstrahlen der Borg durch einen malachitgrünen Planeten schnitten. Wie oft hatte er des Nachts wach gelegen und sich das Entsetzen von Leandra, Mara und Emo vorgestellt, als der Tod vom el-aurianischen Himmel kam?

Auch ich weiß, wie es ist, das verbrennende Fleisch geliebter Personen zu riechen …

»In unserem Leben gibt es so viele unerledigte Dinge«, fuhr Soran fort. »Das verstehen Sie sicher.«

Picard sah zur Seite und schwieg einige Sekunden lang. Als er schließlich antwortete, war seine Stimme kaum mehr als ein Flüstern. »Ich werde sehen, was ich tun kann …«

Ohne ein weiteres Wort drehte er sich um und ging, gab dem El-Aurianer keine Gelegenheit, seinen vorherigen Bemerkungen noch etwas hinzuzufügen. Soran sah ihm erleichtert und triumphierend nach – er hatte gewonnen. Langsam stand er auf und holte die alte Taschenuhr hervor: Leandra hatte sie ihm zum Namenstag geschenkt und damit auch sein Interesse für temporale Physik gewürdigt. Einige Sekunden lang blickte er aufs Zifferblatt und betrachtete sein Spiegelbild im Glas darüber.

Er wußte Leandras letztes Geschenk sehr zu schätzen, denn außerhalb des Nexus hatte er nichts anderes von ihr. Gleichzeitig haßte er es, weil ihn die Uhr ständig an die Grausamkeit der Zeit erinnerte. Letztendlich beanspruchte und vernichtete die Zeit alles. In der Mythologie der Terraner gab es eine ebenso gräßliche wie angemessene Metapher dafür: Kronos verschlang seine Kinder …

Die Zeit war nun ein Feind, der sich nur besiegen ließ, indem man ihm auswich. Eine solche Möglichkeit bot der Nexus. Die grausame Ironie des Schicksals bestand darin, daß er sie innerhalb der nächsten zwölf Stunden nutzen mußte.

Soran ging in Richtung Ausgang – und blieb abrupt stehen, als er hinter der Theke ein vertrautes Gesicht sah.

Guinan. Sie hatte sich unter den Flüchtlingen an Bord der *Lakul* befunden, an jenem Tag, als sie der *Enterprise*-B begegneten – und dem Nexus. Wenn sie Soran erkannte, so mußten ihr seine wahren Absichten sofort klar werden. Und dann hätte sie bestimmt nicht darauf verzichtet, dem Captain Bescheid zu geben.

Zum Glück war sie abgelenkt und sprach mit zwei Besatzungsmitgliedern. Sie hatte ihn nicht gesehen, und Soran wollte sich auf keinen Fall von ihr entdecken lassen. Er duckte sich hinter einige andere Personen, benutzte sie als Schild und eilte zum anderen Ausgang.

»Nun …« Guinan bückte sich ein wenig und griff nach einer staubigen Flasche unter der Theke. Anschließend richtete sie sich wieder auf und lächelte, als sie Datas Gesichtsausdruck sah: In der Miene des Androiden zeigten sich sowohl Entzücken als auch Ekel. »Abscheu haben Sie inzwischen kennengelernt. Versuchen wir's nun mit dem Gegenteil. Dieser saurianische Brandy ist *fast* so alt wie ich. Nur ein Schluck, um den Geschmack zu genießen. Denken Sie daran: Es handelt sich nicht um Synthehol.«

Geordi hatte sich inzwischen entspannt und sah begeistert aufs Etikett. »Scheint tatsächlich echt zu sein.« Er wich ein wenig zurück, als Guinan Staub von der Flasche pustete und dann den Korken zog. »Sie sollten des öfteren Emo-Chips testen, Data. Eine solche Sonderbehandlung lasse ich mir gefallen.«

Der Androide lächelte und hielt sein leeres Glas bereit. Als Guinan einschenkte, piepte Geordis Insignienkommunikator.

Er klopfte kurz auf das kleine Gerät. »LaForge.«

»Hier spricht Commander Worf. Ist Data bei Ihnen?«

»Ja.«

»Commander Riker möchte, daß Sie beide sofort zum Transporterraum kommen. Ich erwarte Sie dort. Worf Ende.«

Geordi seufzte. »Sie haben's gehört, Data. Gehen wir.«

Der Androide stellte das Glas ab und runzelte die Stirn. »Ich glaube, ich stelle eine weitere emotionale Reaktion fest.«

»Man nennt so etwas Enttäuschung.« Guinan lächelte und schob den Korken in die Flasche zurück. »Sie kommen darüber hinweg. Und keine Sorge. Dies ist noch hier, wenn Sie zurückkehren.«

»Danke, Guinan.« Geordi zögerte lang genug, um seinem nun bedrückten Freund Gelegenheit zu geben, sich ebenfalls zu erheben. Dann eilten sie beide zur Tür.

Guinan sah ihnen nach, und vor ihrem inneren Auge formten sich jähe Erinnerungsbilder. Plötzlich glaubte sie sich in die Krankenstation der *Enterprise*-B vor fast hundert Jahren zurückversetzt, in eine Welt, die zwischen der Wirklichkeit und dem Nexus hin und her schwankte. Sie blickte dort in die dunklen Augen eines Mannes, dessen Namen sie später erfuhr: Pavel Chekov.

Er ist jetzt auf der anderen Seite, Ihr Freund Jim ... Diese Worte hatte sie damals an ihn gerichtet.

Hier die Scheußlichkeit der Realität: ihre Heimat, ihre Familie, ihr Leben – von den Borg ruiniert.

Und dort die Schönheit des Nexus.

Damals war Guinan von jenem Gegensatz überwältigt gewesen …

Sie versuchte nun, die Reminiszenzen abzuschütteln. Viele Jahre lang hatte sie sich nicht gestattet, an den Nexus zu denken. Warum kehrte die Erinnerung daran ausgerechnet jetzt zurück?

Sie hatte sich diese Frage gerade erst gestellt, als sie auch schon die Antwort wußte. Jemand befand sich hier. Jemand, der auch in jener Nacht zugegen gewesen war. Jemand, der sich im Nexus aufgehalten hatte.

Guinan drehte sich um und sah dorthin, wo sie die namenlose Person vermutete.

Doch niemand stand an der betreffenden Stelle. Jemand nannte den Namen der Wirtin, und sie schüttelte verwundert den Kopf, wandte sich um und lächelte.

Wenige Sekunden später verschwanden die Erinnerungen wieder im Unterbewußtsein.

Will Riker stand neben Worf im Maschinenraum und sah auf einen Bildschirm, der ihm das Diagramm ausgewerteter Sensorinformationen zeigte. Auf der nahen Konsole lag ein romulanischer Tricorder, verbunden mit einem diagnostischen Scanner.

Riker runzelte die Stirn, betrachtete die Darstellungen des Projektionsfelds und versuchte, einen Sinn in ihnen zu erkennen. Sie blieben ihm ähnlich rätselhaft wie die Gründe für den Angriff auf das Observatorium.

»Einer der toten Romulaner hatte einen Tricorder«, erklärte Worf. »Wir haben uns die automatisch angefertigten Analyseprotokolle vorgenommen und wissen daher: Bei den Sondierungen wurde nach Trilithium gesucht.«

Riker wölbte eine Braue. »Trilithium?«

Worf nickte knapp. »Eine Substanz, mit der die Romulaner experimentieren. Ein auf Trilithium basierender Sprengstoff könnte rein theoretisch tausendmal mehr destruktive Energie freisetzen als eine Materie-Antimaterie-Annihilation. Allerdings hat man im Reich bisher keine Möglichkeit gefunden, das Zeug zu stabilisieren.«

Hoffentlich bleibt es dabei, dachte Riker. »Warum haben die Romulaner in einem Observatorium der Föderation danach gesucht?« fragte er laut. »Das ergibt doch keinen Sinn.«

Worf schwieg. Riker blickte erneut auf den Bildschirm, sah jedoch nicht das Diagramm, sondern die Leichen in der Station. Die Zerstörungen erschienen ihm nach wie vor sinnlos, aber bestimmt gab es einen Grund dafür – einen Grund, den die Überlebenden vielleicht kannten, jedoch nicht preisgeben wollten.

Er seufzte leise und wandte sich dem Klingonen zu. »Geordi und Data sollen sich mit der nächsten Einsatzgruppe transferieren. Richten Sie ihnen folgendes aus: Bei den Sondierungen im Observatorium geht es vor allem darum, nach Trilithium Ausschau zu halten.«

LaForge bedauerte es nicht mehr, daß sie keine Zeit für den saurianischen Brandy gefunden hatten, als er den Kontrollraum der Station betrat. So sehr es ihm auch gefallen hätte, zusammen mit Data im Gesellschaftsraum den einen oder anderen Schluck zu trinken – an einem Ort wie Amargosa brauchte man unbedingt einen klaren Kopf.

Nur die Notbeleuchtung funktionierte noch und spendete gerade genug Licht, um einen Menschen die Umgebung erkennen zu lassen. Geordi nahm natürlich nicht das matte Zwielicht wahr, sondern erkannte mit Hilfe seines VISORS weitaus mehr Einzelheiten. Doch Trümmer und gespenstische Stille schufen auch für ihn eine unheimliche Atmosphäre – immerhin wußte er, daß hier denkende und fühlende Wesen ums Leben gekommen waren. Es stimmte ihn traurig zu sehen, wie die Ergebnisse langjähriger Arbeit – in Form von Datenfolien und Speichermodulen – achtlos zu Boden geschleudert worden waren. Hinzu kamen zerschmetterte Konsolen und geborstene Monitore – Verheerung an einem Ort, der dazu diente, neues Wissen zu sammeln.

LaForge empfand fast die gleiche Ehrfurcht wie beim Besuch auf einem Friedhof.

Data hingegen wirkte fröhlicher als sonst, selbst unter diesen Umständen. Ein großer Teil seiner Aufmerksamkeit galt offenbar noch immer der neuen beziehungsweise veränderten Innenwelt. Er lächelte still vor sich hin, während er die andere Seite der Zentrale mit seinem Tricorder sondierte.

Geordi blickte aufs Display des Ortungsgeräts und schüttelte den Kopf. »Hier gibt es keine Spur von Trilithium. Es ist mir ein Rätsel, wieso die Romulaner ausgerechnet an diesem Ort danach gesucht haben.«

Er setzte den Scan fort – bis Data plötzlich kicherte. Daraufhin drehte er sich erstaunt zu dem Androiden um.

»Jetzt verstehe ich«, sagte Data und lachte erneut.

Geordi runzelte die Stirn. Er hielt es für völlig unpassend, ausgerechnet hier zu lachen, wo vor kurzer Zeit Männer und Frauen umgebracht worden waren. Aber er unterdrückte den Ärger und rief sich folgendes ins Gedächtnis zurück: Data kannte keine Furcht vor dem Tod, und daher vertrat er in diesem Zusammenhang einen wesentlich sachlicheren Standpunkt. Außerdem mangelte es ihm an Erfahrung mit Gefühlen; er mußte erst noch lernen, auf die richtige Art und Weise mit ihnen umzugehen.

»Was verstehen Sie?« fragte LaForge den Androiden.

Data lachte einmal mehr und brachte sich dann gut genug unter Kontrolle, um zu erwidern: »Sie haben folgende Worte an Commander Riker gerichtet…« Er ahmte Geordis Stimme perfekt nach, als er intonierte: »›Der Clown kann hierbleiben, aber der Ferengi im Gorillakostüm muß weg.‹«

Der Chefingenieur sah ihn groß an. »Wie bitte?«

»Während der Farpoint-Mission. Wir befanden uns auf der Brücke, und Sie erzählten einen Witz. Ich habe eben die Pointe zitiert.«

»Während der Farpoint-Mission? Seitdem sind sieben Jahre vergangen, Data.«

»Ja, ich weiß. Und jetzt verstehe ich den Witz.« Der Androide kicherte. »Er war sehr lustig.«

Geordi bedachte ihn mit einem skeptischen Blick, bevor er sich umdrehte. »Danke …«

Er schritt durch einen kurzen Korridor, der den Kontrollraum mit einigen kleineren Kammern verband. Data folgte ihm und schmunzelte.

LaForge blieb ruckartig vor einer Wand stehen. »Moment mal«, sagte er aufgeregt. »Hier gibt es einen verborgenen Zugang. Das VISOR zeigt mir die Fuge.« Er strich mit dem Finger über eine vertikale Linie, die gewöhnliche Augen sicher nicht entdeckt hätten.

Data trat neben ihn, sondierte die Wand mit dem Tricorder und runzelte die Stirn. »Offenbar existiert ein Abschirmfeld, das die Ortungssignale von den Bereichen jenseits der Tür fernhält.«

Geordi schlang sich den Riemen seines Tricorders über die Schulter und tastete mit beiden Händen über die Wand. »Ich kann hier nirgends einen Öffnungsmechanismus erkennen.«

»Anscheinend ist die getarnte Tür magnetisch verriegelt.« Data steckte den Scanner ein und löste goldene Synthohaut vom Handgelenk. Schaltkreise wurden darunter sichtbar, und der Androide begann damit, kleine Kontrollmodule zu modifizieren. »Vielleicht gelingt mir eine Umpolung, indem ich meine axialen Servomechanismen verändere.«

Kurz darauf hob er die Hand, hielt sie dicht vor die Wand und bewegte sie von einer Seite zur anderen. »Sesam, öffne dich.«

Ein Summen erklang, gefolgt von einem Klicken – die Tür glitt beiseite.

Data wandte sich dem Chefingenieur zu und lächelte selbstgefällig. »Man könnte sagen, daß ich eine… magnetische Persönlichkeit habe.«

Ich habe ein Ungeheuer geschaffen, fuhr es Geordi durch den Sinn. Er blieb stumm, beschränkte sich darauf, eine Grimasse zu schneiden. Wenn er die gräßlichen Versuche des Androiden, humorvoll zu sein, einfach ignorierte… Vielleicht hörte Data dann damit auf.

LaForge betrat den Raum und sah mehrere Sonden, die in Haltegestellen ruhten. Einmal mehr machte er vom Tricorder Gebrauch.

Fast sofort begriff er, daß sie kurz davor standen, die Gründe für den Angriff herauszufinden. »Ich empfange noch immer nichts. Jemand scheint sich große Mühe gegeben zu haben, diesen Raum abzuschirmen.«

Er ließ den Tricorder sinken, trat zu den Sonden und achtete nicht auf Data, der noch immer leise lachte – er schien alle bisher unverstandenen Pointen aus seinen internen Speichermodulen abzurufen.

Eine Probe weckte die besondere Aufmerksamkeit des Chefingenieurs. Sie war glatt, so dunkel wie polierter Onyx und etwa so groß wie ein Bestattungszylinder.

»Sehen Sie sich das an, Data.« Über die Schulter hinweg warf er dem Androiden einen Blick zu. »Haben Sie jemals eine derart konfigurierte solare Sonde gesehen?«

Data grinste irre und hielt seinen Tricorder wie eine Puppe, als er die Sensorklappe schnell hintereinander schloß und öffnete. Dann sagte er wie ein Bauchredner, der seine Marionette sprechen ließ: »›Nein, das habe ich nicht.‹« Er drehte den Tricorder so, daß die Klappe auf ihn selbst deutete. »›Und du?‹« Ernst schüttelte er den Kopf. »Nein, da muß ich leider passen. Es ist zweifellos eine sehr ungewöhnliche Sonde.«

Unmittelbar im Anschluß daran lachte er schrill. Geordi spürte, wie sich seine Züge verhärteten. *Das genügt. Sofort nach unserer Rückkehr zur* Enterprise *hole ich ihm den verdammten Emo-Chip aus dem Schädel.*

»Bitte helfen Sie mir, diese Verkleidungsplatte hier zu lösen«, sagte LaForge.

Data beherrschte sich lange genug, um der Aufforderung nachzukommen. Kurze Zeit später schwang die kleine Platte beiseite.

»Donnerwetter!« entfuhr es Geordi. »Mein VISOR empfängt etwas im Thetabereich. Vielleicht handelt es sich um Trilithium-Emissionen...«

Data kicherte.

Geordi versuchte jetzt nicht mehr, den Ärger zu unterdrücken. »Dies ist nicht der geeignete Zeitpunkt, um...«

»Es tut mir leid.« Der Androide lachte in kurzen Schüben und schnappte zwischendurch nach Luft. »Ich kann nicht mehr aufhören. Irgend etwas in mir scheint defekt zu sein...«

Aus dem Gelächter wurde Hysterie. Geordi beobachtete, wie der Androide am ganzen Leib zu beben begann, als erlitte er einen epileptischen Anfall. Sein Gesichtsausdruck war in einem ständigen Wandel begriffen und zeigte verschiedene Gefühle: Zorn, Freude, Leidenschaft, Schrecken, Haß, Sehnsucht. Die einzelnen Emotionen folgten so schnell aufeinander, daß man sie kaum voneinander trennen konnte.

LaForge sprang zu dem Androiden, als er zusammenbrach. »Data!« Er kniete neben ihm. »Ist alles in Ordnung mit Ihnen?«

Data öffnete die Augen und sah den Chefingenieur an, der ihm half, sich aufzusetzen.

»Ich glaube, der Emo-Chip hat meine positronischen Verbindungskomponenten überladen«, sagte er, und es klang ein wenig überrascht.

»Sie sollten zum Schiff zurückkehren.« Geordi

klopfte auf seinen Insignienkommunikator. »LaForge an *Enterprise*.«

Keine Antwort. Verwirrungsfalten formten sich in seiner Stirn, und dann begriff er: das Abschirmfeld.

Bevor er reagieren konnte, ertönte eine leise, sanfte Stimme.

»Haben Sie ein Problem, meine Herren?«

Geordi drehte sich um und sah einen Wissenschaftler in der Tür – einen dürren Mann mit hellen Haaren und schwarzer Kleidung. Der Anblick verwunderte ihn zunächst. Im Observatorium war es so still gewesen, daß er nicht damit gerechnet hatte, hier einem der Forscher zu begegnen. »Oh ... Doktor. Ja, es gibt tatsächlich ein Problem. Ein Abschirmfeld blockiert unsere Kom-Signale.« Er nickte Data zu, der auf dem Boden saß. »Wenn Sie mir bitte helfen würden ...«

Der Wissenschaftler trat näher. »Sehr gern.«

Es klang so freundlich, daß Geordi keinen Verdacht schöpfte. Erst im letzten Augenblick hob er den Kopf und sah, wie der Mann zur teilweise demontierten Sonde blickte, wie Kummer in dem blassen Gesicht erschien. Er bemerkte auch den Phaser in der Hand.

Doch es war bereits zu spät. LaForge spannte die Muskeln und überlegte, ob er versuchen sollte, den Strahler zu ergreifen. Der anderen Hand des Wissenschaftlers schenkte er keine Beachtung. Sie ballte sich zur Faust und traf ihn am Kinn, schleuderte das VISOR fort. Eine Millisekunde unerträglich greller Farben folgte, wich Dunkelheit – einer Finsternis, die sich noch verdichtete, als der Kopf des Chefingenieurs auf den Boden prallte.

8

Picard saß in seinem Quartier am Tisch und betrachtete ein Holo-Bild des offenen Albums. Leise klassische Musik ertönte im Hintergrund, und neben dem Ellenbogen des Captains stand eine Tasse mit Tee, der allmählich kalt wurde. Er hörte die Musik gar nicht, ignorierte auch den Tee. Das Bild beanspruchte seine ganze Aufmerksamkeit, erinnerte ihn an glücklichere Zeiten. Es zeigte die Picards – René, Robert und Marie – auf dem Anwesen der Familie. Robert hatte es ihm vor einigen Jahren geschenkt, als er den Weinberg besuchte.

Jean-Luc berührte die Kante der Holographie, schien damit den dargestellten Augenblick einfangen zu wollen. Der scheu lächelnde Neffe René, begleitet von Mutter und Vater. René wäre jetzt vier Jahre älter gewesen: größer, die Stimme tiefer, der goldbraune Schopf über den intelligent und erwartungsvoll blickenden Augen dichter. Picard entsann sich an ihre erste Begegnung auf dem Familiengut. Er hatte den Jungen geneckt, täuschte damit über seine eigene Unsicherheit hinweg – als er René zum erstenmal gesehen hatte, glaubte er, in einen Spiegel zu blicken. Und dann die Bewunderung in den Pupillen des Neffen … Jean-Luc begriff, daß René seinen Onkel für einen Helden hielt.

Marie vertraute ihm später an, daß sich René nichts mehr wünschte, als dem Beispiel des Onkels zu folgen und ebenfalls Kommandant eines Raumschiffs zu werden. Das Bild zeigte sie neben ihrem Sohn: blond, anmutig und elegant, voller Wärme, der vollkommene Gegensatz zu ihrem Mann.

Robert stand steif wie immer, das Kinn wie trotzig vorgeschoben, in den Zügen eine Mißbilligung, die der Welt im großen und ganzen galt. Doch die Augen verrieten heimlichen Stolz auf seinen Sohn. Als Traditionalist trug er die Kleidung eines modernen französischen Bauern. Ein sanftes Lächeln umspielte Picards Lippen. Der konservative Robert… Natürlich hatte er Zeter und Mordio geschrien, als er das Interesse seines Sohns an Starfleet entdeckte. Immer brummig, immer mürrisch. Immer. Immer…

Die Zeit ist das Feuer, in dem wir brennen.

Soran schien Bescheid gewußt zu haben.

Picard schloß die Augen und versuchte, ein anderes, schreckliches Bild aus sich zu verdrängen: René und Robert während ihrer Agonie, als die Flammen sie verschlangen. Wie entsetzlich jene letzten Sekunden vor dem Tod gewesen sein mußten… Was mochte Robert empfunden haben, als er sah, wie sein Sohn verbrannte, als er begriff, daß es keine Rettung für sie gab? Oder war er zuerst gestorben? Blieb René während seines letzten Leids allein?

Aufhören.

Aufhören.

Er konnte nicht sicher sein, daß es auf diese Weise geschehen war. Vielleicht hatten sie im Qualm das Bewußtsein verloren, wodurch ihnen Schmerzen erspart blieben. Picard kannte keine Einzelheiten, und vielleicht erfuhr er nie welche. Er wußte nur, was ihm Marie mit einigen knappen Worten mitgeteilt hatte:

Robert und René kamen durch ein Feuer ums Leben. Bestattung am Mittwoch. Verstehe es durchaus, wenn du nicht daran teilnehmen kannst.

Welche persönliche Hölle erlebte sie nun? Vermutlich hatte Marie ganz bewußt darauf verzichtet, eine audiovisuelle Nachricht zu schicken. Schuldgefühle regten sich in Picard. Er hätte jetzt zur Stelle sein sollen, um sie zu trösten – aber das ließ die Pflicht nicht zu. Der Amargosa-Zwischenfall hinderte ihn an einer Rückkehr zur Erde.

Die Pflicht...

Es fiel ihm immer schwerer, sie zu erfüllen. In den Stunden nach dem Empfang der Mitteilung hatte er mehr und mehr an Riker delegiert.

Der Grund: Er konnte sich nicht mehr auf das Jetzt konzentrieren, sah ständig die Gesichter der Toten, die aus sicherer Vergangenheit zu ihm blickten. Benommenheit hinderte ihn daran, Tränen zu vergießen.

Picard sah auf, als der Türmelder summte, und ihm wurde plötzlich klar, daß er dieses Geräusch schon zum zweiten Mal hörte. Er holte tief Luft und faßte sich. »Herein.«

Die Tür öffnete sich, und Deanna Troi betrat die Kabine. Ihr Gebaren offenbarte eine gewisse Zurückhaltung, vielleicht auch einen Hauch Unsicherheit. Die dunklen Augen blickten ernst, doch die Lippen deuteten ein kurzes Lächeln an.

Sie weiß davon, dachte Picard. Details kannte die empathische Counselor gewiß nicht, aber sie wußte natürlich, daß irgend etwas den Captain erheblich belastete.

Jean-Luc gab sich Mühe, aber es gelang ihm nicht, das Lächeln zu erwidern. »Was kann ich für Sie tun?«

Deanna neigte den Kopf zur Seite, und das lange dunkle Haar glitt über die Schulter hinweg. »Eigentlich bin ich hier, um festzustellen, ob *ich* etwas für *Sie* tun kann. Seit einiger Zeit scheinen Sie ...« Troi suchte nach passenden Worten. »... abgelenkt zu sein.«

»Oh.« Picard winkte ab. Er brachte es einfach nicht fertig, sofort darüber zu reden – so etwas schien Robert und René gegenüber respektlos zu sein. »Es sind ... Familienangelegenheiten.« Er rang mit sich selbst und dem Bestreben, Troi zu bitten, zu gehen und ihn seinem Kummer zu überlassen. Andererseits begriff er, daß er dieses Leid nicht auf Dauer für sich behalten konnte. Früher oder später mußte er den anderen sagen, was passiert war.

Erneut blickte er ins Holo-Album. »Sie haben meinen Bruder und seine Frau nie kennengelernt, oder?«

»Nein.« Deanna trat etwas näher und sah ebenfalls zum Album. Sie wahrte eine gewisse Distanz und vermied es, irgendeine Art von Druck auf den Captain auszuüben.

Er starrte auf das Bild seines Bruders hinab. »Manchmal kann Robert geradezu unausstehlich sein«, sagte er. Zuneigung und auch Ironie vibrierten in seiner Stimme. »Er neigt zu Rechthaberei und Arroganz, muß immer das letzte Wort behalten. Nun, in den letzten Jahren hat diese Tendenz ein wenig nachgelassen.« Picard unterbrach sich kurz und merkte, daß er so von seinem Bruder sprach, als sei er noch am Leben. Er konnte einfach nicht anders. »Im nächsten Monat wollte ich einen kurzen Urlaub auf der Erde verbringen. Ich dachte an einen Abstecher nach San Francisco. René wollte schon immer mal die Starfleet-Akademie sehen.«

Troi beugte sich etwas näher. »René? Ihr Neffe?«

Picard nickte und wußte: Als Empathin konnte die Counselor den Schmerz fühlen, der beim Anblick des Jungen in ihm brannte. Gleichzeitig veranlaßte ihn das Bild zu einem sanften Lächeln. »Ja ... Er ist völlig anders als sein Vater. Hat Phantasie und träumt gern. So ähnlich bin ich selbst gewesen, damals, als Junge.«

Er lachte leise, doch es erklang keine Freude darin.

Troi musterte ihn. »Captain ...«, sagte sie behutsam. »Was ist passiert?«

Jean-Luc wollte den Kopf senken, doch die dunklen Augen der Counselor hielten seinen Blick fest. »Robert«, flüsterte er. »Und René ... Sie sind tot. Kamen durch ein Feuer ums Leben.«

Deanna wich ein wenig zurück und wirkte betroffen.

Picard stand auf, schritt zum Fenster und sah nach draußen ins All.

»Es tut mir leid«, hauchte Troi schließlich.

»Schon gut«, erwiderte der Captain und legte die Hände auf den Rücken. »So etwas geschieht. Wir alle haben nur begrenzte … Zeit im Diesseits. Und ihre war abgelaufen.« Selbst für die eigenen Ohren klang es hohl und unsinnig, ohne Bedeutung. Eine solche Antwort akzeptierte die Counselor sicher nicht.

Picard behielt recht.

»Ich halte nichts von einem derartigen Fatalismus«, entgegnete sie fest. »So etwas geschieht *nicht* jeden Tag, und es geht dabei keineswegs um ›abgelaufene Zeit‹ und dergleichen. Dieser Erkenntnis sollten Sie sich stellen – dann fällt es Ihnen bestimmt leichter, Ihr inneres Gleichgewicht wiederzufinden.«

»Mag sein. Aber ich …« Picard hörte die Schärfe in seiner Stimme, unterbrach sich und fuhr ruhiger fort: »Es geht nicht um mich, sondern um meinen Neffen.« Er drehte sich halb um und sah zur Counselor. »Dauernd muß ich an ihn denken. An jene Dinge, die René nun nicht mehr erfahren und erleben kann: die Ausbildung an der Starfleet-Akademie, von der er träumte; Liebe, Ehe, eigene Kinder … Das alles gibt es nicht mehr für ihn.«

»Ich hatte keine Ahnung, daß er Ihnen so viel bedeutete.«

Picard nickte ernst. »In gewisser Weise war er wie ein Sohn für mich.«

Deanna trat zum Tisch, blätterte im Album und betrachtete die Bilder. Nach einer Weile sah sie auf. »Ihre Familiengeschichte ist sehr wichtig für Sie, nicht wahr?«

Picard gesellte sich der Counselor hinzu und blickte ebenfalls auf die Holos hinab. »Schon als Knabe hörte ich von den Traditionen unserer Familie. Picards kämpften beim Kap Trafalgar. Picards gehörten zu den

Siedlern der ersten Marskolonie. Als mein Bruder heiratete und einen Sohn bekam…« Schuld und Kummer ließen ihn verstummen.

Troi verstand. »Daraufhin fühlten Sie sich nicht länger verpflichtet, selbst für den Fortbestand der Familie zu sorgen.«

Picard seufzte tief und ließ den Kopf sinken, bis das Kinn fast die Brust berührte. »Mein Bruder nahm jene Bürde auf sich und erlaubte mir, meinen egoistischen Bestrebungen nachzugehen.«

»Wenn man ein eigenes Leben führt und Erfüllung im Beruf findet… Das hat nichts mit Egoismus zu tun.«

Jean-Luc gab keine Antwort und sah einmal mehr aus dem Fenster, beobachtete den Glanz der Sterne. Er stimmte Troi zu. Und trotzdem glaubte er, sich geirrt zu haben, als er Beruf und Karriere für die wichtigste Sache im Leben hielt. Die berufliche Laufbahn ging irgendwann zu Ende, im Gegensatz zu Liebe und Zuneigung jenen Menschen gegenüber, die ihm nahestanden. Er hatte immer beabsichtigt, sich nach dem Ausscheiden aus dem aktiven Dienst auf dem Familiengut niederzulassen, in der Hoffnung, dort Robert, René und Renés Kinder anzutreffen.

»Wissen Sie, Counselor…«, murmelte er schließlich. »Schon seit einer ganzen Weile ist mir klar, daß mehr Tage hinter mir liegen als vor mir. Ich habe immer Trost in der Vorstellung gefunden, daß die Familie Picard auch nach mir besteht. Aber jetzt…«

Er ging zum Album und blätterte zu den letzten Seiten – sie waren leer.

Jäher Zorn erfaßte ihn. Er griff nach der Tasse mit dem inzwischen kalten Earl Grey und schleuderte sie durchs Zimmer. Tee spritzte auf den Boden und auch aufs Album; würziger Bergamotten-Duft ging davon aus. Die Tasse rollte über den Teppich und zerbrach nicht. »Aber jetzt… Der Tod hat etwas schrecklich Endgültiges. Nach mir gibt es keine Picards mehr.«

Der Wutausbruch hatte ihn selbst überrascht, nicht aber die Counselor. Sie begegnete ihm mit ruhiger Anteilnahme. »Captain, vielleicht ...«

Sie bekam keine Gelegenheit, den Satz zu beenden. Grelles Licht flutete jäh durchs Quartier, und aus einem Reflex heraus hob Deanna den Arm, um die Augen abzuschirmen. Jean-Luc eilte zum Fenster und versuchte zu erkennen, was geschehen war. Aber der blendende Glanz überstrahlte alles. Er schloß die Augen und hörte, wie Rikers Stimme aus dem Interkom-Lautsprecher drang:

»Senior-Offiziere zur Brücke! Alle Stationen besetzen!«

Die Ereignisse ließen Picard gar keine Wahl: Als er zusammen mit Troi den Turbolift verließ und die Brücke betrat, hatte er den Kummer aus dem Zentrum seines Selbst verdrängt. Er schritt zu Riker, folgte dem Blick des Ersten Offiziers zum Wandschirm, der die Sonne Amargosa zeigte – sie starb. Der Stern schien regelrecht zu verbrennen. Hier und dort dehnte sich Schwärze aus, wie von Asche, und die Korona flakkerte, als Plasmawolken davonstoben.

»Bericht«, sagte Picard knapp.

Riker wandte sich halb dem Captain zu, und Jean-Luc sah die Besorgnis in den Zügen seines Stellvertreters. »Im Innern der Sonne kam es zu einer Quantenexplosion. Die nuklearen Fusionsprozesse hören auf.«

Picard starrte zum großen Projektionsfeld und staunte. Er wußte natürlich, wozu Sterne fähig waren. Einmal hatte er – natürlich aus sicherer Entfernung – beobachtet, wie eine Sonne zur Supernova wurde. Doch so etwas sah er nun zum erstenmal.

»Wie ist das möglich?« fragte er.

»Die Sensoren haben eine solare Sonde geortet, die vor kurzer Zeit in den Stern stürzte«, meldete Worf.

Picard runzelte die Stirn. Das Observatorium. Aber

dort hielt sich doch niemand auf, abgesehen von der Einsatzgruppe – und Dr. Soran, der die Erlaubnis bekommen hatte, zurückzukehren und seine Arbeit fortzusetzen.

Die Zeit ist das Feuer, in dem wir brennen.

Riker nickte. »Es dauert nicht mehr lange, bis der Stern kollabiert.« Er drehte sich um, als von Worfs Konsole ein unheilverkündendes Piepsen erklang.

Der Klingone sah auf. »Sir ... Durch die Implosion kam es zu einer Schockwelle der Stufe zwölf.«

Picard schwieg, verarbeitete diese Information und wechselte einen stummen Blick mit Riker.

»Stufe zwölf?« wiederholte Troi erschrocken. »Das bedeutet ... In diesem Sonnensystem wird alles zerstört.«

Eine Stimme tönte aus den Kom-Lautsprechern. »Transporterraum an Brücke. Wir können weder Commander LaForge noch Mr. Data lokalisieren.«

Riker beugte sich an dem sitzenden Klingonen vorbei zur Konsole. »Hat ein Retransfer stattgefunden?«

Worf betätigte einige Tasten, schüttelte dann den Kopf. »Nein, Sir. Sie befinden sich nicht an Bord.«

Picard trat näher. »Wann erreicht die Schockwelle das Observatorium?«

»In vier Minuten und vierzig Sekunden«, antwortete der Klingone.

Jean-Luc sah zu Riker. Er gab keinen Ton von sich, aber der Erste Offizier verstand den unausgesprochenen Befehl. Er nickte, schritt zum Turbolift und sagte über die Schulter hinweg: »Worf ...«

Will Riker und der Klingone verließen die Brücke. Picard wandte sich wieder dem Wandschirm zu, beobachtete die sterbende Sonne, dachte dabei an Feuer und Tod – und an den Wissenschaftler, in dessen Augen Verzweiflung glomm.

Die Luftfilter des Observatoriums hatten Rauchschwaden und Brandgeruch verschwinden lassen, doch dafür erschien das Innere der Station noch düsterer als vorher. *Vielleicht liegt es daran, daß jenseits der Wände die Sonne erlischt,* dachte Riker. Mit einer stummen Geste wies er Worf an, auf dem oberen Deck des zentralen Kontrollraums zu suchen, während er sich die untere Etage vornahm.

Schon nach kurzer Zeit kehrte der Klingone zurück und schüttelte den Kopf – keine Spur von Geordi La-Forge und den anderen. Daraufhin konnte die Suche nur in einer Richtung fortgesetzt werden: durch einen Korridor, der zu mehreren Kammern führte. Riker verlor keine Zeit und ging sofort los, verharrte wenige Sekunden später vor verschlossenen Türen. Eine von ihnen war ganz offensichtlich hinter einem Teil der Wand verborgen gewesen – ein geheimer Zugang.

Riker deutete darauf. »Ich schätze, hier sind wir richtig.«

Als sich die Tür öffnete, sah er einen seltsam starken Kontrast aus Helligkeit und Finsternis: silbergraues Haar und fast weiße Haut, pechschwarze Kleidung.

Vor einigen Sonden saß ein Mann an einer Konsole, jener Mann, den Riker unter einem Schutthaufen gefunden hatte – Tolian Soran. In den Zügen des Wissenschaftlers zeigte sich jetzt keine Benommenheit mehr. Erregung glühte in dem Gesicht, fast so hell wie die Plasmawolken, die der sterbende Stern ins All schleuderte.

Riker öffnete den Mund, doch ein atavistischer Instinkt in ihm reagierte, bevor er einen Ton hervorbrachte. Er sprang in den Korridor zurück und duckte sich dort zur Seite, als Soran herumwirbelte und einen Intervaller abfeuerte. Die Entladung hinterließ ein qualmendes Loch in der Wand.

Der Erste Offizier hob den Kopf und stellte fest, daß Worf auf der anderen Seite des Zugangs kauerte. Von dort aus hatte man einen besseren Blick ins Zimmer.

»Verdammt, was ist hier los?« fragte Riker leise.

Worf schob sich ein wenig vor, spähte in den Korridor – und wich hastig zurück, als ein weiterer Strahlblitz in den Gang raste.

»Lieutenant LaForge ist bewußtlos«, flüsterte der Klingone. »Commander Data habe ich nicht gesehen.«

»*Enterprise* an Commander Riker.« Picards Stimme drang aus dem Lautsprecher des Insignienkommunikators. »Ihnen bleiben noch zwei Minuten.«

»Haben Sie das gehört, Soran?« rief Will. »Eine Schockwelle der Stufe zwölf rast der Station entgegen. Wir müssen weg von hier!«

Die Antwort bestand aus einem dritten Energiestrahl, der am blanken Stahl des Zugangs reflektierte und dicht vor Riker über den Boden kochte. Er preßte sich noch enger an die Wand und griff nach seinem Phaser, der ihm jedoch kaum etwas nützte – von seiner Position aus hatte er kein freies Schußfeld. Soran war und blieb im Vorteil. Riker sah sich um, hielt nach einem besseren Versteck Ausschau … und bemerkte eine in der Ecke hockende Gestalt.

»Data!« rief er mit gedämpfter Stimme. »Versuchen Sie, Geordi zu erreichen!«

Der Androide sah auf, und Furcht schimmerte in den goldenen Augen.

»Ich … ich kann nicht, Sir. Ich habe … Angst.«

Riker starrte ihn groß an – und versteifte sich unwillkürlich, als in dem Raum ein Kommunikator piepste. Soran hörte das Geräusch ebenfalls und bückte sich, um den reglosen LaForge am Kragen zu packen.

Unmittelbar darauf hörte der Erste Offizier das Summen eines Transporterfelds und beobachtete überrascht, wie Soran und Geordi entmaterialisierten.

Das schwere Gewicht der Niederlage senkte sich auf ihn herab, als er seinen Insignienkommunikator aktivierte. »Transporterraum, drei Personen für den Transfer.«

Kurze Zeit vorher, im Kontrollraum der *Enterprise*, beobachtete Picard das dunkle Wogen der Schockwelle, die sich dem Observatorium näherte.

Die taktische Konsole gab Alarm, und er nickte dem dort sitzenden jungen Fähnrich namens Hayes zu.

»Sir.« Der junge Mann klang sehr aufgeregt. »Ein klingonisches Raumschiff desaktiviert die Tarnvorrichtung. Backbord voraus.«

»Was?« Picard drehte sich wieder zum Wandschirm um und sah, wie auf der anderen Seite des Amargosa-Observatoriums ein imperialer Kreuzer erschien.

»Ein Schiff der alten Klasse D-Zwölf, Sir«, teilte Hayes dem Captain mit.

»Jene Einheiten wurden vor rund zehn Jahren außer Dienst gestellt«, murmelte Picard. Dieses Exemplar erweckte den Eindruck, direkt vom Schrottplatz zu kommen: Die Außenhülle war an zahllosen Stellen geflickt worden.

»Sind die Waffensysteme der Klingonen einsatzbereit?« fragte Jean-Luc.

»Nein, Sir.«

»Nun, dann ...«

»Transporterraum an Brücke. Die Einsatzgruppe befindet sich wieder an Bord, Sir.«

Picard beschloß, keine Zeit zu verlieren. »Steuermann, Warp eins. Ausführung.«

Die *Enterprise* glitt fort, als der Wandschirm zeigte, wie das Observatorium in Flammen aufging.

Sonnenheißer Zorn brannte in Soran, als er durch dunkle, klaustrophobisch enge Korridore stapfte, sich unter durchhängenden Kabelsträngen duckte und angesichts des allgegenwärtigen Schmutzes eine Grimasse schnitt. In dem alten Schiff knirschte und knackte es dauernd. Außerdem haftete ihm ein Gestank an, der den Wissenschaftler an warme, feuchte Tiere erinnerte. Er sehnte sich plötzlich nach den breiten, sauberen und hellen Korridoren der *Enterprise* zurück.

Nun, eigentlich spielte es keine Rolle. Dies alles gehörte nicht zu jener Realität, auf die es ankam – wenigstens für ihn. Und außerdem: Die unangenehme Sache mit den Duras-Schwestern gehörte bald für immer der Vergangenheit an.

Schließlich erreichte Soran die schlecht beleuchtete Brücke. Als er dort die Klingonen sah, erwachte neuerlicher Abscheu in ihm – sie rochen ebenso wie das Schiff. Nun, er hatte sich immer für jemanden gehalten, der einen objektiven Standpunkt vertrat und nicht zu Vorurteilen neigte, doch diese Spezies stellte seine Toleranz auf eine harte Probe. Er schritt an der Crew vorbei, die ausnahmslos aus Männern bestand, fühlte sich dabei wie ein Zwerg, obgleich er keineswegs klein war. Schließlich blieb er vor den beiden Kommandantinnen stehen, deren staunende Blicke dem toten Stern im zentralen Projektionsfeld galten.

Die jüngere Klingonin namens B'Etor erhob sich, und dunkles Haar glitt über das Leder vor den Brüsten. Sie grinste breit, zeigte dabei schiefe, unregelmäßig geformte Zähne. »Sie haben es geschafft, Soran!«

Er holte aus und schlug zu, traf sie am Kinn.

B'Etor taumelte zurück und stieß gegen die Konsole. Sofort sprangen einige Männer auf, zogen drohend ihre Intervaller.

»Wartet!« B'Etor winkte und richtete sich wieder auf. Soran wußte: Eine El-Aurianerin hätte sich nicht so schnell von dem Hieb erholt. Die Frau hob nur den Handrücken zum Mund, ließ sie wieder sinken und betrachtete einen violetten Fleck darauf. Dann wanderte ihr Blick zum Wissenschaftler.

»Ich hoffe um Ihretwillen, daß es sich dabei um den Beginn eines Brautwerbungsrituals handelt.« Die Schärfe in B'Etors Stimme kam einer Warnung gleich.

Soran ließ sich von den auf ihn gerichteten Intervallern nicht beeindrucken und schauderte innerlich bei der Vorstellung, mit dieser Frau intim zu werden. Er sah eine Primitive in ihr: Kleidung aus Metall und Leder, die Empfindungen von Machtdenken bestimmt. Selbst wenn er diesen Geschöpfen gegenüber nicht im Vorteil gewesen wäre – er konnte sie nicht fürchten. Der Tod an sich hielt keinen Schrecken für ihn bereit. Seine Angst galt nicht dem Ende der eigenen Existenz, sondern der Möglichkeit, den Nexus zu verlieren – und damit die Hoffnung, zu Leandra und den Kindern zurückzukehren. Dem Ziel so *nahe* zu sein und es doch nicht zu erreichen …

»Sie sind unvorsichtig geworden«, sagte er rauh. »Die Romulaner kamen zur Station, auf der Suche nach dem gestohlenen Trilithium.«

B'Etor schnaubte verächtlich. »Unmöglich. Wir haben in jenem Vorposten keine Überlebenden zurückgelassen.«

»Sie wußten, daß sich die Substanz im Observatorium befand«, erwiderte Soran. »Und sie hätten sie gefunden, wenn die *Enterprise* nicht gekommen wäre.«

Die ältere Schwester trat an B'Etors Seite. »Wichtig ist nur, daß die Substanz *nicht* gefunden wurde. Und daß wir jetzt eine überaus mächtige Waffe haben.« Lursas Stimme klang ruhiger und tiefer als die ihrer Schwester, aber Soran wußte: Sie konnte ebenso heimtückisch sein.

Er preßte die Lippen zusammen. »*Ich* habe die Waffe. Und wenn Sie möchten, daß ich sie Ihnen irgendwann zur Verfügung stelle, so sollten Sie vorsichtiger sein.«

Das letzte Wort war ihm gerade erst über die Lippen gekommen, als B'Etor plötzlich vorsprang und ihm einen zweischneidigen klingonischen Dolch an den Hals drückte.

»Vielleicht haben wir das Warten satt«, zischte sie. Soran zitterte nicht einmal, rührte keinen Muskel, als ihm die Klinge langsam über den Adamsapfel strich.

»Ohne meine Forschungen ist das Trilithium wertlos«, sagte er. »Das gilt auch für den Plan, das Imperium unter Ihre Kontrolle zu bringen.«

B'Etor verzog enttäuscht und zornig die Lippen. Lursa hob die Hand, schob den Dolch vom Hals des Wissenschaftlers fort.

Soran unterdrückte ein triumphierendes Lächeln. »Nehmen Sie Kurs auf das Veridian-System«, wies er die beiden Frauen an. »Maximale Warpgeschwindigkeit.«

B'Etor gab keinen Ton von sich, kniff nur die Augen zusammen. Die unerschütterliche Lursa schritt zum Navigationspult und knurrte einen Befehl.

Soran drehte sich um und überlegte, ob er in seine kleine Kabine zurückkehren sollte, als jemand hereinkam und den bewußtlosen Starfleet-Offizier mit sich zerrte. Der Klingone deutete auf den Mann. »Was soll mit ihm geschehen?«

»Bringen Sie ihn in mein Quartier«, sagte Soran. »Ich brauche einige Auskünfte von Mr. LaForge.«

Etwa zur gleichen Zeit weilten auch Will Rikers Gedanken bei Geordi LaForge, als er zusammen mit Worf die Krankenstation aufsuchte. Er zweifelte kaum daran, daß es gute Gründe für die Entführung des Chefingenieurs gab – andernfalls hätte sich Soran sicher allein transferiert. Aber welche Gründe waren dies? Und warum beamte sich der Wissenschaftler ausgerechnet an Bord eines klingonischen Schiffes? Von dem Schrotthaufen im All hatte Riker während der kurzen Besprechung mit Picard erfahren. Und da er gerade dabei war, sich Fragen zu stellen – warum die Vernichtung eines Sterns? Je mehr er über die einzelnen Aspekte des Amargosa-Rätsels nachdachte, desto verwirrender erschien ihm alles.

Worf unterbrach den Ersten Offizier bei seinen Grübeleien. »Ich habe mit dem klingonischen Hohen Rat gesprochen, Sir. Das Schiff dort draußen gehört den Duras-Schwestern.«

Riker schüttelte erstaunt den Kopf. »Lursa und B'Etor? Das ergibt doch keinen Sinn. Ein bekannter Solarphysiker benutzt Trilithium, um eine Sonne zu vernichten. Anschließend entführt er Geordi und flieht mit klingonischen Renegaten. Warum? Was ist hier eigentlich los?«

Worf seufzte leise. »Ich weiß es nicht, Sir.«

Sie brachten eine Ecke hinter sich und betraten die Krankenstation. Dr. Crusher schloß gerade eine Klappe in Datas Hinterkopf. Der Androide saß auf dem nächsten Biobett und sondierte sich mit einem Tricorder.

Riker fing Beverlys Blick ein. »Wie geht es ihm?«

Die Ärztin strich sich eine Strähne des kastanienbraunen Haars aus der Stirn und wirkte sehr ernst. Riker hatte diesen Gesichtsausdruck zunächst für grimmig gehalten, doch inzwischen wußte er es besser. »Der Emo-Chip scheint durch einen Energieschub mit dem neuralen Netz verschweißt zu sein.«

Worf musterte den Androiden. »Besteht deshalb Gefahr für ihn?«

Crusher schüttelte den Kopf. »Nein, ich glaube nicht. Der Chip funktioniert nach wie vor.« Sie seufzte und verschränkte die Arme. Dünne Falten bildeten sich in ihrer Stirn. »Ich würde mir die Sache gern genauer ansehen, aber dazu müßte ich die zerebralen Schaltkreise vollständig demontieren.«

Riker bedachte Data mit einem Lächeln. »Nun, offenbar müssen Sie sich eine Zeitlang mit Ihren Emotionen abfinden. Wie fühlen Sie sich?«

Data sah von den Anzeigen des Tricorders auf, und in seinem Gesicht zeigte sich etwas, das dort bisher gefehlt hatte. »Ich bin sehr… besorgt in Hinsicht auf Geordi.«

»Das sind wir alle«, sagte Riker sanft. »Wir bekommen ihn zurück – ganz bestimmt.«

»Das hoffe ich, Sir.« Tonfall und Miene des Androiden blieben bedrückt.

»Will ...« Beverly nahm Riker beiseite und führte ihn zur Monitorwand. »Ich habe einige Nachforschungen in Hinsicht auf den persönlichen Hintergrund von Dr. Soran angestellt.« Sie betätigte eine Taste, und daraufhin erschienen biographische Daten auf einem Bildschirm. »Er ist El-Aurianer und über dreihundert Jahre alt. Verlor die ganze Familie, als die Borg seine Heimatwelt angriffen. Soran entkam mit einigen anderen Flüchtlingen an Bord eines Raumschiffs namens *Lakul*. Der Transporter fiel einer energetischen Turbulenz oder etwas in der Art zum Opfer. Bevor das geschah, wurden Tolian Soran und sechsundvierzig andere Personen von der *Enterprise*-B gerettet.«

Riker beugte sich interessiert vor und betrachtete die Einzelheiten von Sorans Gesicht. Wann war dieses holographische Foto entstanden? Vor hundert oder zweihundert Jahren? Der Mann schien sich inzwischen kaum verändert zu haben. Er lächelte fast scheu, doch in den Augen zeigte sich jener Glanz, den Will dort auch an Bord des Observatoriums gesehen hatte.

Allmählich wurde ihm noch eine andere Bedeutung von Beverlys Worten klar. »Bei jener Mission kam James Kirk ums Leben.«

Die Ärztin nickte kurz und berührte eine Schaltfläche. »Ich habe die Passagierliste der *Lakul* überprüft. Raten Sie mal, wer sich sonst noch an Bord befand.«

Riker zuckte mit den Schultern – und hob erstaunt die Brauen, als das Bild auf dem Schirm wechselte, ihm eine lächelnde Guinan präsentierte.

»Soran?« Guinan sah überrascht aus. »Diesen Namen habe ich schon seit einer ganzen Weile nicht mehr gehört.«

Picard leistete der dunkelhäutigen Frau in ihrem Quartier Gesellschaft und hatte das Gefühl, sich gar nicht mehr an Bord der *Enterprise* zu befinden. Er schien vielmehr auf einer mysteriösen, nur wenigen Eingeweihten bekannten Welt zu weilen. Goldener Stoff bedeckte die Wände, und der Boden bestand aus Fliesen. In der einen Ecke führte ein Torbogen zu einem Schrein; dort brannten Kerzen vor der steinernen Darstellung einer rätselhaften Göttin.

Guinan saß mit angezogenen Beinen auf einer Couch. Das Licht der Kerzen fiel auf ihre Züge, schuf dort sonderbare Reflexe.

»Erinnern Sie sich an ihn?« fragte Picard. Jetzt ergab Sorans seltsame Bemerkung einen Sinn für ihn. Der El-Aurianer hatte von Robert und René gewußt – auf die gleiche Weise konnte Guinan davon erfahren, wenn sie wollte. Nun, Jean-Luc hatte beschlossen, sich auf die gegenwärtige Situation zu konzentrieren. In gewisser Weise fühlte er sich persönlich verantwortlich für die Vernichtung der Sonne Amargosa. Wenn er Soran nicht gestattet hätte, zum Observatorium zurückzukehren …

»Eigentlich konnten Sie gar keinen Unterschied bewirken«, sagte Guinan sanft. »Soran wäre in jedem Fall zurückgekehrt.«

Picard hob ein wenig überrascht den Kopf und erwiderte das wissende Lächeln der Frau. »Erinnern Sie sich an ihn?« wiederholte er.

»O ja …« Das Lächeln verblaßte nun. Guinan stand auf, so als wollte sie unangenehmen Erinnerungen entkommen.

Picard wartete eine Zeitlang, und als es auch weiterhin still blieb … »Es ist sehr wichtig, daß Sie mir alles sagen, was Sie wissen. Vielleicht hat Soran eine Waffe entwickelt – eine schreckliche Waffe. Dadurch könnte er genug Macht bekommen, um …«

»Macht und Waffen sind Soran völlig gleichgültig«, unterbrach Guinan den Captain. »Ihm geht es einzig und allein um eine Rückkehr zum Nexus.«

»Was meinen Sie mit ›Nexus‹?«

Guinan trat zu einem Schrank, berührte dort wie geistesabwesend eine kleine Statue. Ihr Gesicht konnte Picard nicht erkennen, aber irgend etwas an ihrer Haltung deutete auf Anspannung hin. Nach einigen Sekunden hörte er, wie sie tief durchatmete.

»Jenes Energieband, das die *Lakul* zerstörte … Dabei handelt es sich nicht um ein ziellos durchs All ziehendes Phänomen.« Sie sprach schnell, schien zu fürchten, daß die Worte andernfalls in ihr steckenblieben. »Es stellt eine Verbindung dar, ein Tor zu einem anderen Ort – dem Nexus. Er existiert nicht in unserem Universum, und dort gelten auch nicht die uns bekannten Naturgesetze.« Guinan straffte die Schultern. »Es ist ein Ort, den ich vergessen möchte.«

»Warum?« fragte Picard leise.

Guinan drehte sich um, und Reminiszenzen leuchteten in ihrem Gesicht. »Ich hatte das Gefühl, mich im Innern des … Glücks zu befinden. Die Freude schien Substanz zu gewinnen, greifbar zu sein. Nie zuvor in meinem Leben bin ich so froh gewesen.« Sie schwieg bedrückt.

Jean-Luc musterte sie, staunte über die Euphorie in ihrem Gesicht und entsann sich an die Verzweiflung in Sorans Miene. »Doch dann beamte man Sie fort …«

In Guinans Augen blitzte es kurz. »Man brachte mich fort, und zwar *gegen* meinen Willen. Niemand von uns wollte jenen Ort verlassen. Damals dachte ich einzig und allein an die Rückkehr. Umstände und Konsequenzen waren mir gleichgültig …«

Sie ging zu einem Fenster und blickte in die Dunkelheit des Weltraums. »Schließlich lernte ich, damit zu leben. Aber es war nicht leicht. Der Nexus hat mich verändert.«

»Ihr sechster Sinn«, murmelte Picard. Als Guinan ihm nicht widersprach, fügte er hinzu: »Und Soran?«

»Vielleicht will er noch immer zurück. Und wenn er tatsächlich von diesem Gedanken besessen ist, so wird er nichts unversucht lassen, um die Tür für sich zu öffnen.«

»Er wäre sogar bereit, einen Stern zu vernichten…« Der Captain stand auf. »Ich danke Ihnen.«

Er schritt zur Tür.

»Überlassen Sie es jemand anders, Jean-Luc«, sagte Guinan in einem drängenden Tonfall.

Picard blieb stehen und drehte den Kopf.

»Es gibt keine geeigneten Worte, um das Phänomen in seinem ganzen Ausmaß zu beschreiben. Es geht weit über Drogen oder Euphorieimplantate irgendeiner Art hinaus. Es beeinflußt das Denken und Empfinden mit dem stärksten existierenden Narkotikum: Liebe und Sehnsucht.« Guinan zögerte, und ihr Gesichtsausdruck kam einer Warnung gleich. »Halten Sie sich von dem Energieband fern. Wenn Sie den Nexus aufsuchen… Dann ist Ihnen Soran oder die *Enterprise* völlig gleichgültig. Dann denken Sie nur noch daran, wie es sich anfühlt, dort zu sein. Und dann wollen Sie nicht zurück.«

Geordi LaForge erwachte mit Kopfschmerzen und der Erkenntnis, sich weder im Observatorium noch an Bord der *Enterprise* zu befinden. Er bewegte sich und stellte fest, daß er in einem ungemütlichen Sessel saß, und zwar an Bord eines Raumschiffs: Der Boden unter seinen Füßen vibrierte, und er hörte das Summen eines Triebwerks. Die Luft war warm und roch schal. Er spürte, wie sie ihm über die nackte Brust strich – jemand hatte ihm den Uniformpulli ausgezogen.

Auch das VISOR fehlte, was ihn zu Blindheit verurteilte. Er beugte sich vor und stöhnte in der Dunkelheit.

Eine Hand berührte ihn. Jemand lachte leise und fragte dann: »Suchen Sie nach etwas, Mr. LaForge?«

Geordi wich zurück. Er erkannte die Stimme: Sie gehörte Soran, dem Wissenschaftler des Observatoriums. Er erinnerte sich nun… Soran hatte ihn mit einem wuchtigen Fausthieb außer Gefecht gesetzt und anschließend entführt. Aber warum?

»Ein erstaunliches Gerät«, fuhr Soran im Plauderton fort. »Aber nicht besonders elegant, oder?«

Geordi blieb stumm.

»Haben Sie jemals an eine Prothese gedacht, durch die Sie … normaler aussehen?«

Die Worte weckten Zorn in LaForge. *Immer mit der Ruhe,* dachte er. *Es steckt Absicht dahinter. Laß dich nicht provozieren …* Doch er konnte der Versuchung nicht widerstehen zu erwidern: »Was ist normal?«

»Normal ist das, was alle anderen Leute sind, im Gegensatz zu Ihnen«, sagte Soran glatt.

»Was wollen Sie?« fragte Geordi, und es gelang ihm nicht ganz, den Ärger aus seiner Stimme zu verbannen.

Einige Sekunden lang herrschte Stille. »Falls Sie es noch nicht wissen: Ich bin El-Aurianer. Manche Leute bezeichnen uns als geborene Zuhörer. Weil wir zuhören.« Soran zögerte kurz. »Sie haben nun meine volle Aufmerksamkeit, Mr. LaForge. Ich lausche interessiert, während Sie mir erzählen, was Sie von Trilithium – und mir – wissen.«

Es ergab keinen Sinn – Geordi wußte kaum etwas, weder vom einen noch vom anderen. Er dachte kurz nach und entgegnete: »Trilithium ist eine experimentelle Substanz, die von den Romulanern entwickelt wurde. Ich glaube, es handelt sich dabei um ein Derivat von …«

Er unterbrach sich, als jäher Schmerz in seiner Brust entflammte. Aus einem Reflex heraus hob er die Hand zur betreffenden Stelle, doch das Brennen verschwand sofort wieder. Seltsam: Soran hatte keinen physischen Kontakt herbeigeführt.

»Mir liegt nichts an einem wissenschaftlichen Vortrag«, verkündete der El-Aurianer kühl. »Sie haben im Observatorium nach Trilithium gesucht. Warum?«

Geordi seufzte. Diese Sache machte sicher nicht viel Spaß – er wußte viel weniger, als Soran annahm. »Der Captain erteilte eine entsprechende Anweisung.«

»Lassen wir doch das übliche Verhörgerede. Sie haben Informationen, die ich brauche.« Wieder legte Soran eine kurze Pause ein. »Hat Ihr Captain seine Anweisungen erläutert? Erklärte er, aus welchem Grund Sie nach Trilithium suchen sollten?«

Geordi schüttelte den Kopf. »Nein.«

Schweigen.

»Was ist mit … Guinan? Was hat sie Ihnen über mich erzählt?«

»Guinan?« Der Chefingenieur blinzelte verblüfft. »Wie meinen Sie das?«

»Mein Instinkt sagt mir, daß Sie lügen.« Sorans Stimme klang nun schärfer. »Was bestimmt nicht leicht für Sie ist – ich bin sicher, Sie haben ein gutes Herz.« Er lachte leise und ironisch.

Geordi neigte den Kopf zur Seite, als er ein sonderbares Ticken hörte. Es erinnerte ihn an einen alten terranischen Zeitmesser.

Er vergaß das Geräusch, als mitten in seiner Brust gräßlicher Schmerz stach. *Ein Herzanfall,* fuhr es ihm durch den Sinn. *Er hat irgendwie dafür gesorgt, daß ich einen Herzanfall bekomme!*

Voller Pein krümmte er sich zusammen, konnte nicht einmal mehr atmen.

Und dann ließ das schier unerträgliche Stechen nach. Geordi schnappte keuchend nach Luft.

»Oh, ich habe ganz vergessen, Sie darauf hinzuweisen«, sagte Soran mit scheinbarer Freundlichkeit. »Während Ihrer Bewußtlosigkeit habe ich Ihnen eine winzige Diagnosesonde in den Blutkreislauf injiziert. Sie hat Ihr kardiovaskuläres System durchstreift und befindet sich jetzt im linken Ventrikel.« Geordi glaubte, ein Lächeln in der Stimme zu hören. »Diesen Trick habe ich von den Borg gelernt …«

»Ja«, schnaufte Geordi voller Sarkasmus. »Sie stekken voller Ideen…«

Der Wissenschaftler sprach mit kühler Sachlichkeit, als er sagte: »Ich habe Ihr Herz eben für fünf Sekunden angehalten. Es fühlte sich wie eine Ewigkeit an, nicht wahr? Wußten Sie, daß man die Herztätigkeit bis zu sechs Minuten lang unterbrechen kann, bevor es zu irreparablen Schädigungen des Hirngewebes kommt?«

Geordi schnitt eine Grimasse und gab deutlich Abscheu dem El-Aurianer gegenüber zu erkennen. »Nein, das wußte ich nicht…«

»Jeden Tag erfahren wir etwas Neues über uns selbst«, kommentierte Soran. »Nun, vielleicht habe ich mich nicht klar genug ausgedrückt. Es ist sehr wichtig für mich, daß Sie mir mitteilen, was Captain Picard weiß.«

»Ich habe Ihnen alles gesagt«, antwortete Geordi der Dunkelheit. »Töten Sie mich ruhig.«

Stille. Und dann hörte er etwas in der Stimme des Wissenschaftlers, womit er nicht gerechnet hatte: aufrichtige Anteilnahme. »Ich bin kein Mörder, Mr. La-Forge«, erwiderte Soran mit solcher Ehrlichkeit und Scham, daß Geordi ihm glaubte und nicht länger um sein Leben fürchtete. Der El-Aurianer seufzte, und der Chefingenieur spürte Trauer und müde Niedergeschlagenheit, die einen ganzen seelischen Kosmos ausfüllte. Er wußte inzwischen, wozu Soran fähig war – andernfalls hätte er ihn vielleicht bemitleidet.

Abrupt kehrte die Schärfe in Sorans Stimme zurück. »Versuchen wir's mit dreißig Sekunden.«

Tasten klickten leise. Einmal mehr krümmte sich Geordi zusammen, als der Schmerz im Zentrum der Brust explodierte, mit solcher Gnadenlosigkeit brannte, daß LaForge nichts anderes wahrnahm – abgesehen vom viel zu langsamen Ticken des alten Zeitmessers.

9

Neben dem Holo-Deck gehörte die Sternkartenkammer zu Picards Lieblingsorten an Bord der Enterprise. Wenn das große holographische Darstellungsfeld aktiviert war, hatte man das Gefühl, unter einem klaren Nachthimmel zu stehen. Oder besser noch: Man glaubte, im Weltraum zu schweben und nur die Hand ausstrecken zu müssen, um den nächsten Stern zu berühren …

Derzeit waren die Holo-Projektoren inaktiv. Computer, Sensorsysteme und Scannermodule umgaben Picard – die Geräte dienten dazu, die genaue Position der *Enterprise* im All zu bestimmen. Neben dem Captain saß Data an der Konsole und blickte auf die Anzeigen.

Jean-Luc sah zu einigen nahen Bildschirmen, die ihm Darstellungen eines zornig anmutenden, violetten Blitzes präsentierten: das Energieband zu verschiedenen Zeiten an verschiedenen Orten.

Er hatte das Geheimnis Sorans und des Energiebands genutzt, um sein Selbst zu fokussieren, den Kummer abzustreifen. Verzweiflung und Betroffenheit wichen langsam aus ihm. Für Robert und René konnte er nichts mehr tun, aber er war imstande, Geordi La-Forge zu helfen – und Sorans Pläne zu vereiteln.

Der Androide beugte sich vor, als Daten auf dem Konsolenmonitor erschienen. Picard sah die Bewegung aus den Augenwinkeln und drehte sich erwartungsvoll um. Es erstaunte ihn nach wie vor, offensichtliche Anzeichen von Emotionen bei Data zu entdecken. Derzeit ließ er niedergeschlagen die Schultern hängen, und seine Mundwinkel neigten sich ein wenig nach unten.

»Diese Informationen lassen folgenden Schluß zu«, sagte er fast monoton. »Das Band besteht aus temporaler Energie, die unsere Galaxis einmal in neununddreißig Komma eins Jahren durchquert.« Er zögerte und runzelte die Stirn, schien den Faden verloren zu haben. »Es passiert diesen Sektor in … zweiundvierzig Stunden.«

Picard wandte sich ab und begann mit einer unruhigen Wanderung, hoffte dabei, daß die Bewegung ihn nicht nur körperlich wach hielt, sondern auch geistig – seit Maries Nachricht hatte er kaum geschlafen. »Alles deutet darauf hin, daß Guinan recht hat. Sie meinte, Sorans Absicht bestünde darin, zum Band zurückzukehren. Nun, wenn das stimmt, so muß es eine Verbindung mit der Sonne Amargosa geben.« Er drehte sich ruckartig um. »Geben Sie mir eine Liste aller Dinge, die von der Vernichtung des Sterns in irgendeiner Weise betroffen sind.«

Der Androide reagierte nicht, starrte einfach nur stumm und traurig auf den glühenden Schirm.

»Data!« sagte Picard scharf.

Er setzte sich ruckartig auf, und der Captain glaubte zu beobachten, wie so etwas wie Verlegenheit über die Züge des Androiden huschte. »Entschuldigen Sie bitte, Sir.« Er berührte mehrere Schaltflächen, sah dann wieder zu Picard. »Der Computer braucht einige Minuten, um alle Daten zu korrelieren.«

Jean-Luc verschränkte die Arme und wartete. Data seufzte tief und kummervoll, beugte sich erneut vor und hob die Hände vors Gesicht.

Der Captain näherte sich verwundert und legte dem Androiden eine Hand auf die Schulter. »Ist alles in Ordnung mit Ihnen?«

»Nein, Sir.« Data hob den Kopf und zeigte ein Gesicht, in dem Verzagtheit zum Ausdruck kam. »Ich bin überwältigt von … Schuldgefühlen in Hinsicht auf mein Verhalten im Observatorium.«

»Wie meinen Sie das?« fragte Picard sanft. Weder Riker noch Worf hatten ihm von einem ungewöhnlichen Gebaren des Androiden berichtet.

Data seufzte noch einmal. »Ich wollte Geordi retten. Ich wollte es *wirklich*. Aber in mir regte sich ein lähmendes Empfinden.« Er sah den Captain an und machte keinen Hehl daraus, daß er sich schämte. »*Furcht*. Ich hatte Angst, Sir.«

Picard öffnete den Mund – und schloß ihn wieder, als der Computer ein akustisches Signal erklingen ließ.

Data sah auf den Bildschirm. »Nach unseren gegenwärtigen Informationen hat die Neutralisierung der Sonne Amargosa folgende Auswirkungen auf diesen Sektor: Die Gamma-Emissionen haben um null Komma null fünf Prozent zugenommen; das Raumschiff *Bozeman* mußte den Kurs ändern; verstärkte Neutrino-Aktivität zwang die Forscher auf Gorik Vier, ihre Arbeiten zu unterbrechen; lokale Magnetfelder sind …«

»Einen Augenblick«, sagte Picard. »Die *Bozeman*. Warum mußte das Schiff den Kurs ändern?«

»Die Vernichtung des Sterns hat die Gravitationskräfte im ganzen Sektor modifiziert«, antwortete der Androide. »Alle Schiffe, die diesen Bereich passieren, müssen eine geringfügige Kurskorrektur vornehmen.«

»Eine geringfügige Kurskorrektur …« Picard runzelte die Stirn, als er darüber nachdachte. Er ahnte, daß diesem Umstand Bedeutung zukam – aber welche?

Jean-Luc drehte sich um und schritt zur Kontrollkonsole, von der aus die Holo-Karte aktiviert werden konnte. »Wo ist das Energieband jetzt?«

Data stand auf, folgte ihm zum Pult und führte dort einige Schaltungen durch. Wenige Sekunden später schien sich der Raum um sie herum aufzulösen, wich einem detaillierten, dreidimensionalen Abbild der Galaxis. Der Androide deutete auf einen rot glühenden

Punkt. »Das ist die gegenwärtige Position des energetischen Phänomens.«

Picard nickte langsam. »Können Sie den Kurs berechnen?«

Data zögerte, und plötzlich erschien tiefe Verzweiflung in seinem Gesicht. »Sir, ich … Ich bin nicht in der Lage, den Dienst fortzusetzen.«

Der Captain musterte ihn verblüfft.

Data senkte beschämt den Kopf. »Ich möchte desaktiviert werden, bis Dr. Crusher den Emo-Chip entfernen kann.«

»Gibt es bei Ihnen eine Fehlfunktion?«

Der Androide schüttelte den Kopf. »Nein, Sir. Ich sehe mich nur außerstande, meine Gefühle zu kontrollieren.«

»Data …« Picard atmete tief durch. Das emotionale Chaos in den Zügen des Androiden zu beobachten … Er gewann dabei den Eindruck, in sein eigenes Inneres zu blicken. »Ich kann mir vorstellen, daß Sie großen Belastungen ausgesetzt sind. Allerdings brauche ich bei dieser Sache Ihre volle Aufmerksamkeit …«

»Sie verstehen nicht, Sir!« stieß Data verärgert hervor. »Ich will diese Emotionen nicht länger ertragen müssen, und das läßt sich nur mit einer Desaktivierung bewerkstelligen.«

Picard glaubte fast, zu sich selbst zu sprechen, als er sagte: »Wenn man Gefühle hat, so muß man lernen, sie ins allgemeine Leben zu integrieren und mit ihnen umzugehen, ungeachtet aller Umstände.«

»Aber, Sir …«

Picard richtete sich zu seiner vollen Größe auf und sprach in einem besonders autoritären Tonfall. »Ich werde Ihre Desaktivierung *nicht* zulassen. Sie sind ein Offizier dieses Schiffes und haben eine Pflicht zu erfüllen.« Er zögerte kurz. Als der Androide keine Einwände erhob, fügte er hinzu: »Das ist ein Befehl, Commander.«

Datas Gesichtsausdruck veränderte sich langsam. Die Verzweiflung wich neuer Entschlossenheit. »Ja, Sir«, erwiderte er leise. »Ich versuch's.«

Einmal mehr legte Picard dem Androiden die Hand auf die Schulter. »Auch Mut ist ein Gefühl, Data.« Und etwas lauter: »Sind Sie nun imstande, den Kurs des Energiebandes zu berechnen?«

Data straffte die Schultern und offenbarte übertriebene Entschiedenheit – Picard mußte sich sehr beherrschen, um nicht zu lächeln. Der Androide bediente die Kontrollen, und im großen Hologramm der Galaxis erschien eine rote Linie, formte einen langgestreckten Bogen zwischen den Sonnen. Jean-Luc trat etwas näher und spürte, wie sein Herz schneller schlug. Ja, die Antwort verbarg sich dort …

Er drehte sich zu Data um. »Wo befand sich der Stern Amargosa?«

Die Fingerkuppen des Androiden strichen über Schaltflächen, und unweit der roten Linie erschien ein heller Punkt.

»Hm …« Picard überlegte. »Sie wiesen eben darauf hin, daß durch die Vernichtung jener Sonne alle Gravitationskräfte in diesem Sektor verändert worden sind. Hat der Computer diesen Umstand berücksichtigt, als er den Kurs des energetischen Phänomens berechnete?«

Data hob überrascht die Brauen. »Nein, Sir. Ich nehme sofort die notwendigen Anpassungen vor.«

Picard beobachtete, wie der helle Punkt mehrmals blinkte und dann erlosch. Die glühende rote Linie glitt nach rechts, änderte den Kurs.

Picard hob den Kopf, und Aufregung verdrängte die Müdigkeit aus ihm. »*Darum* ging es Soran – er hat den Kurs des Energiebands modifiziert. Aber warum? Aus welchem Grund lenkt er das Phänomen in eine neue Richtung? Weshalb fliegt er nicht einfach mit einem Schiff hinein?«

»Alle Raumschiffe, die in den Einflußbereich der Anomalie gerieten, sind entweder schwer beschädigt oder völlig zerstört worden.«

Eine jähe Erkenntnis reifte in Picard. »Soran kann nicht zum Energieband gelangen. Und deshalb läßt er es zu sich kommen.« Er wandte sich dem Androiden zu. »Führt der geänderte Kurs an Planeten der Klasse M vorbei?«

Data blickte wieder auf die Displays der Konsole. »Ja, Sir. Es gibt zwei im Veridian-System.« Wieder betätigte er Kontrollen, und eine Darstellung des betreffenden Sonnensystems erschien: Vier Planeten rotierten langsam in der Nacht des Alls.

Jean-Luc betrachtete die rote Linie und stellte fest, daß sie ganz dicht am dritten Planeten vorbeiführte. »Nahe«, murmelte er. »Aber nicht nahe genug.«

Er runzelte die Stirn und richtete den Blick wieder auf die veridianische Sonne. Vor dem inneren Auge entstand ein alles andere als willkommenes Erinnerungsbild: der Plasmawolken speiende, sterbende Amargosa-Stern.

Plötzlich begriff er. »Data ... Wie würde sich die Vernichtung jener Sonne auf den Kurs des Energiebands auswirken?«

Picard kannte die Antwort bereits, und die Berechnungen des Androiden dienten nur dazu, seinen Verdacht zu bestätigen. Das Zentralgestirn des veridianischen Sonnensystems blinkte wie zuvor die Sonne Amargosa, verschwand dann. Die rote Linie neigte sich ein wenig zur Seite und führte genau durch den dritten Planeten.

»Darin besteht Sorans Absicht«, hauchte Picard. »Das ist sein Ziel.«

Zwei oder drei Sekunden lang herrschte Stille. Dann erklang die Stimme des Androiden. »Durch den Kollaps des veridianischen Sterns entsteht eine Schockwelle, wie wir sie vom Amargosa-System her kennen.«

Picard nickte ernst. »Dadurch werden alle vier Planeten vernichtet.«

Data prüfte die Anzeigen der Konsole, und Kummer prägte seine Züge. »Veridian Drei ist unbewohnt. Aber auf Veridian Vier existiert ein Volk von Humanoiden, das sich auf einer präindustriellen Entwicklungsstufe befindet.«

Jean-Luc wandte sich wieder dem Hologramm zu und beobachtete den vierten Planeten, der sich langsam um die eigene Achse drehte. »Bevölkerung?«

»Etwa zweihundertdreißig Millionen«, brachte Data entsetzt hervor.

Picard fragte sich bestürzt, was jemanden dazu bewegen konnte, eine ganze Welt auszulöschen.

Wenn Sie den Nexus aufsuchen … Dann ist Ihnen Soran oder die Enterprise *völlig gleichgültig. Dann denken Sie nur noch daran, wie es sich anfühlt, dort zu sein. Und dann wollen Sie nicht zurück.*

Der Captain klopfte auf seinen Insignienkommunikator. »Picard an Brücke.«

»Hier Worf.«

»Nehmen Sie Kurs aufs Veridian-System. Maximale Warpgeschwindigkeit.« Mit energischen Schritten ging er zum Ausgang und nahm mit einer gewissen Erleichterung zur Kenntnis, daß ihm Data ebenso zielstrebig folgte.

An Bord des klingonischen Schiffes verharrte Soran im Korridor und betrachtete im Halbdunkel seine geöffnete Taschenuhr. Er lächelte, und Freude prickelte in ihm. In kaum mehr als einer Minute erreichten sie Veridian III. Bald war er wieder mit Leandra und den Kindern zusammen, weit entfernt von diesem elenden Universum, das seiner Familie den Tod beschert hatte, in dem er sich an Bord eines fliegenden Schrotthaufens befand.

LaForge nützte ihm kaum etwas. Nach einigen langen und sprachlosen Sekunden der Agonie hatte er keine wichtigen Informationen geliefert. Wie dem auch sei: Die vagen Hinweise bestätigten Sorans Verdacht, daß der Captain des Raumschiffs *Enterprise* gewisse Dinge untersuchte, die ihn nach Veridian führen mochten. Picard beunruhigte Soran. Vielleicht ließ er sich relativ leicht beeinflussen, wenn er an akutem Kummer litt, doch er war auch sehr intelligent. Wenn er Trauer und Niedergeschlagenheit überwand… Dann bestand die Gefahr, daß Picard von seiner Intelligenz Gebrauch machte und herausfand, was Soran plante.

Nur noch eine Minute. Der El-Aurianer lächelte erneut, doch die Freude blieb nicht völlig ungetrübt. Es hatte ihm selbst Leid beschert, LaForge zu quälen. Irgend etwas in ihm verglich sein Verhalten mit der Grausamkeit der Borg…

Es spielt keine Rolle. Nichts spielt eine Rolle. Ich bin freundlich gewesen und habe ihn am Leben gelassen – das ist mehr, als er von diesem Universum der Zeit und des Todes erwarten kann. Hier sind wir alle dazu verurteilt, irgendwann nicht mehr zu existieren. Hier sind wir alle wandelnde Leichen.

Nach fünfzehn Sekunden hatte Soran das Herz des Entführten wieder schlagen lassen, weil er den Anblick der Qualen nicht mehr ertragen konnte. Damals, auf seiner Heimatwelt, war er ruhig, sanft und gar nicht dazu fähig gewesen, jemandem Schmerzen zuzufügen – oder gar eine andere Person zu töten.

Das Opfer von Veridian IV ist notwendig. Notwendig. *Es gibt keine andere Möglichkeit für die Heimkehr*.

Trotzdem: Der Gedanke daran bereitete ihm Unbehagen.

Aber er hielt an seinen Absichten fest. Er würde nicht nachgeben oder es sich anders überlegen, so wie bei LaForge. Was mit Veridian IV geschah, passierte in anonymer Ferne. Er brauchte jene Ereignisse nicht zu beobachten, weilte dann bereits im Nexus.

Und vielleicht... Ja, vielleicht gab es einige wenige Glückliche, die von den Reflexionen des Energiebands in den Nexus transferiert wurden. Ihr physisches Sein endete in diesem Kosmos, doch in der anderen Welt existierten die Selbstechos für alle Ewigkeit. Soran glaubte, den betreffenden Personen einen Gefallen zu erweisen.

Nichts – weder Schuld noch Klingonen oder irgendwelche Außenstehende – durfte ihn jetzt ablenken.

Er ließ die Uhr wieder in der Tasche verschwinden und kehrte auf die Brücke zurück, wo die beiden gräßlichen, in Metall und Leder gekleideten Schwestern saßen. Die ältere Lursa – sie schien des öfteren das letzte Wort zu behalten – drehte sich zu dem Wissenschaftler um.

»Haben Sie von dem Menschen etwas in Erfahrung gebracht?« fragte sie. Ihre Stimme klang ein wenig heiser.

»Nein«, erwiderte Soran und lächelte innerlich. »Er war einfach nicht mit dem Herzen dabei.«

Ein großer, kräftig gebauter Klingone drehte sich um. »Wir haben die Umlaufbahn von Veridian III erreicht.«

Der El-Aurianer blickte zum Hauptschirm, der den Planeten zeigte, und neuerliche Aufregung erfaßte ihn, prickelte tief in seinem Innern. »Treffen Sie Vorbereitungen für meinen Transfer zur Oberfläche«, sagte er zu Lursa.

»Halt!« B'Etor stand auf, und Mißtrauen glomm in ihren Augen. »Wann bekommen wir unseren Lohn?«

Soran musterte sie, und es kostete ihn große Mühe, den Haß zu verbergen. Er verabscheute es, daß er mit so dummen, engstirnigen und machthungrigen Geschöpfen zusammenarbeiten mußte. Sie waren dazu imstande, Unheil und Chaos über die ganze Galaxis zu bringen.

Und wenn schon. Dieses Universum verlor immer mehr an Bedeutung, während Soran an die Freude dachte, die ihn im Nexus erwartete. Lursa und B'Etor, zwei groteske Parodien auf die Weiblichkeit; das Schiff und alles andere … Es hatte nicht mehr Realität als ein übler Traum, aus dem er bald zu erwachen hoffte. Soran verglich die beiden Klingoninnen mit Phantomen, die aus der Leere kamen und wieder in ihr verschwinden würden.

Er seufzte, holte einen kleinen Chip hervor und reichte ihn B'Etor. »Darin sind alle Informationen gespeichert, die Sie brauchen, um eine Trilithiumwaffe zu konstruieren«, sagte er, als die Klingonin nach dem winzigen Gegenstand griff und wie gierig darauf hinabstarrte. »Die Daten sind verschlüsselt. Wenn Sie mich zum Planeten transferiert haben, bekommen Sie den Code von mir – vorher nicht.«

»Herrin!« rief der klingonische Steuermann. »Ein Raumschiff der Föderation trifft gerade in diesem Sonnensystem ein!«

»Was?« Lursa beugte sich vor und schloß die Hände fest um die Armlehnen des Sessels. »Auf den Schirm.«

Das Bild im zentralen Projektionsfeld wechselte und zeigte ein unscharfes, nicht exakt fokussiertes Raumschiff.

Soran wußte sofort, daß es sich um die *Enterprise* handelte.

Der Steuermann drehte den Kopf und blickte über die in Leder gehüllte Schulter. »Man setzt sich mit uns in Verbindung.«

B'Etor schürzte die Lippen und knurrte einige Worte auf Klingonisch. Unmittelbar darauf klang eine vertraute Stimme aus dem Kom-Lautsprecher.

»An das klingonische Schiff«, sagte Picard, und Soran schloß die Augen. Kraft und Stärke vibrierten nun in den Worten des Captains – er hatte seinen Kummer überwunden, war zu einem Gegner geworden, den Soran fürchten mußte. »Wir wissen, was Sie vorhaben. Und wir werden jede solare Sonde zer-

Captain Montgomery ›Scotty‹ Scott (James Doohan) ist schockiert, als sich Captain Kirk (William Shatner) weigert, am Jungfernflug der *USS Enterprise* 1701-B teilzunehmen.

An Bord der *USS Enterprise* 1701-B. Captain Kirk und Commander Pavel Chekov (Walter Koenig) bereiten sich darauf vor, einen alten Freund zu begrüßen.

Die *Enterprise*-B empfängt einen Notruf, und Captain Kirk übernimmt das Kommando.

Fähnrich Demora Sulu (Jacqueline Kim) und Captain Harriman (Alan Ruck) bemühen sich, die *Enterprise*-B zu stabilisieren.

An Bord des Segelschiffes *Enterprise*. Captain Jean-Luc Picard (Patrick Stewart) und Commander William Riker (Jonathan Frakes) geben Lieutenant Worfs Beförderung bekannt.

Sicherheitsoffizier Worf (Michael Dorn) nimmt die Beförderung stolz entgegen.

Chefingenieur Geordi LaForge (LeVar Burton) erklärt Commander Data (Brent Spiner), warum Worf über die Planke gehen mußte.

Guinan (Whoopi Goldberg) spürt die Präsenz von Dr. Soran.

In der Sternkartenkammer. Captain Picard und Commander Data versuchen, einem energetischen Phänomen auf die Spur zu kommen.

Dr. Beverly Crusher (Gates McFadden) untersucht den fehlerhaft funktionierenden Emo-Chip des Androiden Data.

Die Duras-Schwestern Lursa (Barbara March) und B'Etor (Gwynyth Walsh) greifen die *Enterprise* an.

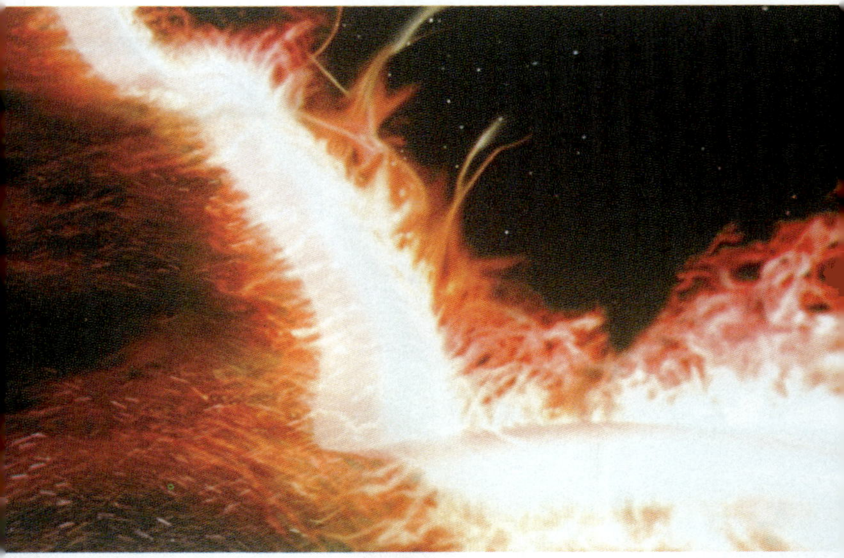

Der Nexus rast durch ein Sonnensystem.

Captain Picard bittet Captain Kirk um Hilfe.

Captain Kirk kämpft gegen Dr. Soran.

Der Erste Offizier Riker führt das Kommando. Counselor Deanna Troi (Marina Sirtis) kümmert sich um die Navigation.

Commander Data freut sich, seine Katze Spot gesund und munter vorzufinden.

stören, die Sie in Richtung der veridianischen Sonne starten. Wir verlangen, daß Sie unserem Chefingenieur die Rückkehr erlauben und anschließend dieses System verlassen.«

Soran spürte, wie jähe Wut in ihm emporquoll. Der gleiche Zorn hatte ihn damals erfüllt und sich gegen die Borg gerichtet. Eigentlich gab es kaum Unterschiede zwischen den beiden Situationen: Picard versuchte, ihm Leandra und die Kinder zu nehmen.

Schlagartig wichen Mitgefühl und Anteilnahme aus ihm. Selbst wenn er Picard und die ganze Crew der *Enterprise* eigenhändig erdrosseln mußte... Er war dazu bereit, wenn es sich als erforderlich erwies, um zu dem Ort zurückzukehren, den er für seine wahre Heimat hielt.

Mit zitternden Fingern holte Soran die Taschenuhr hervor, betrachtete das Bild darin und schloß die Klappe wieder.

»Für so etwas haben wir keine Zeit«, forderte er die Duras-Schwestern auf. »Eliminieren Sie das Föderationsschiff.«

B'Etor starrte ihn so an, als hätte er den Verstand verloren. »Es handelt sich um ein Schiff der Galaxis-Klasse! Wir haben keine Chance.«

Soran holte tief Luft, um sich zu beruhigen und einen Ärger zu verdrängen, der die Vernunft zu beeinträchtigen drohte. Fügen würde er sich auf keinen Fall. Zweifellos gab es eine Lösung, und er fand sie bestimmt, wenn es ihm gelang, in aller Ruhe zu überlegen.

Plötzlich fiel ihm etwas ein, und er zog Geordis Prothese aus der Tasche, hob sie wie eine Trophäe.

»Es wird Zeit, daß wir Mr. LaForge die visuelle Wahrnehmung zurückgeben...«

Picard schritt langsam durch den Kontrollraum der *Enterprise,* während er auf die Antwort des klingonischen Schiffes wartete.

»Vielleicht sind sie noch gar nicht in diesem Sonnensystem«, spekulierte Riker.

Jean-Luc sah zum großen Wandschirm, beobachtete Dunkelheit und Sterne. Irgendwo dort draußen verbarg sich ein alter imperialer Kreuzer. »Bestimmt überlegen sie gerade, ob es ein zwanzig Jahre altes klingonisches Schiff mit uns aufnehmen kann.«

»Oder sie befinden sich bereits auf dem Planeten«, sagte Troi leise.

Picard warf ihr einen kurzen Blick zu. An diese Möglichkeit hatte er ebenfalls gedacht – dadurch wäre die Situation noch komplizierter geworden.

Worf erkannte das ebenfalls. »Sir… Nach meinen Berechnungen braucht eine solare Sonde nur elf Sekunden, um die Sonne zu erreichen – vorausgesetzt, sie wird aus der Umlaufbahn oder von der Planetenoberfläche gestartet.« Er zögerte kurz. »Da wir den genauen Startort nicht kennen, benötigen wir zwischen acht und fünfzehn Sekunden, um die Waffensysteme auszurichten.«

Picard nickte ernst, schwieg jedoch.

»Mit anderen Worten…«, ließ sich Riker vernehmen. »Die Zeit wird sehr knapp.«

»Zu knapp.« Picard ging noch einige unruhige Schritte und kehrte dann zum Kommandobereich der Brücke zurück. »Wann trifft das Energieband hier ein?«

»In siebenundvierzig Minuten, Sir«, antwortete Data.

Der Captain seufzte. »Ich muß einen Weg finden, um mit Soran zu reden…« Er erinnerte sich an die Verzweiflung in den Augen des Wissenschaftlers – an eine Verzweiflung, die fast an Wahnsinn grenzte. Doch er hatte auch Vernunft in dem Mann gespürt, eine Rationalität, die nicht zum Denken eines skrupellosen Mörders paßte. Guinan war es gelungen, sich an das Leben außerhalb des Nexus zu gewöhnen. Vielleicht konnte Soran irgendwie dazu bewogen werden, sich ein Beispiel an ihr zu nehmen.

Bestimmt ergaben sich dabei Probleme. Picard hatte sich mit biographischen Informationen über den El-Aurianer befaßt. Seine junge Frau und die Kinder – den Borg zum Opfer gefallen. Es gab Hinweise darauf, daß Soran von den Borg verhört worden war, und das genügte, um den Verstand zu verlieren. Doch vielleicht bot sich hier auch ein Ansatzpunkt. Jean-Luc wußte, was es bedeutete, von einem schrecklichen Augenblick zum anderen die Familie zu verlieren. Und er wußte auch, wie es sich anfühlte, von den Borg geistig vergewaltigt zu werden.

Er zuckte fast zusammen, als ein lautes, rhythmisches Summen erklang.

»Ein klingonisches Schiff desaktiviert direkt vor uns die Tarnvorrichtung, Captain«, meldete Worf. »Wir empfangen Kom-Signale.«

Der Wandschirm zeigte kurzes Wabern im All, und dann erschien ein Raumschiff.

»Kom-Kanal öffnen«, sagte Picard.

Der imperiale Raumer verschwand wieder und wich einer Darstellung der Duras-Schwestern.

»Captain ...« Lursa sprach in einem übertrieben herzlichen Tonfall. Sie beugte sich vor, und ihr langes dunkles Haar glitt über Leder und Metall, Zeichen einer Kriegerin. »Welch ein unerwartetes Vergnügen.«

Picards Züge verhärteten sich. »Ich möchte mit Soran reden.«

Lursa lächelte wie verschämt. »Oh, ich fürchte, er befindet sich nicht mehr an Bord unseres Schiffes.«

»Dann beame ich mich zu ihm«, entgegnete Jean-Luc. »Geben Sie mir die Koordinaten.«

»Soran legt großen Wert auf seine Privatsphäre«, verkündete B'Etor in einem ähnlich salbungsvollen und ein wenig spöttischen Ton wie ihre Schwester. »Er wäre sicher sehr ... ungehalten, wenn plötzlich eine bewaffnete Einsatzgruppe bei ihm erschiene.«

Der Captain zögerte nur eine Sekunde lang. Er hatte

gehofft, sich bewaffnet und mit vollem Kommunikationspotential auf den Planeten beamen zu können, um der *Enterprise* mitzuteilen, von welchem Ort aus die Solarsonde gestartet werden sollte. Aber wenn das nicht möglich war ... In dem Fall blieb ihm keine andere Wahl, als seinem Instinkt zu vertrauen, der ihm unter allen Umständen zu einer persönlichen Begegnung mit dem Wissenschaftler riet.

»Na schön«, wandte sich Picard an die beiden Klingoninnen. »Ich beame mich an Bord Ihres Schiffes. Anschließend können *Sie* mich auf den Planeten transferieren.«

»Sir.« Riker richtete einen erschrockenen Blick auf ihn. »Sie dürfen den Duras-Schwestern nicht vertrauen. Vielleicht haben sie Geordi getötet. Und sie wären auch fähig, Sie umzubringen.«

»Wir haben Ihrem Ingenieur kein Haar gekrümmt«, erwiderte Lursa mit solcher Empörung, daß Jean-Luc ihr glaubte. »Er ist unser Gast gewesen.«

Riker musterte sie betont kühl. »Dann lassen Sie ihn zurückkehren.«

»Im Austausch gegen was?« fragte B'Etor.

»Im Austausch gegen mich«, sagte Data und sah erwartungsvoll zum Captain.

Picard ignorierte ihn. »Ich biete mich an«, meinte er. »Wenn Sie mich mit Soran reden lassen.«

Überraschtes Schweigen folgte diesen Worten, und Jean-Luc nahm es als sicheren Hinweis darauf, daß die Klingoninnen sein Angebot annehmen würden. Sie wechselten einen kurzen Blick und gaben sich alle Mühe, nicht zu triumphierend zu wirken. B'Etor beugte sich vor und flüsterte ihrer Schwester etwas ins Ohr. Lursa nickte nachdenklich und sah wieder zum Schirm.

»Eine Art Gefangenenaustausch.«

»Einverstanden«, sagte Picard erleichtert und ignorierte die Mißbilligung in Rikers Zügen. Einmal mehr wechselte das Bild auf dem Wandschirm, und das große Projektionsfeld präsentierte wieder den klingonischen Raumer.

Picard drehte sich um und ging mit langen Schritten zum Turbolift.

»Sie haben das Kommando, Nummer Eins. Bitten Sie Dr. Crusher, den Transporterraum drei aufzusuchen.«

Der Captain verließ die Brücke rasch, um Einwänden des Ersten Offiziers zuvorzukommen. Er fühlte Entschlossenheit – und auch einen seltsamen Hauch von Schicksal.

10

Geordi saß in einer feuchten, viel zu warmen Kabine, lehnte sich erschöpft im Sessel zurück und wartete auf Sorans Rückkehr. Die Aktivitäten der winzigen Diagnosesonde im Herzen hatten Übelkeit geweckt. Er war noch immer ein wenig außer Atem und spürte, wie ihm Schweiß über die Stirn rann, in blinde Augen tropfte und dort brannte.

Der Wissenschaftler blieb ihm ein Rätsel. Soran konnte völlig unberechenbar sein. Zu Beginn des Verhörs war Geordi ziemlich sicher gewesen, daß ihn Soran früher oder später umbrachte. In der Stimme jenes Mannes vibrierten Schmerz, Zorn und eine Mischung aus Verzweiflung und Wahnsinn – jener Klang deutete darauf hin, daß er vor nichts zurückschreckte, um sein Ziel zu erreichen.

Andererseits: Er hatte ehrlich und aufrichtig geklungen bei den Worten *Ich bin kein Mörder, Mr. La-Forge*. Und dann hörte der Schmerz eher auf als erwartet.

Geordi hatte die gräßliche Agonie überstanden, indem er sich zwang, die Sekunden zu zählen. Nach neun verlor er die Übersicht – als er plötzlich glaubte, daß sich Soran irrte, daß der Tod wesentlich früher kam. Er keuchte, kam sich vor wie ein Fisch, der in einem Ozean aus Luft zu ersticken drohte. Heranwogende Dunkelheit tilgte das Licht des Bewußtseins aus ihm, und in einer von unvorstellbarer Pein geprägten Trance merkte er, daß Soran auf eine ganz besondere Weise Anteil nahm, daß er die Qualen seines Opfers spürte und sie nicht ertrug.

Darauf hin ließen die Schmerzen nach. Dreißig Sekunden, hatte Soran angekündigt. In Wirklichkeit waren es nur vierzehn oder fünfzehn.

Geordi hatte den Kopf gehoben und vergessen, daß er ohne sein VISOR überhaupt nichts sehen konnte. *Wie ich vorhin schon sagte ...*, hatte er mühsam hervorgebracht. *Ich weiß nicht mehr, als ich Ihnen mitgeteilt habe.*

Soran gab keine Antwort, erhob sich wortlos. Erst stand er reglos, doch dann drehte er sich um und verließ die Kabine.

Vielleicht hatte er es sich anders überlegt. Oder er holte jemanden, der die schmutzige Arbeit für ihn erledigt. Oder ...

Geordi seufzte und ließ den Kopf zur Seite baumeln. Er sah keinen Sinn in derartigen Spekulationen. Entweder starb er bald – oder er blieb am Leben. Die Vorstellung, daß sein Leben gleich zu Ende sein mochte, erschreckte ihn natürlich. Doch gleichzeitig fehlte es ihm schlicht und einfach an Kraft, um sich Sorgen zu machen. Solange Soran darauf verzichtete, die Diagnosesonde noch einmal einzusetzen ...

Er setzte sich auf, als die Tür mit einem ächzenden Summen beiseite glitt, lauschte dem Geräusch von Schritten: Zwei Personen betraten das Zimmer. Nein, sogar drei. Eine blieb vor ihm stehen, die beiden anderen rechts und links neben dem Sessel.

»Mr. LaForge ...« Zweifellos Sorans Stimme. Der Wissenschaftler kam noch etwas näher, sprach in einem forschen Tonfall. »So sehr mir der Aufenthalt an Bord dieses Schiffes auch gefallen hat – leider müssen wir uns jetzt verabschieden.«

Geordi stand unsicher auf. Große, warme Hände packten ihn an den Oberarmen, und andere Hände streiften ihm etwas über den Kopf – der Chefingenieur fühlte den weichen Stoff seines Uniformpullis. Wenige Sekunden später spürte er auch noch etwas anderes: kühles Metall vor den Augen.

Er blinzelte und tastete nach dem VISOR, als die

Welt um ihn herum plötzlich wieder sichtbar wurde. Soran lächelte. Diesmal leuchtete in seinen blaugrauen Augen keine Verzweiflung, sondern Hoffnung und Euphorie. Die Schatten unter den Augen hatten sich wenigstens zum Teil aufgelöst, und dadurch wirkte der Wissenschaftler jünger. »Wenn Sie so freundlich wären, uns zu begleiten ...«

Er deutete zur Tür. Geordi drehte den Kopf von einer Seite zur anderen: Zwei hochgewachsene Wächter standen neben ihm. Aber es handelte sich nicht um Menschen. Geordi sah bronzefarbene Knochenwülste und lange Mähnen, die bis zu den Hüften reichten.

»Klingonen«, flüsterte er. Die beiden Krieger schoben ihn in Richtung Tür, und LaForge nutzte die Gelegenheit, um sich in der Kabine umzusehen. »Wir befinden uns in einem *klingonischen* Raumschiff ...«

Sie traten in einen schmalen, nur matt erhellten Korridor. Soran übernahm die Spitze der Gruppe, und seine Aufmerksamkeit galt einer alten Taschenuhr. »Sehr scharfsinnig von Ihnen«, sagte er, und es klang fast verärgert. »Die Ausbildung an der Starfleet-Akademie scheint recht gut zu sein, wie?«

In dieser Antwort ertönte eine seltsame Schärfe. Einen Augenblick lang befürchtete Geordi, daß seine Hinrichtung unmittelbar bevorstand, doch dann erreichten sie einen Transporterraum.

Soran betrat ein Transferfeld und sagte nur: »Energie.«

Einer der Wächter schritt zur Konsole und betätigte Tasten. Geordi neigte den Kopf zur Seite, um auf die Displays zu sehen – in der Hoffnung, die Zielkoordinaten in Erfahrung zu bringen –, doch der zweite Wächter versperrte ihm die Sicht.

Der Transporter surrte schrill. Soran begann zu entmaterialisieren, doch unmittelbar darauf schien er wieder Substanz zu gewinnen. Funken stoben, und das Gesicht des Wissenschaftlers verfinsterte sich, während der Wächter hastig weitere Tasten drückte. Schließlich löste sich Sorans Gestalt ganz auf, aber vorher konnte Geordi noch ein unausgesprochenes Wort auf seinen Lippen lesen: *Idioten …*

LaForge bekam einen Stoß, taumelte zur Plattform und blieb auf einem Transferfeld stehen. Vor seinem VISOR verschwand der Transporterraum des klingonischen Schiffes und wich einem vertrauten Anblick: den glänzenden Wänden der *Enterprise*.

Geordi gewann einen vagen Eindruck von Captain Picard, der neben ihm entmaterialisierte. Dann wankte er ein oder zwei Schritte weit, um vor der wartenden Dr. Crusher auf die Knie zu sinken …

Picard stand auf der Oberfläche des Planeten Veridian III, blickte zu einem fliederfarbenen Himmel auf und dachte dabei ans Paradies vor der Erschaffung des Menschen. Hier hörte man nicht das Brummen von Airwagen; hier gab es keine Industrie, keine Städte, keine Raumschiffe, die dem Firmament entgegenstrebten. Die einzigen Geräusche stammten von kleinen Tieren im Gebüsch, von zwitschernden Vögeln. Soweit der Blick reichte: nur Wolken, Berge und uralte Bäume.

Der Captain senkte den Blick und stellte fest, daß er auf dem staubigen Lehmboden eines Plateaus stand, das von üppiger Vegetation gesäumt wurde. Weiter vorn hatte jemand ein großes Gerüst an einer Felswand errichtet – der einzige Fremdkörper weit und breit.

Irgend etwas veranlaßte ihn, sich umzudrehen, und er sah Soran, der seine alte Taschenuhr betrachtete. Der Wissenschaftler schloß den Deckel, steckte die Uhr ein und lächelte dünn.

»Sie halten mich vermutlich für verrückt.« Er wirkte gelassen, doch ein kaum merkliches Zucken in den Mundwinkeln deutete auf Unberechenbarkeit hin, und hinzu kam dumpfer Schmerz in den Augen.

Picard holte tief Luft, zögerte kurz – und entschied

sich dann für die Wahrheit. »Diese Möglichkeit kam mir in den Sinn.«

In den blauen Augen des El-Aurianers blitzte es kurz. »Denken Sie von mir aus, was Sie wollen, Captain.« Er drehte sich um und ging in Richtung Gerüst.

Jean-Luc trat einen Schritt vor. »Soran… Wie ich hörte, wurden Sie von den Borg vernommen.«

Sorans Körper erstarrte, doch der Kopf zuckte zur Seite. Argwöhnisch musterte er den Kommandanten der *Enterprise*. »Was geht Sie das an?«

»Ich… habe eigene Erfahrungen mit den Borg.« Picard zögerte erneut und wählte die Worte mit besonderer Sorgfalt – nicht nur um Sorans willen. Selbst Freunden gegenüber fiel es ihm nicht leicht, von jenen Ereignissen zu erzählen.

Ganz deutlich konnte er erkennen, daß seine Worte Soran beeindruckt hatten. Der Wissenschaftler runzelte die Stirn, als Picard fortfuhr: »Ich geriet ebenfalls in die Gewalt der Borg. Sie machten mich zu einem der ihren, verwendeten mich als Werkzeug gegen die Föderation. Aber ich überlebte. Weil ich… gute Freunde hatte.« Er trat noch einen Schritt auf Soran zu und streckte den Arm aus. »Lassen Sie sich von dem, was damals geschehen ist, nicht zerstören. Wir können Ihnen helfen…«

Bitterkeit erschien in den Zügen des El-Aurianers, und er schnitt eine Grimasse. »Ich weiß Ihre Anteilnahme zu schätzen, Captain. Wie dem auch sei: Es geht mir keineswegs darum, mich zu zerstören. Das Gegenteil ist der Fall.«

Soran faßte sich und lächelte schief. »Bitte verzeihen Sie, wenn ich nicht so auf Ihren emotionalen Appell reagiere, wie Sie es sich wünschen. Ich bezweifle, daß Sie nur aus Sorge um mein Wohlergehen hierhergekommen sind. Nein, dafür gibt es einen anderen Grund: Sie wissen nicht genau, ob Sie imstande sind, meine Solarsonde rechtzeitig zu neutralisieren. Deshalb wollen Sie versuchen, mir meinen schrecklichen Plan auszureden.« Er legte eine kurze Pause ein, bevor er hinzufügte: »Viel Glück.«

Er setzte den Weg zum Gerüst fort.

Picard wollte ihm folgen, doch nach einigen wenigen Schritten erfaßte ihn ein jäher Blitz, schleuderte ihn zu Boden. Der Aufprall preßte ihm die Luft aus den Lungen. Er keuchte, schnappte nach Luft und blinzelte mehrmals, um die Schleier vor den Augen zu vertreiben.

Ein Kraftfeld – natürlich. Und es blieb unsichtbar, solange es nicht zu Entladungen kam. Vermutlich umgab es nicht nur Soran, sondern auch das Gerüst.

Jean-Luc stand auf und näherte sich vorsichtig dem vermuteten Rand der energetischen Barriere.

Der jenseits davon stehende El-Aurianer schenkte ihm keine Beachtung, blickte erst zum Himmel hoch und dann auf einen Datenblock in seiner Hand.

Picard wirbelte mit dem Fuß Staub auf und beobachtete, wie er glühte, als es zu einem Kontakt mit dem Kraftfeld kam. Er hielt an seiner Entschlossenheit fest, die Absichten des Wissenschaftlers zu vereiteln – wenn nicht mit Worten, dann mit Taten.

»Was Sie jetzt vorhaben, ist gar nicht nötig, Soran«, sagte er laut. »Bestimmt finden wir eine andere Möglichkeit, Sie in den Nexus zu bringen.«

Der Mann stand einfach nur da, stumm und blaß und ganz in Schwarz gekleidet, wie ein Trauernder. Nach wie vor kehrte er Picard den Rücken zu, und seine Aufmerksamkeit galt vor allem dem Datenblock. Er betätigte einige Tasten – und Picard wölbte erstaunt die Brauen, als neben Soran ein Startgerät für Sonden erschien. Ein Tarnfeld hatte es bisher verborgen.

Der El-Aurianer ging zu der Vorrichtung und bediente dort die Kontrollen der Steuerungskonsole. »Achtzig Jahre lang habe ich nach einer anderen Möglichkeit gesucht, Captain«, sagte er im sachlichen, leidenschaftslosen Tonfall eines Wissenschaftlers, der einem Kollegen etwas erläuterte. »Dies ist der einzige Weg.« Er drehte den Kopf und sah zu Picard. Ein ehrlich gemeintes Lächeln umspielte seine Lippen. »Sie können mich begleiten, wenn Sie möchten. Sie forschen und erforschen gern, nicht wahr? Hier bietet sich Ihnen die Gelegenheit, etwas zu untersuchen, das völlig fremd für Sie ist.«

»Es würde den Tod von über zweihundert Millionen Personen bedeuten«, sagte Picard scharf. »Ich bin nicht bereit, einen solchen Preis zu zahlen.«

Soran zuckte so heftig zusammen, als hätte man ihn geschlagen. *Ganz offensichtlich habe ich einen wunden Punkt berührt,* dachte Jean-Luc.

Doch der Wissenschaftler faßte sich sofort wieder, und die Verunsicherung verschwand aus seinen Zügen, wich erneuerter Entschlossenheit. »Wie Sie meinen«, sagte er nur, und sein Blick wanderte wieder zum Datenblock.

»Soran …« Picard sprach nun sanfter. »Ich weiß, daß Ihre Frau und auch die Kinder den Borg zum Opfer gefallen sind. Ich weiß, was es bedeutet, Familienangehörige zu verlieren, sich einsam zu fühlen. Es geht nicht Ihnen allein so. Aber Sie können die Toten nicht ins Leben zurückrufen, indem Sie in den Nexus fliehen …«

Soran hob jäh den Kopf, und rote Flecken entstanden auf seinen Wangen. »Da *irren* Sie sich, Captain. Sie sind nie im Nexus gewesen. Sie haben nicht die geringste Ahnung, wie er sich anfühlt und wozu er imstande ist. Jene Personen, die Sie verloren haben, Captain … Sie können sie alle zurückbekommen.«

»Das ist also der Grund«, murmelte Picard. »Ihre Familie. Sie wollen Ihre Familie zurück. Und dafür sind Sie bereit, über Leichen zu gehen.«

Der Wissenschaftler schwieg, warf dem Captain nur

einen Blick zu, in dem fast so etwas wie Hilflosigkeit zum Ausdruck kam. Dann wandte er sich rasch ab.

»Wußte Ihre Frau Leandra, daß sie einen Mann geheiratet hat, der zum Massenmord fähig ist?« fragte Picard langsam.

Soran starrte auf die Konsole hinab, aber Jean-Luc glaubte, in seinem Profil eine Reaktion zu erkennen: Ein Schatten huschte über das blasse Gesicht.

Der Captain ließ nicht locker.

»Als Sie damals Ihre Kinder zu Bett brachten und ihnen einen Gutenachtkuß gaben... Ahnten sie, daß ihr Vater einmal bereit sein würde, skrupellos Millionen umzubringen?«

Diese Worte blieben nicht ohne Wirkung – der El-Aurianer sah auf. Für ein oder zwei Sekunden sah Picard die gleiche Hilflosigkeit wie zuvor, doch Trotz verdrängte sie.

Soran lächelte humorlos. »Nicht schlecht«, sagte er heiser und konzentrierte sich wieder auf seine Arbeit.

Als Geordi LaForge in Dunkelheit erwachte, fürchtete er plötzlich, sich wieder an Bord des klingonischen Schiffes zu befinden. In der nur ein oder zwei Sekunden langen Vision des Schreckens dachte er an einen Soran, der irgendwo auf ihn wartete, während eine Uhr leise tickte, und nun ohne jedes Mitgefühl sagen würde: *Ich fürchte, Ihre Zeit ist abgelaufen, Mr. LaForge. Versuchen wir's mit den ganzen sechs Minuten ...*

Der Chefingenieur schnappte nach Luft, richtete sich abrupt auf... und seufzte erfreut, als ihm das VISOR eine vertraute Umgebung zeigte: Er befand sich an Bord der *Enterprise,* in der Krankenstation. Erleichterung durchströmte ihn, und innerlich schüttelte er den Rest des Entsetzens ab.

An Bord des klingonischen Raumers hatte er sich in erster Linie vor den Schmerzen gefürchtet, aber nun dachte er auch und vor allem an die Gefahr für sein Leben. Er schauderte unwillkürlich, als er begriff, dem Tod nur knapp entronnen zu sein...

Dr. Crusher beugte sich über ihn, lächelte und strich das kastanienbraune Haar zurück.

»Wie geht es Ihnen?« fragte die Ärztin.

Geordi erwiderte das Lächeln, als er begriff, daß es zumindest an seinem physischen Zustand nichts auszusetzen gab. »Gut«, erwiderte er.

Beverly nickte. »Um Sie zu beruhigen: Es sind keine bleibenden Schäden zurückgeblieben. Die inzwischen entfernte Diagnosesonde hat zu Gewebeverhärtungen in einigen Arterien und Herzmuskelbereichen geführt, aber so etwas läßt sich relativ leicht in Ordnung bringen. Trotzdem möchte ich noch einige weitere Untersuchungen vornehmen.«

Geordi nickte und setzte sich auf. Stimme und Gesichtsausdruck der Ärztin deuteten darauf hin, daß mit ihm soweit alles in Ordnung war. Was die zusätzlichen Analysen betraf: Dr. Crusher wollte nur auf Nummer Sicher gehen.

Beverly trat beiseite und gab den Blick frei auf den Androiden, der hinter ihr gestanden hatte.

»Data!« Geordi lächelte. Er wollte sich danach erkundigen, ob der Emo-Chip inzwischen entfernt worden war, doch derartige Fragen erübrigten sich. Besorgnis und Kummer in Datas Miene boten einen deutlichen Hinweis.

»Der Chip steckt also noch immer in Ihnen«, stellte LaForge fest.

»Ja. Ein Energieschub hat ihn mit meinem neuralen Netz verschweißt. Es ist sehr schwer, ihn zu entfernen. Mir bleibt also nichts anderes übrig, als zu versuchen, irgendwie mit den Emotionen fertig zu werden.« Data seufzte tief. »Es fällt mir nicht leicht. Ich habe mir große Sorgen um Sie gemacht, Geordi.«

»Dazu besteht jetzt kein Anlaß mehr.« Der Chefingenieur breitete die Arme aus. »Ich bin hier. Und es geht mir prächtig.«

»Es gibt noch andere Situationsaspekte.« Data zögerte und ließ den Kopf hängen. »Ich habe Ihre Entführung durch Soran zugelassen. Ich hätte sie verhindern können – ohne diese Möglichkeit zu nutzen. Und wenn Sie gestorben wären…«

»Ich lebe, Data. Die Sache ist ausgestanden und vorbei.«

Der Androide sah wieder auf, und die Niedergeschlagenheit in seinem Gesicht schien sich noch verdichtet zu haben. »Es tut mir sehr leid, Geordi. In letzter Zeit bin ich einfach nicht mehr ich selbst…«

Geordi klopfte dem Androiden auf die Hand. »Sie haben sich wie ein Mensch verhalten.« Er zögerte kurz. »Ich verstehe Sie. Als Soran mich quälte… Ich hatte Angst. Die Vorstellung, bald zu sterben, jagte mir einen gehörigen Schrecken ein. Es ist völlig normal, sich vor dem Tod zu fürchten, Data.«

Der Androide neigte verwirrt den Kopf zur Seite, erinnerte Geordi damit so sehr an den alten Data, daß er unwillkürlich lächelte. »Dem pflichte ich bei. Obwohl… Vor der Installation des Chips hätte ich es kaum verstanden.« Er zögerte kurz. »Es fällt mir noch immer recht schwer, dieses Konzept zu verstehen, obgleich ich das entsprechende Gefühl nun aus eigener Erfahrung kenne. Was ist so schrecklich am Ende der eigenen Existenz?«

LaForge zuckte mit den Achseln. »Ich weiß es nicht. Vielleicht liegt es an der Furcht vor dem Unbekannten. Oder an der Stärke unseres Überlebensinstinkts.«

»Aber das ist doch *entsetzlich*«, brachte Data hervor. »Aufgrund einer besonderen physischen Natur werde ich viel länger leben als alle anderen Personen an Bord dieses Schiffes. Dennoch empfinde ich Angst bei dem Gedanken daran, daß ich irgendwann… nicht mehr existiere. Und daß ich alle meine Freunde verliere.« Er wechselte einen bedeutungsvollen Blick mit Geordi. »Wie werden Sie damit fertig?«

Der Chefingenieur antwortete nicht sofort. »Ich glaube, in dieser Hinsicht bleibt uns kaum eine Wahl. Nun, um ganz ehrlich zu sein: Die meiste Zeit über versuchen wir, nicht daran zu denken.« Er legte eine kurze Pause ein. »Vielleicht ist das ein Fehler. Vielleicht *sollten* wir darüber nachdenken. Dann wüßten wir jeden einzelnen Augenblick zu schätzen.« Er lächelte und griff erneut nach der Hand des Androiden. »Und dann wären uns Freunde noch wichtiger.«

Geordi beobachtete, wie der Kummer aus dem Gesicht des Androiden wich, sich langsam in ein Lächeln verwandelte.

»Ich habe eine Verbindung hergestellt«, meldete Navigator Qorak.

B'Etor warf ihrer Schwester einen kurzen Blick zu und lächelte erleichtert. Bisher hatte sie sich Soran gegenüber eine gesunde Portion Mißtrauen bewahrt – ihrer Meinung nach verbarg sich zuviel Freundlichkeit hinter dem Wahnsinn in seinen Augen. Doch das Wesen des Wissenschaftlers zeichnete sich durch eine seltsame Intensität aus, die B'Etor attraktiv fand, trotz des Umstands, daß er sich in physischer Hinsicht nicht mit Klingonen messen konnte. Er war viel zu klein und schwächlich. Aber es gab auch einige andere Aspekte, von denen eine sonderbare Anziehungskraft auszugehen schien: das silbergraue, fast weiße Haar; die blasse Haut, die hellen Augen.

Die Augen … Der Glanz in ihnen kündete von unerschütterlicher Entschlossenheit, wie sie in diesem Ausmaß selbst bei klingonischen Männern nicht anzutreffen war. B'Etor erinnerte sich. Als er auf der Brücke zuschlug … Dabei hatte es in seinen Pupillen regelrecht gebrannt. Sie respektierte und achtete dieses Feuer, denn nur wenige Personen kannten es, unter ihnen auch

Lursa und sie selbst. In ihrem Leben gab es nur ein einziges Ziel: Es ging ihr darum, die alte Größe der Familie Duras wiederherzustellen. Mit Sorans Hilfe würde sich dieser Traum endlich erfüllen lassen. Und damit nicht genug: Die Trilithiumwaffe gab ihnen die Möglichkeit, mehr zu erobern als nur das klingonische Imperium, das ihnen ohnehin zustand. Angesichts einer derartigen Macht lag ihnen bald die ganze Galaxis zu Füßen.

Als B'Etor von Sorans Faust getroffen wurde ... Fast hätte sie sich dazu hinreißen lassen, ihn zu töten. Aber sie beherrschte sich. Trotz des Zorns regte sich widerstrebende Anerkennung in ihr – immerhin gehörte Mut dazu, sie auf der Brücke ihres eigenen Schiffes zu schlagen, vor der Crew.

Sie hoffte, daß er ihr Vertrauen verdiente. Wenn nicht ... Dann würde sie ihn eigenhändig umbringen.

»Auf den Schirm«, sagte Lursa.

B'Etor hielt den Atem an. Streifenmuster zitterten auf dem Hauptschirm, lösten sich allmählich auf und wichen ... einem weißen Schimmern. Das Projektionsfeld zeigte nur glänzendes Weiß. Jähe Wut glühte in der Klingonin. Soran hatte gelogen, sie hintergangen ...

Und dann ließ sie den angehaltenen Atem langsam entweichen, als eine Erkenntnis in ihr heranreifte: Das Weiß stammte von einer Decke an Bord der *Enterprise*. B'Etor grinste, und neben ihr sagte Lursa: »Es funktioniert ...«

»Wo ist er?« fragte B'Etor.

Das Gesicht eines Menschen erschien auf dem Schirm. Es handelte sich um eine Frau, und ihr glattes Gesicht wirkte irgendwie *unfertig*, wie das eines heranwachsenden Kinds. Die Terranerin beugte sich vor, lächelte und offenbarte dabei anomal kleine, viel zu regelmäßig geformte Zähne. Das lange Haar bildete einen seidenen Vorhang.

B'Etor schnitt eine Grimasse. »Menschliche Frauen sind einfach abscheulich.«

Die Unbekannte sprach leise. Kurz darauf wich sie zurück, und der seltsame Androide mit den goldenen Augen geriet in den Übertragungsfokus. Seine Lippen bewegten sich, formten ebenso unhörbare Worte wie zuvor die Frau. Anschließend kehrte die Terranerin zurück und begann mit einigen Untersuchungen, die medizinischer Natur zu sein schienen. B'Etor rutschte unruhig in ihrem Sessel hin und her, murmelte den einen oder anderen Fluch.

Die Duras-Schwestern sahen auch weiterhin zum Schirm. Sie durften jetzt nicht in ihrer Aufmerksamkeit nachlassen. Zuviel stand auf dem Spiel – es ging um die Zukunft der ganzen Galaxis. Nach einer halben Ewigkeit änderte sich die im zentralen Projektionsfeld dargestellte Szene: Die Krankenstation wich den Korridoren der *Enterprise*. B'Etor schöpfte neue Hoffnung … Bis es zu einem neuerlichen Szenenwechsel kam, der eine luxuriöse Kabine sowie einen privaten Hygienebereich präsentierte. Wenige Sekunden später starrten die beiden Schwestern auf Unmengen von fließendem Wasser.

»Er nimmt ein *Bad*«, knurrte Lursa.

B'Etor brummte verärgert, als in dem schäumenden Wasser zwei dunkle Füße erschienen.

»Ich habe ihn für einen Chefingenieur gehalten«, sagte sie.

»Das ist er auch«, bestätigte Lursa enttäuscht.

»Und *wann* sucht er den Maschinenraum auf?«

B'Etor schwieg, als Lursa ihr einen Stoß gab und zum Schirm deutete. Einmal mehr änderte sich dort das Bild, zeigte nun dichte Dunstschwaden. Die beiden Schwestern beugten sich erwartungsvoll vor, als Bewegung in die weißgrauen Wolken geriet …

Das Spiegelbild des nichtsahnenden LaForge erschien.

B'Etor lehnte sich zurück und brummte verärgert.

Eine andere Brücke an Bord eines anderen Schiffes …

Voller Unbehagen beobachtete Will Riker das klingonische Raumschiff. Er wußte, warum sich Picard auf den Planeten Veridian III beamen wollte, aber er konnte sich nicht dazu durchringen, den Duras-Schwestern zu vertrauen. Einen direkten Angriff fürchtete er nicht – gegen die *Enterprise* konnte der imperiale Kreuzer nichts ausrichten –, aber Lursa und B'Etor steckten voller Heimtücke. Außerdem ahnte er, daß sich Unheil anbahnte, das nicht nur den Captain betraf …

Vielleicht regten sich in Deanna ähnliche Empfindungen – oder sie empfing die emotionalen Emanationen des Ersten Offiziers. Was auch immer der Fall sein mochte: Mehrmals musterte sie Riker, und dabei zeigte sich Besorgnis in ihren dunklen Augen. Will versuchte, die Blicke der Counselor zu ignorieren. Er sah zu Worf, der die Anzeigen seiner Konsole betrachtete und dabei die Stirn runzelte.

»Hat sich was ergeben, Mr. Worf?« fragte er.

Der Klingone schüttelte den Kopf. »Nein, Sir. Es ist noch immer nicht möglich, den Captain zu lokalisieren.«

Riker drehte sich um, als die Tür des Turbolifts beiseite glitt. Data betrat den Kontrollraum und wandte sich seiner Station zu. Die Stimmung des Androiden schien sich inzwischen völlig verändert zu haben: Datas Lippen deuteten ein zuversichtliches Lächeln an, und er ging mit federnden Schritten.

»Die Ortungssignale der Sensoren können die Ionosphäre des Planeten nicht durchdringen, Data«, sagte Riker. »Der Grund sind zu starke Interferenzen. Kennen Sie eine andere Möglichkeit, nach Lebensformen zu suchen?«

Der Androide nahm Platz, und sein Lächeln wuchs in die Breite, als er den stellvertretenden Kommandanten ansah. »Ich bin gern zu Diensten, Sir. Es ist mir ein Vergnügen, nach Lebensformen zu suchen.« Er machte sich sofort an die Arbeit und berührte mehrere Schaltflächen.

»Lebensformen, hübsche kleine Lebensformen...«, murmelte er. »Na, wo seid ihr, Lebensformen...?«

Riker wölbte erstaunt die Brauen. Er wagte es nicht, sich umzudrehen – aus Furcht davor, Deannas Blick zu begegnen. Aber aus den Augenwinkeln sah er, wie Worf eine Leidensmiene schnitt, und daraufhin hätte er fast laut gelacht.

Auf dem Plateau setzte Picard vorsichtig einen Fuß vor den anderen. Gelegentlich trat er nach kleinen Steinen und beobachtete, wo sie an den Rand der energetischen Barriere stießen. Über ihm spannte sich nach wie vor ein Himmel, an dem die veridianische Sonne leuchtete. Allerdings... Sie strahlte nicht mehr lange, wenn es nach Soran ging, der noch immer am Startgerüst arbeitete und seiner Umgebung überhaupt keine Beachtung schenkte. Wenn nicht bald etwas geschah...

»Soran«, sagte der Captain laut. Der El-Aurianer sah nicht einmal auf. »Trotz allem sind Anteilnahme und Mitgefühl nicht völlig aus Ihnen gewichen. Immerhin haben Sie den Chefingenieur am Leben gelassen...«

»Ich hatte nicht genug Zeit, um ihn zu töten«, behauptete Soran, ohne den Kopf zu heben.

»Das glaube ich nicht.« Picard kickte wieder einige Steine gegen das Kraftfeld und sah das Glühen einer kaum merklichen Entladung. »Sicher wäre es ganz einfach für Sie gewesen, LaForge zu töten. Soran... Sie hatten Frau und Kinder. Ihre Familie starb in einer sinnlosen Tragödie. Begreifen Sie denn nicht, daß Sie sich praktisch ebenso verhalten wie damals die Borg? Auch Sie schicken sich an, eine ganze Welt zu zerstören, alles Leben auf ihr auszulöschen. Zweihundertdreißig Millionen Frauen, Männer und Kinder...«

»Sie haben recht.« Die Aufmerksamkeit des Wissenschaftlers galt auch weiterhin der Kontrollkonsole des Startgeräts, doch wenigstens antwortete er. In seiner Stimme erklang eine solche Kühle, daß Picard innerlich schauderte. »Früher einmal wäre ich gar nicht dazu imstande gewesen, jemandem ein Leid zuzufügen. Doch dann kamen die Borg … Und sie zeigten mir, daß es in diesem Universum eine Konstante gibt. Sie lautet: Tod.«

Er unterbrach sich kurz, um mehrere Tasten zu betätigen, fuhr dann im gleichen gespenstisch ruhigen Tonfall fort: »Später begriff ich, daß solche Dinge eigentlich gar keine Rolle spielen. Wir alle sterben, früher oder später. Auch Sie, Captain. Vielleicht erliegen Sie einer Krankheit. Oder Sie kommen durch ein Unglück ums Leben.«

Langsam drehte er sich um und begegnete Jean-Lucs Blick. »Oder Sie verbrennen in einem Feuer.«

Picard erstarrte regelrecht. Soran kam näher, blieb auf der anderen Seite des Kraftfelds stehen.

»Sie scheinen überrascht zu sein«, sagte er. »Dazu besteht eigentlich gar kein Grund. Ich bin im Nexus gewesen, Captain. Und daher weiß ich Bescheid.« Soran beugte sich vor, und in seinen Augen brannte jenes seltsame Etwas, das der Captain zum erstenmal im Gesellschaftsraum der *Enterprise* gesehen hatte. »Haben Sie das Gefühl, langsam von der Zeit eingeholt zu werden?« Er flüsterte jetzt nur noch. »Sie ist wie ein Raubtier, das sich heimlich ans Opfer heranschleicht. Oh, Sie können versuchen, es mit Hilfe von Ärzten, Medizin und technischen Hilfsmitteln auf Distanz zu halten. Aber Sie sind nicht in der Lage, ihm auf Dauer zu entgehen. Irgendwann kommt es zur Konfrontation, und dann sind Sie erledigt.« Die letzten Worte klangen sehr bitter.

Picard senkte den Blick. Die Wahrheit in den Ausführungen des El-Aurianers ließ sich nicht leugnen. Er spürte die gleiche Bitternis angesichts der offensichtlichen Ungerechtigkeit des Todes. Vergeblich suchte er nach Gegenargumenten, die sich nicht auf Klischees beschränkten. »Wir alle sind sterblich«, sagte er schließlich. »Das ist eine der Wahrheiten unserer Existenz.«

»Es ist eine schreckliche Wahrheit«, erwiderte Soran mit Nachdruck. »Eine *abscheuliche* Wahrheit.« Er zögerte, und der dunkle Ärger in seiner Miene verflüchtigte sich, wich dem ersten Licht der Euphorie. »Aber ich habe eine neue Wahrheit gefunden ...«

»Sie meinen den Nexus«, vermutete Picard.

Sorans Lächeln kam einer Bestätigung gleich. »Während der letzten achtzig Jahre habe ich immer wieder mit den übrigen Überlebenden der *Lakul* gesprochen, über ihre Erfahrungen mit jenem Phänomen und so weiter. Die Zeit hat dort keine Bedeutung.« Die letzten Schatten in seinem Gesicht lösten sich auf, und ersetzt wurden sie von fast kindlichem Staunen. »Dort hat das eben erwähnte Raubtier die Zähne verloren. Stellen Sie sich das vor, Captain ... Der Fluch, unter dem dieses Universum seit dem Beginn des Lebens ächzt – im Nexus existiert er nicht. Dort gibt es weder Tod noch Leid ...«

Er richtete einen erwartungsvollen Blick gen Himmel, und Hoffnung leuchtete in seinen Zügen. Dann kehrte er Picard den Rücken zu und hastete wieder zum Startgerüst.

Jean-Luc beobachtete ihn und gewann den Eindruck, gerade eine Niederlage erlitten zu haben. Gegen Sorans Logik konnte er nichts ausrichten, woraus folgte: Wenn er ihn an der Durchführung seines Plans hindern wollte, mußte er einen Weg auf die andere Seite des Kraftfelds finden. Erneut sah er zu dem Wissenschaftler, der sich jetzt wieder ganz auf die Kontrollen der Startvorrichtung konzentrierte, schritt dann an der Ergbarriere entlang.

Nach einer Weile bemerkte er einen alten Baum unmittelbar am Rand des Kraftfelds. Die Wurzeln formten Vorsprünge und Buckel am Boden. Eine der größten ragte etwa zwanzig Zentimeter weit nach oben, wölbte sich und formte einen Bogen.

Wie beiläufig ging Picard in die Hocke, griff nach

einem kleinen Stein und warf ihn in Sorans Richtung. Das Kraftfeld erglühte – und bot dem Captain einen Hinweis, der ihm neue Hoffnung gab. Die Barriere reichte bis zur Wurzel, erstreckte sich aber *nicht* in dem von ihr gebildeten Bogen.

Soran schien die Gefahr zu erahnen. »Seien Sie vorsichtig, Captain. Es handelt sich um einen fünfzig Gigawatt starken Energieschirm. Sie sollten sich besser davon fernhalten. Es täte mir leid, wenn Ihnen etwas zustößt.«

Picard preßte die Lippen zusammen, als er die Ironie in der Stimme des El-Aurianers hörte: Wenn es Soran gelang, seinen Plan durchzuführen, so fiel das ganze Sonnensystem – und alles Leben darin – der Schockwelle zum Opfer.

»Danke«, erwiderte er frostig und wartete, bis sich der Wissenschaftler wieder der Konsole zuwandte, bevor er nach weiteren Steinen griff.

Auf der Brücke des klingonischen Schiffes starrte B'Etor zum Hauptschirm, der die Korridore der *Enterprise* zeigte. Sie hob kurz den Kopf, als ihre Schwester zurückkehrte, die aus lauter Ungeduld den Kontrollraum verlassen hatte.

Lursa blickte ebenfalls zum Projektionsfeld. »Wo ist er jetzt?«

»Keine Ahnung«, stöhnte B'Etor. »Er hat gebadet. Und jetzt durchstreift er das Schiff. Vermutlich ist er der einzige Chefingenieur in ganz Starfleet, der den Maschinenraum *meidet*!«

Lursa brummte etwas Unverständliches und nahm Platz, während ihre Aufmerksamkeit auch weiterhin dem Hauptschirm galt. Dort wechselte nun einmal mehr das Bild, als LaForge eine Ecke hinter sich brachte. Weiter vorn befand sich ein Zugang mit der Aufschrift MASCHINENRAUM.

B'Etor beugte sich gespannt vor. »Na endlich!«

Der Chefingenieur näherte sich einem anderen Menschen, einem uniformierten Mann, der stehenblieb und ein Gespräch begann. Falten bildeten sich in B'Etors Stirn, als sie die Lippen des Mannes im Auge behielt. Sie beherrschte die allgemeine Sprache der Föderation und glaubte, einige Worte zu erkennen: ›Diagnosesysteme‹ und ›Schaltkreise‹.

Der nächste Bildwechsel veranlaßte B'Etor, zur Kante des Sessels zu rutschen. Sie sah einige Monitore, daneben ein großes Diagramm der *Enterprise*.

Der Blickwinkel verschob sich nach links.

»Die graphische Darstellung!« entfuhr es Lursa. Sie griff nach dem Arm ihrer Schwester. »Aufzeichnung ab Zeitindex vier zwei neun.«

B'Etors Finger huschten über die Schaltflächen in der Armlehne des Sessels. Das Bild auf dem kleinen Kontrollmonitor fror ein, und der Ereignisablauf kehrte sich um. Es dauerte nur zwei oder drei Sekunden, bis der Sichtschirm wieder das Diagramm zeigte, und ein Tastendruck genügte, um es auf den Hauptschirm zu projizieren.

Lursa wandte sich dem Monitor zu und deutete auf eine bestimmte Stelle. »Vergrößere diesen Abschnitt.«

B'Etor kam der Aufforderung sofort nach, und die graphischen Informationen füllten den ganzen Schirm. Lursa beugte sich weit vor und betrachtete die Einzelheiten. »Die Schilde arbeiten mit einer Modulation von zwei fünf sieben Komma vier ...«

Sie sprang auf und zischte triumphierend.

»Die Frequenz unserer Photonentorpedos entsprechend anpassen!« befahl B'Etor, und Aufregung vibrierte in ihrer Stimme. »Zwei fünf sieben Komma vier!«

Sie erwiderte Lursas begeistertes Lächeln. Ihre Anweisung leitete die Vernichtung der *Enterprise* ein und ermöglichte dem Haus Duras einen grandiosen Sieg.

11

»Sir.« Besorgnis verdrängte Datas Fröhlichkeit, als er sich zu Riker umwandte. »Die internen Sensoren registrieren unerklärliche Subraumsignale im Maschinenraum. Vielleicht...«

Den Rest hörte Riker nicht. Die *Enterprise* neigte sich jäh zur Seite, und der Erste Offizier hielt sich an der Armlehne fest, um nicht aus dem Sessel geschleudert zu werden. Er drehte den Kopf, blickte zum großen Wandschirm und sah, wie das Glühen der Detonation im All verblaßte. Hinter dem Dunst aus destruktiver Energie erschien der klingonische Raumer über Veridian III. Erneut löste sich ein glitzernder Photonentorpedo von dem Schiff und raste der *Enterprise* entgegen.

Ihm blieb gerade genug Zeit, sich am Sessel festzuklammern. Die zweite Erschütterung war so heftig, daß Riker Lecks befürchtete.

Die Sirenen der Alarmstufe Rot heulten, und Worf rief: »Der Gegner hat einen Weg gefunden, unsere Schilde zu durchdringen!«

»Phaser: Zielerfassung und Feuer!« befahl Riker.

Die Deflektoren des imperialen Kreuzers leuchteten auf, als sie die Phaserenergie absorbierten.

Riker begriff, daß sie auf diese Weise nicht weiterkamen. Ein dritter Torpedo zuckte durchs All – ohne ihre Schilde drohte der *Enterprise* völlige Vernichtung.

Das Brückendeck hob und senkte sich. Funken stoben aus der Navigationskonsole, und der Offizier davor fiel zu Boden.

»Deanna!« rief Riker. »Kümmere dich um die Steuerung. Bring uns aus der Umlaufbahn!«

Er merkte gar nicht, daß er die Counselor duzte – und es spielte auch keine Rolle.

Troi erhob sich sofort, wankte zum Navigationsbereich und nahm dort vor einem Schaltpult Platz. Wenige Sekunden später verschwand Veridian III vom Wandschirm – doch das klingonische Schiff blieb dort und begann mit der Verfolgung.

So kommen wir nicht weiter, dachte Riker, als er den unheilvollen Glanz des vierten Photonentorpedos beobachtete. Lursa und B'Etor hatten eine Möglichkeit entdeckt, die *Enterprise* zu überlisten. Es wurde Zeit, sich dafür zu revanchieren.

Wieder schüttelte sich das Schiff, und Panik erklang in Datas Stimme, als er meldete: »Lecks bei den Sektionen einunddreißig bis fünfunddreißig!«

»Worf!« Riker hielt sich fest, als das Schiff um ihn herum auseinanderzubrechen schien. Es krachte, und das Licht flackerte. »Wir haben es mit einem ziemlich alten klingonischen Schiff zu tun. Was wissen wir darüber? Gibt es irgendwelche schwachen Punkte?«

Worf schloß die Hände um den Rand der Konsole. »Es ist eine Einheit der Klasse D-zwölf. Sie wurden wegen defekter Plasmaspulen außer Dienst gestellt.«

»Defekte Plasmaspulen? Können wir das irgendwie zu unserem Vorteil nutzen?«

»Ich weiß es nicht«, erwiderte Worf. »Die Spulen sind Komponenten der Tarnvorrichtungen.«

Riker überlegte – und plötzlich fiel ihm etwas ein. »Data... Eine defekte Plasmaspule müßte doch auf ionische Impulse reagieren, oder?«

»Vielleicht...« Der Androide dachte darüber nach, und seine Miene erhellte sich. »Ja! Wenn wir einen *nieder*energetischen ionischen Impuls verwenden, so kommt es dadurch zu einer Rejustierung der Spule, und dadurch wird die Tarnvorrichtung ausgelöst. Eine ausgezeichnete Idee, Sir.«

Worf nickte und verstand. »Wenn die Tarnvorrichtung aktiv wird, sorgt ein automatischer Mechanismus für die Deaktivierung der Deflektoren.«

»Genau«, bestätigte Riker. »Damit ist der Gegner etwa zwei Sekunden lang verwundbar.« Und zum Androiden: »Plasmaspule anpeilen.«

»Geht klar«, entgegnete Data locker. Er eilte zur Wand, löste dort eine Verkleidungsplatte und stellte einige neue Schaltverbindungen her, mit einer Geschwindigkeit, zu der ein Mensch nicht fähig gewesen wäre.

»Worf.« Riker wandte sich dem Klingonen zu. »Bereiten Sie mehrere Photonentorpedos für den Einsatz vor. Wir müssen zuschlagen, sobald die Tarnvorrichtung aktiv wird.«

»Aye, Sir.« Worf berührte Schaltflächen.

»Wir bekommen nur eine Chance«, fuhr Riker fort. »Zielen Sie auf den primären Reaktor. Mit etwas Glück erreichen wir eine Explosion des Warpkerns.«

»Ich habe die Spulenfrequenz ermittelt«, sagte Data, der inzwischen auf dem Boden lag und mit elektronischen Bauteilen hantierte. »Ionischer Impuls wird initiiert …«

Erneut donnerte es, und im Kontrollraum erbebte alles. Riker duckte sich unwillkürlich, als hinter ihm eine Konsole auseinanderplatzte. Funken stoben, und winzige Trümmerstücke sausten Geschossen gleich umher. »Beeilen Sie sich …!«

Auf der Brücke des klingonischen Raumers lächelte B'Etor und genoß den Triumph. Soran hatte sich als würdiger – und sehr wichtiger – Verbündeter erwiesen. Von ihm stammte nicht nur eine Waffe, die schier unvorstellbare Macht verlieh, sondern auch jener Plan, der nun ein Vergnügen ganz besonderer Art erlaubte: die Vernichtung der *Enterprise*. Wer würde es anschließend noch wagen, ihnen Widerstand zu leisten? B'Etor erlaubte sich einen Tagtraum: Sie sah sich selbst, als weißhaarige Greisin, die ihren Verwandten und Anhängern noch einmal erzählte, wie sie und ihre verstorbene Schwester mit einem alten Kreuzer ein Föderationsschiff der Galaxis-Klasse zerstört hatten …

Das Deck unter ihr vibrierte ein wenig. Sie sah sich um, und ein Klingone meldete: »Geringe Beschädigung der Backbord-Warpzelle. Schilde halten.«

B'Etors Lächeln wuchs in die Breite. »Feuer frei.«

Entzückt beobachtete sie, wie die Torpedos das Ziel trafen und Wunden in den Leib der *Enterprise* rissen.

Wie klug von Ihnen, dem Captain zu raten, uns nicht zu vertrauen, Commander Riker. Erinnern Sie sich jetzt an jene Worte?

Lursa lachte glücklich. »Waffensysteme auf Brückenbereich richten.«

»Voller Intervallerenergie«, fügte B'Etor hinzu. Sie hatten lange genug mit dem Opfer gespielt. Jetzt ging es darum, entschlossen einen Schlußstrich zu ziehen.

Der Navigator gab einen erschrockenen Schrei von sich, und B'Etor spürte, wie das Triumphgefühl jäh aus ihr verschwand.

Der Klingone am Navigationspult sah sie an, und Furcht flackerte in seinen Augen. »Die Tarnvorrichtung hat sich aktiviert!«

»Was?« fauchte B'Etor.

»Herrin!« entfuhr es einem anderen Klingonen. »Unsere Schilde sind gesenkt!«

Es gab keine Zeit mehr, irgendwelche Anweisungen zu erteilen. Verblüfft starrten die Schwestern zum Hauptschirm: Er zeigte ihnen einen ganzen Schwarm Photonentorpedos, die ihnen entgegenrasten.

Die beiden Klingoninnen wechselten einen letzten betroffenen Blick.

Von einer Sekunde zur anderen herrschte reines Chaos. Die energetischen Druckwellen mehrerer Detonationen erfaßten das Schiff, und B'Etor versuchte vergeblich, das Gleichgewicht zu wahren – sie stürzte zu Boden. Um sie herum explodierten Konsolen und Schaltpulte. Flammen loderten; Klingonen schrien.

Und dann erklang ein Grollen, das aus dem Herzen des Kreuzers kam und immer lauter wurde, bis es den ganzen akustischen Kosmos für sich beanspruchte, bis die davon bewirkten Vibrationen sogar B'Etors Zähne erzittern ließen. Sie begriff sofort, daß der Warpkern kollabierte, daß es nicht die geringsten Überlebenschancen gab. Das Schiff, sie selbst und die übrigen Personen an Bord – alles würde sich in Staub verwandeln.

Dennoch empfand B'Etor keinen Kummer. Es war ein guter Tod, eines Kriegers würdig. Es enttäuschte sie nur, ausgerechnet jetzt sterben zu müssen, so dicht vor dem Sieg. Und sie ärgerte sich über einen Menschen namens William Riker.

Der Erste Offizier schirmte die Augen ab, als das klingonische Schiff mit einem grellen Blitz kollabierte. Als das Licht der Zerstörung verblaßt war, trieben glühende Trümmer durchs All.

»Hurra!« rief Data.

Riker vergeudete keine Zeit und klopfte auf seinen Insignienkommunikator.

»LaForge an Brücke. Wir haben hier unten ein Problem, Commander. Die Abschirmfelder beim Wandler sind nicht mehr stabil. Ich brauche ...«

Etwas zischte – es klang nach Statik. Riker runzelte die Stirn. »Mr. LaForge ...?«

Geordis Stimme klang etwas leiser, vermutlich deshalb, weil er sich an seine Mitarbeiter wandte. »Kühlmittelleck! Den Maschinenraum evakuieren!«

Es folgten Geräusche, die nur einen Schluß zuließen: Mehrere Personen hatten es ziemlich eilig, die Zentrale der technischen Sektionen zu verlassen.

»Brücke!« fuhr der Chefingenieur scharf fort und schnappte nach Luft. »Wir haben ein *neues* Problem.

Nur noch etwa fünf Minuten trennen uns von einem Warpkern-Kollaps. Ich kann ihn nicht verhindern.«

»Verstehe.« Riker zögerte nur einen Sekundenbruchteil, bevor er sich umdrehte. »Counselor Troi … Sorgen Sie dafür, daß alle Besatzungsmitglieder und Passagiere das Diskussegment aufsuchen. Mr. Data, bereiten Sie die Separation vor.«

Er glaubte, in einem Alptraum gefangen zu sein, als er zum Kommandosessel trat und eine ganz bestimmte Taste drückte. Sie löste einen Alarm aus, von dem er gehofft hatte, daß er auf Übungen beschränkt blieb.

Picard verharrte im Schatten des Baums und vergewisserte sich, daß Soran ganz auf seine Arbeit konzentriert war, bevor er einen weiteren Stein nach der Wurzel warf. Er verfehlte das Ziel, traf das Kraftfeld und bewirkte eine kleine Entladung.

Soran hob den Kopf.

Der Captain saß ruhig auf einem Felsen und wartete, bis die Aufmerksamkeit des Wissenschaftlers wieder dem Startgerät galt. Dann warf er einen zweiten Stein, offenbarte dabei die Beharrlichkeit eines Kinds. Wieder kam es zu einer Entladung.

Der Wissenschaftler warf ihm einen verärgerten Blick zu. »Haben Sie nichts Besseres zu tun?«

Picard schwieg und geduldete sich, bis Soran wieder auf die Displays blickte. Er griff nach einem dritten Stein, zielte noch sorgfältiger als vorher und … traf.

Es kam nicht zu einem Kontakt mit der energetischen Barriere. Diesmal fiel der Stein auf den Boden und rollte unter der Wurzel hindurch, blieb schließlich *auf der anderen Seite* des Kraftfelds liegen.

Der Captain achtete darauf, sich nichts anmerken zu lassen. Er versuchte, auch weiterhin einen unbeteiligten Eindruck zu erwecken, als der El-Aurianer die Arbeit beendete.

Soran wandte sich von den Kontrollen ab und

lächelte selbstgefällig. »Und Sie wollen mich bestimmt nicht begleiten?«

»Nein.«

Der blasse Mann zuckte mit den Schultern, doch etwas in seinem Gesicht verriet so etwas wie Wehmut. »Nun, es ist Ihre Entscheidung. Wenn Sie mich jetzt bitte entschuldigen würden, Captain ... Ich bin mit der Ewigkeit verabredet und möchte mich nicht verspäten.«

Er drehte sich um und kletterte am Startgerüst empor.

Es gab keine Zeit für weitere Appelle. Picard wußte: Entweder handelte er jetzt, oder die Katastrophe ließ sich nicht mehr vermeiden. Er streckte sich auf dem Rücken aus, direkt vor der Wurzel, preßte sich mit Füßen und Beinen an den Boden und versuchte, ganz auf die andere Seite zu gelangen.

Die Wurzel ließ ihm kaum Platz, aber es gelang ihm, den Kopf unter ihr hindurchzuschieben. Als er danach trachtete, auch die Schultern durch die Lücke zu zwängen ... Plötzlich blitzte das Kraftfeld direkt vor seinem Kinn, knackte und knisterte. Jean-Luc zuckte unwillkürlich, bemühte sich dann, ganz still zu liegen. Er atmete schwer und richtete den Blick nach oben, in Richtung Gerüst.

Der schwarze und weiße Schemen namens Soran zögerte.

Picard drückte wieder mit den Füßen und glitt durch den Sand.

Doch es war bereits zu spät. Auf dem Gerüst drehte sich Soran und holte ein Objekt hervor.

Ein Intervaller, dachte Picard und erlebte einen jähen Adrenalinschub. Er wand sich hin und her, doch die Füße hingen an der Wurzel fest. Eine neuerliche Entladung verschlang die ganze Welt mit blendendem Weiß.

Geordi lief durch die Korridore der technischen Sektion. Zwar herrschte um ihn herum wirres Durcheinander – hin und her eilende Besatzungsmitglieder, Schreie, das Heulen der Alarmsirenen –, doch er hörte nur zwei Geräusche: sein Keuchen und den eigenen Herzschlag. Das Bewußtsein schien irgendwie vom Körper getrennt zu sein, der sich jetzt allein von Instinkten leiten ließ. Je schneller er sich bewegte, desto langsamer verstrich die Zeit. Und um so deutlicher wurde das Gefühl von Unwirklichkeit.

Während der Jahre an Bord des Raumschiffs *Enterprise* hatte er Dinge erlebt, die man unter normalen Umständen überhaupt nicht für möglich hielt. Wie dem auch sei: Trotz aller Übungen und Vorbereitungen für diesen schrecklichen Augenblick war er immer davon überzeugt gewesen, daß es nie dazu kam, daß er nie beobachten würde, wie eine tödliche Blume aus heißem Plasmagas im Warpkern wuchs. Alles aufzugeben, ins Diskussegment zu fliehen und sich mit der Vernichtung zumindest eines Teils der *Enterprise* abzufinden …

Kalte Furcht erfaßte den Leib, doch der Geist blieb davon unbeeinflußt. Er sah jeden Quadratmillimeter der Wände und des Bodens, jede einzelne Konsole. Er nahm alles mit einer Genauigkeit wahr, die sich in diesem Ausmaß nie wiederholen mochte. In der Finsternis hatte er sich der eigenen Vergänglichkeit gestellt – in einer Dunkelheit, die nur Sorans Stimme und das Ticken eines Zeitmessers enthielt. Inzwischen glaubte er sich auf den Tod vorbereitet. Etwas anderes verblüffte und verunsicherte ihn: die Vorstellung, daß auch die *Enterprise* sterblich sein mochte, daß eine Millisekunde genügte, um ihre Existenz zu beenden. Montgomery Scott fiel ihm ein: Der alte Ingenieur hatte einmal von seinem Leid gesprochen, Zeuge der Vernichtung des ersten Raumschiffs *Enterprise* gewesen zu sein …

Hinter den Uniformierten weiter vorn ertönte ein rhythmisches Summen, als die Separationsschotten zuglitten. Geordi zwang sich, noch schneller zu laufen. Er wußte, daß ihm genau neunzehn Sekunden blieben, um die technische Sektion zu verlassen. Die Phantasie gaukelte ihm das Ticken von Sorans Uhr und die trügerisch sanfte Stimme des Wissenschaftlers vor:

Ich fürchte, Ihre Zeit ist abgelaufen, Mr. LaForge ...

Durch den Sprint trat Geordi einem dunkelhaarigen Lieutenant in die Fersen. Er kannte die Frau schon seit Jahren – sie hieß Farrell. Während der letzten zwanzig oder dreißig Übungen hatte er immer mit ihr gescherzt, hauptsächlich deswegen, weil sie beide es immer fertigbrachten, bei der Evakuierung der technischen Sektion die letzten zu sein. Hinzu kam der Umstand, daß Farrell sehr unbeholfen und mit nach außen gestellten Füßen lief. In dieser Hinsicht verglich sie sich selbst mit einer Ente. Beim letztenmal hatte sie sich als laufenden Witz bezeichnet, und Geordi reagierte auf diese Bemerkung, indem er eine Grimasse schnitt.

Farrell stolperte nun und drehte sich halb um. Es leuchtete kein Humor in ihren weit aufgerissenen Augen. Als sie feststellte, daß Geordi aus dem Gleichgewicht geraten war, streckte sie die Hand aus.

»Nein!« Er schüttelte den Kopf. »Laufen Sie weiter!« Je länger die Evakuierung dauerte, desto größer wurde die Gefahr für das Diskussegment.

Farrell verharrte, um dem Chefingenieur Gelegenheit zu geben, zu ihr aufzuschließen. Dann liefen sie Seite an Seite weiter, mobilisierten dabei die letzten Kraftreserven.

Das Separationsschott war halb geschlossen, als sie das Ende der Sektion erreichten. Einige Techniker kauerten dort und schoben sich gerade durch die kleiner werdende Lücke. Geordi duckte sich und führte mit Absicht einen Aufprall herbei, der die Besatzungsmitglieder zur anderen Seite katapultierte.

In dem Korridor jenseits des Schotts kamen mehrere

Kinder aus einem Klassenzimmer, und einige von ihnen hielten aus Papier angefertigte Mobiles in den Händen. Manche sahen sich aus großen Augen um; andere vergossen Tränen, während die beiden Lehrer versuchten, sie zu beruhigen. Hier und dort erkannten Jungen und Mädchen ihre herbeigeeilten Eltern, ließen sich von ihnen in die Arme schließen.

Die Lehrer forderten ihre Schar zur Eile auf und hasteten durch den Korridor. Geordi wurde nur ein wenig langsamer, um ein rundgesichtiges, mandeläugiges Mädchen hochzuheben, das einen Plüschbär umklammert hielt.

Die Kleine schlang beide Arme um ihn. LaForge spürte, wie ihm etwas Weiches über den Rücken glitt, und unmittelbar darauf begann das Mädchen zu schluchzen – es hatte seinen Teddybär verloren.

Es fehlte Geordi die Zeit, um zurückzukehren oder auch nur einige tröstende Worte an das Mädchen zu richten. Der Plüschbär gehörte bereits zur Vergangenheit, wie die technische Sektion der *Enterprise*.

Das Mädchen hörte auf zu weinen, preßte ihm das feuchte Gesicht an den Hals. Neben Geordi lief Farrell mit einem erschrockenen, sprachlosen Jungen in den Armen. Hinter ihnen blieben die bunten Mobiles zurück.

Weiter vorn zögerte eine Lehrerin, um das Kind in ihren Armen zurechtzurücken. Sie wankte, und LaForge stützte sie. »Nicht stehenbleiben! Weiter!«

Die Frau setzte sich wieder in Bewegung und folgte dem Chefingenieur, bis sie zu einer anderen kleinen Gruppe gelangten, die vor einer offenen Jeffries-Röhre wartete. Erwachsene überließen dort Kindern den Vortritt. Ein Junge verharrte unsicher in der Röhrenöffnung, und der fast hysterische Vater rief ihm zu: »Na los, Jeffie! Ich bin direkt hinter dir …«

Schließlich gab der Mann seinem Sohn einen Stoß

und kroch durch den Zugang. Geordi und Farrell traten vor, halfen den letzten beiden Kindern in die Röhre und geduldeten sich, bis auch die Erwachsenen in Sicherheit waren.

Schließlich blieben nur noch sie beide übrig. Farrell bedeutete LaForge mit einem Wink, daß er sich zuerst durch den Zugang ducken sollte – Geordi griff nach ihrem Arm und zog sie mit sich.

Wenige Sekunden später betätigte er die manuelle Verriegelung des Schotts. Ein leises Zischen wies auf die Aktivierung der hermetischen Siegel hin.

Geordi klopfte auf seinen Insignienkommunikator. »LaForge an Brücke. Evakuierung beendet.« Er unterbrach die Verbindung, bevor Riker die Meldung bestätigen konnte – und bevor er das laute Seufzen des Chefingenieurs hörte.

Auch Riker seufzte, als er auf der Brücke Geordis Worte hörte. Er drehte sich um, und dadurch begegnete er dem Blick der Counselor. Sie beobachtete ihn aufmerksam, wartete auf die nächsten Anweisungen. Der neben ihr sitzende Data schien sich unter Kontrolle zu haben, erweckte jedoch den Eindruck, als hätte er geschwitzt, wenn er dazu in der Lage gewesen wäre. Ernst sah er von seiner Konsole auf.

»Noch eine Minute bis zum Warpkern-Kollaps.«

»Separationssequenz einleiten«, sagte Riker. Und zu Deanna: »Volle Impulskraft nach Trennung.«

Die Finger des Androiden glitten über Schaltflächen. Der Wandschirm zeigte, wie sich das Diskussegment der *Enterprise* langsam vom sekundären Rumpf löste. In Gedanken zählte Riker die Sekunden und begriff, daß es sehr knapp wurde.

»Separation erfolgt«, berichtete Data schließlich. »Zehn Sekunden bis zum Warpkern-Kollaps.«

Troi beugte sich vor. »Beschleunigung mit Impulskraft…«

Das Gefechtssegment der *Enterprise* wich zurück, wurde immer kleiner. Riker setzte das stumme Zählen fort und bereitete sich innerlich auf die unvermeidliche Explosion vor.

Trotzdem zuckte er zusammen, als grelles Licht vom großen Projektionsfeld in den Kontrollraum flutete. Die Diskussektion schüttelte sich, aber sonst geschah nichts. Glücklicherweise hatten sie die unmittelbare Gefahrenzone verlassen – die Schilde hielten.

Riker atmete erleichtert auf.

Einen Augenblick später kam es zu einer starken Erschütterung, die den Ersten Offizier aus dem Sessel schleuderte. Er suchte nach Halt, ruderte mit den Armen, stieß gegen eine Konsole und landete auf dem Boden. Sofort versuchte er, sich wieder zu erheben, doch eine zweite heftige Vibration ließ ihn wieder auf die Knie sinken. Mühsam kroch er zum Sessel zurück, und dabei regten sich seltsame Empfindungen in ihm. Das Schiff fühlte sich irgendwie *falsch* an. Die *Enterprise* schlingerte, aber nicht wie in den energetischen Druckwellen von Explosionen im All. Will verglich es eher mit einem … freien Fall.

Er griff nach der Armlehne und zog sich hoch. »Statusbericht!«

Riker drehte rechtzeitig genug den Kopf, um zu sehen, wie auch Deanna zu ihrem Platz am ›Ruder‹ zurückkehrte. Sie starrte auf die Kontrollen hinab und erblaßte. »Die Steuerungskontrollen reagieren nicht mehr!«

Eine Ahnung keimte im Ersten Offizier, verdichtete sich innerhalb von zwei oder drei Sekunden zu gräßlicher Gewißheit. Langsam drehte er sich um und sah zum Wandschirm. Will Riker hatte im Lauf der Jahre große Kommando-Erfahrung gesammelt und wußte, worauf es in Notfällen ankam. Er war stolz darauf, nie die Ruhe zu verlieren, immer gelassen zu bleiben, selbst dann, wenn's hart auf hart ging.

Diesmal jedoch …

Das Projektionsfeld präsentierte ein Panorama, das Entsetzen in Riker weckte.

Troi folgte seinem Blick und sah es ebenfalls: Mit hoher Geschwindigkeit stürzte das Diskussegment der *Enterprise* dem Planeten Veridian III entgegen.

Atemlose Stille herrschte auf der Brücke.

Schließlich brach ausgerechnet Data das Schweigen. Mit seiner neuen Spontaneität gab er einen Kommentar ab, der das zum Ausdruck brachte, was auch die übrigen Brückenoffiziere dachten.

»Verdammter *Mist* …«

Geordi kroch hinter Farrell durch die Jeffries-Röhre, und dabei kam er allmählich wieder zu Atem.

Sie hatten es geschafft, rechtzeitig ins Diskussegment zu gelangen. Woraus folgte: Es bestand eine echte Überlebenschance. Trotzdem erlaubte es sich der Chefingenieur nicht, langsamer zu werden. Die Evakuierungsvorschriften verlangten, daß alle Personen den sichersten Bereich des Schiffes aufsuchten und sich auf Erschütterungen angesichts der Explosion des Warpkerns vorbereiteten.

Alles hing davon ab, wie groß die Entfernung zwischen Diskus und Gefechtssegment war, wenn der Kollaps erfolgte. LaForge fragte sich, wieviel Zeit seit dem Beginn des Alarms verstrichen sein mochte. Drei Minuten? Vielleicht vier?

Er bekam eine Antwort, als die Röhre vibrierte und nach rechts kippte, wodurch alle Personen in ihr zur Seite rutschten. Zum Glück dauerte die Erschütterung nur eine halbe Sekunde.

Dem Himmel sei Dank, dachte Geordi und wollte schon darauf hinweisen, daß sie nun das Schlimmste überstanden hatten.

Was sich jedoch als Irrtum erwies.

Die Vibrationen wiederholten sich, aber sie fühlten

sich *anders* an. Außerdem: Sie ließen nicht nach, wurden immer stärker.

»Was hat das zu bedeuten?« fragte Farrell und wandte sich LaForge zu.

Tief in Geordis Innern krampfte sich etwas zusammen, als er plötzlich begriff, was geschehen war: Die energetische Druckwelle hatte das Schiff in Richtung auf den Planeten geschleudert – ein Absturz stand unmittelbar bevor. Wenn die Manövrierdüsen beim Kampf gegen die Klingonen nicht beschädigt worden waren, gab es die Möglichkeit, daß zumindest ein Teil des Diskussegments den Aufprall überstand. Aber wie auch immer: Viele Besatzungsmitglieder und Passagiere würden sterben. Wen erwartete nun der Tod? Und wer kam mit dem Leben davon?

Ich fürchte, Ihre Zeit ist abgelaufen, Mr. LaForge ...

Leises Wimmern klang durch die Jeffries-Röhre. Die Erwachsenen erstarrten, und einige von ihnen ahnten, was passierte. Ein Kind begann zu weinen. Geordi stellte sich einen besonders autoritären Picard vor und rief: »Weiter! Weiter!«

Die Personen vor ihm kamen der Aufforderung nach. Kurze Zeit später griff LaForge nach Farrells Hand, verließ die Röhre und trat in einen hell erleuchteten Korridor. Die *Enterprise* schüttelte sich immer wieder, und dadurch fiel es ihm schwer, auf den Beinen zu bleiben. Er stellte sich vor, auf dem Deck eines Segelschiffes zu stehen, das von einem Taifun überrascht wurde ...

Irgendwie gelang es ihm, das Gleichgewicht zu wahren und die Gruppe durch den Korridor zu geleiten. Vor ihm wankten die beiden Lehrer mit ausgebreiteten Armen, schienen die Kinder auf diese Weise unter ihre Fittiche nehmen zu wollen. LaForge ertastete die Hand eines dunkelhaarigen Mädchens, das offenbar die Orientierung verloren hatte, eilte mit ihm nach vorn und gab Richtungshinweise.

»Hierher!« Er deutete zum nächsten Offiziersquartier. »Hier entlang!«

Er erreichte den Eingang als erster und ließ dort die Hand des Mädchens los. Eine Lehrerin nahm seinen Platz ein und führte das Kind in die Sicherheit des Wohnzimmers. Dort bot ein weicher Teppich Schutz, und von den Einrichtungsgegenständen ging keine Gefahr aus – sie waren fest mit dem Boden verbunden.

Geordi blieb neben der Tür stehen, winkte Passagiere durch den Zugang und forderte die Leute immer wieder auf, sich zu beeilen. Farrell trat an seine Seite und unterstützte ihn bei seinen Bemühungen.

»Sarah!« Ein verzweifelter Vater kam mit langen Schritten näher und streckte die Arme nach einem schluchzenden blonden Mädchen aus, das Farrell gerade ins Quartier schicken wollte.

Geordi und seine Begleiterin setzten ihre Bemühungen fort, bis sich ein leerer Korridor vor ihnen erstreckte. Anschließend begaben sie sich ebenfalls in die Unterkunft. Dort ließ sich LaForge an einer freien Stelle auf den Teppich sinken, drehte sich halb um – und sah in die mit Tränen gefüllten Augen des Mädchens, das den Teddybär verloren hatte. Die geröteten Wangen glänzten feucht, und das Haar war zerzaust. In den zarten Zügen des Kinds bemerkte der Chefingenieur einen solchen Kummer, daß er die eigene Furcht völlig vergaß. Er schob sich etwas näher heran, sprach direkt ins Ohr des Mädchens, damit es ihn trotz der heulenden Sirenen hörte. »Keine Sorge. Es wird alles gut. Halt dich nur fest …«

»Meine Mami«, brachte das Kind hervor und schniefte. »Ich weiß nicht, wo meine Mami ist …«

»Wo arbeitet sie?« fragte Geordi.

»Im Maschinenraum.«

»Dann ist sie bestimmt in Sicherheit.« LaForge strich über das seidene Haar des Mädchens. »Alle Angehörigen der technischen Abteilung sind evakuiert worden. Dafür habe ich persönlich gesorgt.«

»Aber wo *befindet* sich meine Mami jetzt?« Neue Tränen rollten über die Wangen. »Ich konnte sie nirgends finden ...«

»Ich weiß, wo sie ist.« Geordi lächelte, als er die Hoffnung im Gesicht des Mädchens sah. »Sie hockt irgendwo in der Nähe und macht sich Sorgen um dich.«

»Müssen wir jetzt sterben?« fragte das Kind plötzlich und mit einem solchen Ernst, daß es LaForge für einige Sekunden die Sprache verschlug.

»Nein«, erwiderte er und gab sich zuversichtlich. »Dies ist der sicherste Teil des Schiffes. Hier droht uns keine Gefahr.«

Das war natürlich eine Lüge. Unter den gegenwärtigen Umständen drohte *überall* Gefahr. Aber in dieser besonderen Situation konnte er den Kindern keine weitere Hilfe gewähren. Sie alle waren nun Kräften ausgeliefert, gegen die sich nichts ausrichten ließ.

Geordis Furcht wich der Bereitschaft, das Schicksal zu akzeptieren. Was auch immer jetzt geschah: Es blieb ihnen gar nichts anderes übrig, als sich damit abzufinden.

Er streckte sich auf dem weichen Teppich aus, seufzte tief und wartete zusammen mit den anderen.

12

Auf der Brücke schloß Deanna Troi beide Hände um die Kanten der Konsole und klammerte sich fest, als etwas an ihr zerrte. Die Vibrationen waren inzwischen so stark geworden, daß sie den Mund schließen mußte, um ein Klappern der Zähne zu vermeiden. Dennoch empfand die Counselor eine seltsame Ruhe. Auf dem Wandschirm schwoll der Planet immer mehr an, und dieses Bild stimulierte eine Angst, die allein den physischen Aspekt des Selbst zu betreffen schien: Ihre Haut war kalt und feucht; der Puls raste. Doch der psychische und emotionale Kosmos blieb davon unbeeinflußt. Dort dehnte sich eine Benommenheit aus, die der Furcht vorbeugte, inneren Frieden gewährleistete.

Noch immer heulten die Sirenen der Alarmstufe Rot, und hinzu kam ein dumpfes, unheilverkündendes Knirschen in der Struktur des Schiffes. Die Offiziere im Kontrollraum schwiegen und beobachteten Data, der an seiner Konsole saß, die Kontrollen bediente und versuchte, das Bewegungsmoment der *Enterprise* zu verändern. Troi wußte: Es ging um Leben und Tod. Daraus erwuchs eine Anspannung, die sich auch in der Miene des Androiden widerspiegelte. Sie beugte sich ein wenig vor, gerade genug, um Datas Gesichtsausdruck zu erkennen. Darin zeigte sich das, was auch die Empfindungen der übrigen Anwesenden bestimmte: Furcht, unterdrückte Panik, Entschlossenheit, vage Hoffnung …

Sie drehte den Kopf und sah zu Worf, der es nicht wagte, ihrem Blick zu begegnen. Deanna verstand. Die Emanationen des Klingonen kündeten nicht von Furcht, wiesen nur auf die Bereitschaft hin, sich tapfer dem Tod zu stellen. Wenn er hier und jetzt aus dem Leben scheiden mußte … Dann starb er wenigstens so, wie es einem Krieger gebührte. Er vergeudete keine Zeit mit Reue und dergleichen. Troi hingegen … Sie bedauerte, daß ihnen nicht mehr Zeit blieb.

Sie wandte sich zur anderen Seite und sah Will an. Als er ihre Aufmerksamkeit spürte, wich ein Teil der Schärfe aus seinem Gesicht, und der Hauch eines Lächelns huschte ihm über die Lippen.

Deanna kannte ihn so gut, daß sie bei ihm gar keine empathische Sondierung vornehmen mußte, um einen Eindruck von seinen Gefühlen zu gewinnen. In seiner Körpersprache gab es genug subtile Hinweise. Es stimmte ihn traurig, daß nun alles zu Ende gehen sollte – er hätte gern bewiesen, daß Picards Vision von der Zukunft falsch war.

Data hob den Kopf, und die Erleichterung in seiner Miene verlieh der Counselor neue Hoffnung.

»Ich habe neue interne Transferkanäle programmiert, damit die Reserveenergie den Manövriertriebwerken zur Verfügung steht«, sagte er zu Riker. »Jetzt beginnt der erste Versuch, unsere Fallgeschwindigkeit zu verringern.«

»Genügt die Energie?« rief der Erste Offizier, um den Lärm zu übertönen.

»Ich weiß es nicht, Sir. Die Manövriereinheiten sind leicht beschädigt. Die Zeit genügt nicht, das genaue Ausmaß der Fehlfunktionen festzustellen und Reparaturen vorzunehmen. Nach meiner vorsichtigen Berechnung besteht eine Wahrscheinlichkeit von knapp vierzig Prozent dafür, daß die Triebwerke versagen.«

»Andererseits: Mehr als sechzig Prozent sprechen für einen Erfolg. Es sollte eigentlich genügen.« Eine weitere Erschütterung warf Riker im Sessel zur Seite. Mit der einen Hand hielt er sich fest, mit der anderen schaltete er das Interkom ein. »An alle: Aufprall steht unmittelbar bevor!«

Troi warf einen letzten Blick auf den Bildschirm – und schnappte überrascht nach Luft. Die grüne und blaue Oberfläche des Planeten war gar nicht mehr zu sehen. Im Projektionsfeld schimmerte nur noch lavendelfarbener Himmel.

Die Counselor neigte den Oberkörper nach vorn, stützte sich dabei auf ihre Konsole. Die *Enterprise* erbebte und vibrierte immer heftiger – bis Deanna glaubte, von der Faust eines unsichtbaren Titanen geschüttelt zu werden, bis sie nicht mehr denken und kaum noch atmen konnte. Mit einer seltsamen Mischung aus Apathie und Entschlossenheit hielt sie sich fest, während es um sie herum krachte.

Irgendwann vernahm sie einen fast schrillen Schrei, und daraufhin versuchte sie, den Kopf zu heben. Doch ein schweres Gewicht schien sich herabzusenken, sie in den Sessel und gleichzeitig an die Konsole zu pressen. Wie in Zeitlupe wandte sich Troi zur Seite und starrte in die Richtung, aus der sie den Schrei gehört hatte – ein Geräusch, das nicht von einem Lebewesen stammte, wie sie nun merkte.

Durch die hin und her wogenden Rauchschwaden sah Deanna die Ursache des Kreischens: Auf der gegenüberliegenden Seite der Brücke riß eine Wand auf.

Es war nicht der Schrei eines lebenden Geschöpfs, sondern der der *Enterprise*.

Die Aufmerksamkeit der Counselor kehrte zum Wandschirm zurück, der jetzt ein Durcheinander aus Grün und Braun zeigte.

Schmerz durchzuckte die Counselor, brachte sowohl Hitze als auch frostige Kühle. Er begann in den Füßen, raste binnen eines Sekundenbruchteils zum Kopf. *Der Aufprall!* fuhr es Deanna durch den Sinn. Unmittelbar im Anschluß daran tilgte neuerliche Benommenheit diesen Gedanken. Etwas zerrte Deanna jäh empor, warf sie zum Wandschirm …

Dunkelheit löschte alles aus.

Soran hob den Intervaller und blickte zur Staubwolke, die der sich hin und her windende Picard am Baum aufgewirbelt hatte. Er sprang auf die tiefer gelegene Etage des Startgerüsts, hielt die Waffe bereit und spürte Zorn. Für solche Dinge hatte er keine Zeit; er durfte sich jetzt nicht ablenken lassen. Er bedauerte es, den Menschen nicht sofort getötet zu haben – dadurch wären ihm diese Unannehmlichkeiten erspart geblieben.

Aber du mußtest unbedingt Anteilnahme zeigen, nicht wahr? Und warum? Bald hast du den Tod von zweihundertdreißig Millionen Personen auf dem Gewissen. Eine mehr … Spielt das eine Rolle?

Wind kam auf, wehte die Staubwolke davon. Dahinter kam ein rußiges Loch zum Vorschein – genau dort, wo Picard eben noch gelegen hatte.

Jetzt fehlte jede Spur von ihm …

Verärgert drehte der Wissenschaftler den Kopf von einer Seite zur anderen, hielt jedoch vergeblich nach dem Captain Ausschau.

Der Himmel erschimmerte, offenbarte einen vertrauten Glanz. Soran hielt unwillkürlich den Atem an.

Eine Schlange aus Regenbogenlicht wand sich übers Firmament, lockte mit einer so hinreißenden Pracht, daß sich die Augen des El-Aurianers mit Tränen füllten.

Keine Zeit. Keine Zeit, um nach Picard zu suchen. Keine Zeit für irgend etwas anderes. Es ging jetzt nur noch darum, die oberste Etage des Gerüsts zu erreichen und letzte Vorbereitungen dafür zu treffen, aus der Hölle dieses Universums zu fliehen.

Soran kletterte nach oben, fast geblendet von der unbeschreiblichen Herrlichkeit des Energiebands. Einst war ihm das Herz schwer geworden bei dem Gedanken, daß die Bewohner des Planeten Veridian IV sowie Picard und die Besatzungsmitglieder der *Enterprise* sterben mußten, aber das alles verlor nun an Bedeutung. Jenes Wunder, das er gleich empfing, befreite ihn von der Last aller Sünden.

Leandra...

Wie lautete die terranische Parabel? Ein Juwel, eine kostbare Perle, ein Schatz. Etwas, das einen unschätzbaren Wert verkörperte, das alle Anstrengungen lohnte. Soran verstand diese Metapher besser als sonst jemand. Der Nexus war jedes Opfer wert. Wer konnte einen Preis für das ewige Paradies nennen? Er lächelte, als er eine weitere Sprosse hinter sich brachte, entsann sich dabei an Leandras Hand, die ihm weich und kühl über die Wange strich.

Sein Kopf neigte sich ruckartig nach hinten, als ihn etwas Hartes am Kinn traf.

Ein Stiefel. Irgendwie gelang es Soran, sich festzuhalten. Er sah zu Picard, der weiter oben stand und nun in die Hocke ging.

Der El-Aurianer stieß einen wütenden Schrei aus, zog sich hoch und sprang mit der Verzweiflung eines Wahnsinnigen. Er packte den Captain an den Schultern, und beide Männer verloren das Gleichgewicht, fielen eine Etage tiefer. Soran hob die Hände wie Klauen, bereit dazu, den Menschen zu erwürgen, ihm den Schädel zu zertrümmern. Er heulte voller Wut, ohne sich nachher daran zu erinnern, welche Worte er geschrien hatte.

»Achtzig Jahre! Achtzig *Jahre* ...!«

Er rollte sich auf den Captain und holte aus, um ihm einen wuchtigen Hieb zu versetzen. Doch es gelang Picard, ihn an den Unterarmen zu packen und festzuhalten. Soran kreischte noch lauter, verfluchte seine eigene Hilflosigkeit und den Umstand, daß er kostbare Zeit verlor.

Und dann sah der Terraner zum Himmel hoch.

Soran beobachtete, wie sich das Schimmern und Gleißen im Gesicht des Menschen widerspiegelte, bemerkte Furcht in den Augen.

Der Wissenschaftler nutzte die gute Gelegenheit, um sich loszureißen. Nur für eine Sekunde lockerte sich Picards Griff, doch das genügte Soran. Er schlug zu, traf seinen Widersacher am Kinn.

Der Captain rollte zur Seite – und über den Rand der Plattform hinweg. Eine Etage stürzte er in die Tiefe, dann eine zweite, ohne daß es ihm gelang, irgendwo Halt zu finden. Schließlich prallte er unten auf den staubigen Boden.

Soran lief zum Rand des Gerüsts und sprang. Es war nicht seine Absicht gewesen, Picard hinunterzustoßen – er befand sich nun in unmittelbarer Nähe des Startapparats. Die Vorrichtung deutete mit einem leisen Summen auf ihre Bereitschaft hin, die Sonde zur Sonne zu schicken.

Sekunden.

Es blieben nur noch einige wenige Sekunden Zeit ...

Soran landete unsicher auf den Beinen und trat nach Picard, der ihm auswich und zum Starter rannte.

Bevor er ihn erreichte, surrte ein Servomotor und brachte die Sonde in Position. Der Captain nahm seine ganze Kraft zusammen und hechtete nach vorn – zu spät. Ein Treibsatz zündete, und die Kapsel sauste wie ein schwarzer Vogel gen Himmel.

Die Zeit ist abgelaufen, Picard, dachte Soran. *Für Sie, für mich, für das ganze Universum ...*

Soran sah der Sonde nach und jubilierte.

Auch Picard blickte ihr nach, während er neben der Startvorrichtung auf dem Boden kniete. Ihre Flugbahn beschrieb einen weiten Bogen, führte genau in Richtung Sonne. Jean-Luc beschattete sich die Augen und sah der Unheilskapsel nach, bis sie zu einem winzigen Punkt wurde und dann ganz verschwand.

Langsam erhob er sich – er beabsichtigte nicht, auf Knien zu sterben.

Wie bitter, sich dem eigenen Tod stellen zu müssen,

so kurz nach dem Verlust von Robert und René. Hinzu kam die noch viel bitterere Erkenntnis, versagt zu haben, sowohl der *Enterprise*-Crew gegenüber, die vielleicht ebenfalls der Schockwelle zum Opfer fiel, als auch in Hinsicht auf die zweihundertdreißig Millionen Bewohner auf dem Nachbarplaneten …

Der Himmel verdunkelte sich und brachte graues Zwielicht, wie bei einer Sonnenfinsternis. In den nahen Bäumen hatte es bisher dauernd geraschelt, doch nun erstarrten die verborgenen Tiere, und abrupte Stille herrschte. Ein Vogel zwitscherte – es klang kummervoll – und verstummte dann ebenfalls. Picard hob den Kopf und sah, wie Soran erneut am Gerüst emporkletterte, vor dem Hintergrund eines immer dunkler werdenden Firmaments. Hier und dort schillerten bunte Energiebahnen mit blitzartigen Verästelungen.

Der Wissenschaftler erreichte die oberste Ebene des Gerüsts, wandte dort das Gesicht dem Himmel zu. Das Glühen des Energiebands fiel auf seine Züge, offenbarte darin das Entzücken eines Gläubigen, der eine Offenbarung erlebte.

Der Wind wurde nun stärker, wirbelte Staub auf. Das bunte Band am Himmel schwoll an und hüllte das Plateau in gespenstisches Licht, sorgte für eine rasche Zunahme der statischen Elektrizität. Es roch wie nach Ozon, und Picard spürte, daß sich ihm die Nackenhaare aufrichteten. Instinktiv wich er zurück, bis er mit dem Rücken ans Gerüst stieß.

Eine Flucht war sinnlos – wohin hätte er fliehen sollen? Er schloß die Augen und schnitt eine Grimasse, als ihm der Wind Sand ins Gesicht blies. Der Glanz des energetischen Phänomens nahm immer mehr zu, verdrängte das Halbdunkel und blendete ihn selbst durch die geschlossenen Lider.

Schlagartig nahm die Intensität des schillernden Bands in jeder Hinsicht zu. Picard schrie, als ihm lautes

Donnern die Trommelfelle zu zerreißen drohte, als die Pracht des fremden Etwas ein schier unerträgliches Ausmaß gewann.

Und dann …

Von einer Sekunde zur anderen gab es keinen Picard mehr. Auch Soran, Veridian und alles andere hörten einfach auf zu existieren. Es gab nur noch Dunkelheit.

Deanna Troi atmete Rauch ein, hustete und verzog das Gesicht, als sie ein Stechen in ihren Lungen spürte. Der Schmerz half ihr dabei, die Benommenheit zu überwinden. Sie bewegte sich und begriff, daß sie auf der Konsole lag – die Arme baumelten über ihren Rand hinweg. Data hatte sich weit vorgebeugt, nach den Beinen der Counselor gegriffen und so verhindert, daß sie gegen den Wandschirm prallte. Er hielt sie noch immer fest, erschien zunächst wie erstarrt. Doch als sie sich nun bewegte, fiel die Passivität auch von ihm ab. Er ließ die Betazoidin los und half ihr vom Schaltpult herunter.

»Ist alles in Ordnung mit Ihnen, Counselor?« Data war unverletzt, aber in seinen Augen stand so etwas wie ein Schock.

Deanna nickte, obgleich ihr die Knie zitterten und sich das Stechen in der Brust bei jedem Atemzug wiederholte. Glücklicherweise hatten die Erschütterungen aufgehört – der Boden unter ihren Füßen wirkte wieder fest und stabil.

Noch immer lösten sich Rauchschwaden von auseinandergeplatzten Konsolen, aber seltsamerweise herrschte keine Dunkelheit. Zunächst glaubte Troi, daß die Notbeleuchtung funktionierte, doch dann hob sie den Kopf, sah zur Kuppel über der Brücke und beobachtete zwei Vögel, die am Rand des transparenten Bereichs hockten.

»Ich glaube, wir sind gelandet«, sagte die Counselor zu sich selbst. Data hatte bereits seinen Posten verlassen, um den anderen zu helfen. Sie drehte sich um – Worf setzte sich gerade auf. Ganz offensichtlich war er über die taktische Konsole hinweggesaust.

Kurz darauf bemerkte sie Riker.

Völlig reglos lag er auf dem Boden, die Augen geöffnet, der Kopf weit zur Seite geneigt.

»Will!« entfuhr es Deanna. Sie lief zu ihm, davon überzeugt, daß er tot war. Erschüttert sank sie neben Riker auf die Knie.

»Keine Sorge«, krächzte er. »Ich genieße nur das Panorama.« Vorsichtig stemmte er sich hoch. »Statusbericht ...«

Data trat aus dem Qualm, gefolgt von Worf. »Alle Systeme sind ausgefallen, Sir«, sagte er. »Ich weiß nicht, wie es um den Rest des Schiffes bestellt ist, aber hier auf der Brücke gibt es keine Opfer. Die festgestellten Verletzungen sind nur geringfügiger Natur.«

»Gut.« Riker griff nach der Rückenlehne des umgestürzten Kommandosessels, lehnte Datas Hilfe ab und zog sich hoch. »Evakuieren Sie die Brücke und sorgen Sie dafür, daß die Unverletzten Such- und Rettungsgruppen bilden.«

»Aye, Sir.« Data eilte zum Notausgang. Worf und Troi folgten ihm – und verharrten, als der durch die Kuppel dringende Sonnenschein verblaßte.

Es wird Abend in dieser Region, dachte die Counselor. Aber die Dunkelheit kam viel zu schnell, und unmittelbar darauf vernahm sie auch ein dumpfes Donnern, das einmal mehr den Boden erzittern ließ.

»Soran ...«, hauchte Riker. Es klang so enttäuscht und niedergeschlagen, daß Troi der Atem stockte.

Die Schockwelle, begriff sie. Offenbar war es Soran gelungen, die solare Sonde zu starten. Sie hatten den Absturz des Diskussegments überlebt – nur um von der Schockwelle umgebracht zu werden?

»Der Captain hatte also recht«, brummte Worf. »Wir

haben es *tatsächlich* mit einer veränderten Zukunft zu tun.« Er legte eine kurze Pause ein. »Es ist kein unehrenhafter Tod.« Er sah Troi an und fügte sanfter hinzu: »Wenn Sie sterben, so bin ich gern bereit, mit Ihnen in den Tod zu gehen.«

»Das gilt auch für mich.« Riker rang sich ein Lächeln ab. »Ich frage mich, ob der Captain ...« Er sprach den Satz nicht zu Ende.

Deanna versuchte, das Lächeln zu erwidern, ihren Freunden zum letztenmal in die Augen zu sehen, Abschied von ihnen zu nehmen. Aber irgend etwas hinderte sie daran, und sie ließ die wenigen zur Verfügung stehenden Sekunden ungenutzt verstreichen. Die Dunkelheit verdichtete sich schnell, verschlang alle Konturen der Umgebung und brachte Blindheit.

Das Donnern schwoll an, und gleichzeitig nahmen die Erschütterungen zu. Troi taumelte, streckte die Hand aus und hielt sich an Worf fest. Er schlang wie schützend den Arm um sie.

»Dies ist einfach nicht richtig!« entfuhr es der Betazoidin plötzlich. Sie fühlte sich ebenso überzeugt und sicher wie bei jener Gelegenheit, als Picard die Zukunft geschildert hatte: ihren Tod und die jahrelange Feindschaft zwischen Worf und Will. Damals hatte sie tief in ihrem Innern gewußt, daß eine solche Zukunft niemals Realität werden konnte.

Mit der gleichen Sicherheit wußte sie, daß *diese* Zukunft falsch war, daß sie und die anderen Besatzungsmitglieder der *Enterprise* nicht auf eine solche Weise ums Leben kommen sollten.

»Es ist nicht richtig.« Trois Worte verloren sich im ohrenbetäubenden Donnern der Schockwelle. Der Boden hob sich, und Deanna fiel zusammen mit Worf.

»Es ist nicht richtig«, wiederholte sie noch einmal, als das Schiff um sie herum zu vibrieren begann und die Temperatur jäh stieg. Die Wände glühten, und einen Sekundenbruchteil später ging die Uniform der Counselor in Flammen auf.

Es ist nicht richtig – das war ihr letzter Gedanke.

Es ist nicht richtig.

Es ist nicht richtig.

13

Finsternis ... Picard holte Luft und versuchte, sich zu konzentrieren. Einige Sekunden lang erinnerte er sich nicht daran, wer er war und woher er kam. Soran, Veridian III, das Energieband ... Jene Erinnerungen erschienen ihm so vage wie die verblassenden Bilder eines Traums.

Ein besonders desorientierender Aspekt bestand darin, daß er seinen gegenwärtigen Aufenthaltsort nicht kannte. Sein Problem bestand nicht aus Blindheit in dem Sinne. Nein, mit seinen Augen schien soweit alles in Ordnung zu sein. Doch davor befand sich weicher Stoff – eine Binde? –, den er nicht entfernen konnte, weil jemand mit sanftem Nachdruck seine Arme festhielt.

Kleine Hände zupften am Taillenbereich der Uniform und an den Knien, geleiteten ihn langsam über einen dicken Teppich. Der Geruch sowie der Boden unter den Füßen teilten ihm mit, daß er sich nicht mehr an Bord der *Enterprise* befand.

Dennoch fühlte er sich hier wohl, vielleicht sogar noch mehr als auf der Brücke oder im Bereitschaftsraum. Trotz der Verwirrung regte sich keine Furcht in ihm.

Eine schwere Tür öffnete sich knarrend, und würzige Luft wehte Picard entgegen. Er atmete sie tief ein und versuchte, die einzelnen Aromen zu identifizieren. Kiefern und Fichten; Muskat; Äpfel. Zimt. Hinzu kam ein anderer Duft, den er seit seiner Kindheit nicht mehr wahrgenommen hatte. Er stammte von einer gebratenen Gans ...

Die kleinen Hände führten Jean-Luc noch einige

Schritte weit, ließen ihn dann los. Er blieb unsicher stehen.

»Was geschieht hier? Wo bin ich?« Die Frage klang nicht entrüstet oder verärgert, nur neugierig.

Etwas berührte ihn am Hinterkopf, und kurz darauf fiel die Augenbinde. Farben und Formen fluteten Picard entgegen, gewannen Substanz.

Er befand sich in einem großen, salonartigen Wohnzimmer, dessen Stil dem des vierundzwanzigsten Jahrhunderts in Frankreich entsprach. Im Zentrum des Zimmers stand ein großer Weihnachtsbaum, an dem Hunderte von Lichtern funkelten. Picard lächelte erfreut und betrachtete Dutzende, in buntes Glanzpapier gehüllte Geschenke unter dem großen Baum. Stechpalmenzweige schmückten das hölzerne Geländer der Treppe und den Sims des Kamins, in dem Holzscheite brannten.

Mitten in dieser feierlichen Pracht standen fünf lächelnde, erwartungsvolle Kinder und sahen ihn an.

Jean-Luc musterte sie nacheinander und staunte. Diese Kinder waren Fremde für ihn; er sah sie zum erstenmal. Und doch ... Er kannte sie. Zwei Mädchen und drei Jungen. Sie hatten *seine* Augen und *sein* Kinn, lächelten so wie er ...

Olivia, mit dreizehn Jahren die älteste. Während des vergangenen Jahrs war sie plötzlich groß und schlank geworden. Und dann Matthew, erst sieben und noch pausbäckig, mit dem mathematischen Talent seiner Mutter. Und Madison, zehn; er hatte das dunkle Haar seines Vaters und teilte sein Interesse an Militärgeschichte. Und sein Zwillingsbruder Thomas. Und die kleine Mimi, fünf Jahre alt und besonderer Liebling des Vaters.

Voller Ehrfurcht beobachtete er sie und begriff, daß er sich *zu Hause* befand, daß dies *seine* Kinder waren. Jedes einzelne von ihnen liebte er mit einer Intensität, die er nicht für möglich gehalten hätte.

»Na los ...«

Die sanfte Stimme erklang direkt neben ihm. Er drehte sich um und sah nun, wer ihn geführt hatte: eine blonde, schlanke Frau, deren Züge nachsichtige Liebe zum Ausdruck brachten.

Jean-Luc war ihr nie zuvor begegnet. Und doch erkannte er sie als Elise, seit sechzehn Jahren seine Ehepartnerin. Und sie hatte auf Französisch zu ihm gesprochen.

»Sag *irgend etwas*«, drängte Elise leise und legte ihm zärtlich die Hand auf die Schulter. »Sie warten.«

Überwältigt ließ er den angehaltenen Atem entweichen und lachte verwirrt. »Ich ... ich weiß überhaupt nicht, *was* ich sagen soll ...«

Olivia – ihre Brüder nannten sie aus gutem Grund »Boß« – trat einen Schritt vor. »Sag ›Frohe Weihnachten‹, Papa!«

»Frohe ...« Picards Blick wanderte einmal mehr durch den Raum. »... Weihnachten ...«

Mimi gluckste und klatschte. Die anderen Kinder folgten ihrem Beispiel. Elise beugte sich vor und küßte ihn auf die Wange. Benommen ließ sich Picard zu einem großen Sessel führen – es handelte sich um eine Kopie jenes Sessels, in dem Robert damals gesessen hatte, den nie jemand anders benutzen durfte. Jean-Luc hatte beschlossen, sich im Ruhestand ebenfalls einen solchen Sessel zu gönnen und ihn ins Wohnzimmer zu stellen.

Jetzt nahm er mit einem wohligen Seufzen darin Platz, und er war so bequem, wie er ihn sich immer vorgestellt hatte.

Unterdessen liefen die Kinder zum Weihnachtsbaum und begannen damit, die Geschenke zu verteilen und zu öffnen. Picard beobachtete sie dabei.

Das ist für dich.

Wo sind meine?

Hoffentlich ist dies das Buch, das ich mir gewünscht habe ...

Bring das hier Papa.

Zufriedenheit senkte sich wie eine warme Decke auf Picard herab. Er wechselte einen glücklichen Blick mit Elise, wandte sich dann wieder den aufgeregten Kindern zu und freute sich so sehr, daß sein Lächeln fast zu einem breiten Grinsen wurde.

Die kleine Mimi eilte zu ihm und strahlte. Ihre goldenen Locken baumelten hin und her. »Ist der Weihnachtsbaum nicht *wunder*schön, Papa?«

Picard streckte die Hand aus und strich über das unglaublich weiche Haar. »Ja«, erwiderte er. Es überraschte ihn, wie leicht es ihm fiel, dem Kind zu antworten. Er fühlte sich so, als hätte er jede einzelne Sekunde der vergangenen sechzehn Jahre in diesem Haus verbracht, als Oberhaupt einer über alles geliebten Familie. »Ja, er ist prächtig. Ebenso wie alles andere.«

Während er sprach, näherten sich auch die anderen Kinder. Matthew nahm Haltung an, holte ein sorgfältig verschnürtes Paket hervor und reichte es seinem Vater. »Das ist von uns allen.«

»Danke«, sagte Picard gerührt. »Was mag wohl da drin sein …?«

Er öffnete das Geschenk und fand ein in Seidenpapier gehülltes Objekt, das aus glänzendem Messing bestand. Jean-Luc nahm es vorsichtig aus dem Karton und hielt es ins Licht. Es war ein prächtiges Exemplar, und kein Zweifel: Im neunzehnten Jahrhundert hatte es jemand verwendet, um mit Hilfe der Sterne zu navigieren.

Ein neuerliches Lächeln wuchs auf Picards Lippen.

»Es ist ein Sechs-tant!« rief Thomas aufgeregt.

Picard lachte leise. »Es heißt *Sextant*. Dieser ist besonders hübsch. Ich schätze, man hat ihn so um achtzehnhundertzwanzig konstruiert. Wo habt ihr ihn gefunden?«

Mimi neigte den Kopf zur Seite. »Das ist ein Geheimnis.«

»Oh, ein *Geheimnis.*« Picard schmunzelte verschwörerisch. »Nun, dadurch gewinnt das Geschenk zusätzliche Bedeutung.« Er sah die Kinder der Reihe nach an. »Danke. Ich danke euch allen ...«

Mimi kroch in den Sessel und schlang ihm die Arme um den Hals. Die anderen umarmten und küßten ihn ebenfalls.

Fröhliche Weihnachten, Papa.

Ich hab dich lieb, Vater.

Fröhliche Weihnachten ...

Freude umhüllte Jean-Luc, erstreckte sich in jeden Winkel seines Selbst. Er schien nur die Hand heben zu müssen, um sie zu berühren ...

Ich hatte das Gefühl, mich im Innern des ... Glücks zu befinden. Die Freude schien Substanz zu gewinnen, greifbar zu sein ...

Picard dachte an Guinan. Vor langer Zeit und in einem anderen Universum hatten sie über jemanden gesprochen ...

Soran.

Sofort versuchte er, diesen Gedanken zu verdrängen, zur Freude zurückzukehren, zu der im Wohnzimmer herrschenden Atmosphäre aus Liebe und Glück.

Mimi kletterte von seinem Schoß herunter, und zusammen mit den anderen kehrte sie zu den Geschenken unterm Weihnachtsbaum zurück. Elise lächelte und trat an die Seite ihres Mannes.

»Das Essen ist fertig. Bestimmt dauert es nur noch wenige Minuten, bis die Schar dort Hunger bekommt.« Sie drehte den Kopf, sah über die Schulter. »Robert und die anderen müßten jeden Augenblick hier sein.«

Picard konnte es kaum fassen. »Robert ...?«

Elise schien erstaunt zu sein. »Ja, natürlich. Ohne die berühmten *bûches de Noël* deines Bruders wäre es kein richtiges Weihnachten.«

Tränen quollen Jean-Luc in die Augen, und er blinzelte mehrmals, hielt sie zurück. Das Herz schlug ihm plötzlich bis zum Hals empor. Er schluckte, fand die Stimme wieder. »Und René. Kommen auch er und…« Er zögerte und wunderte sich über Erinnerungen, die nicht aus seinem Gedächtnis stammten, sondern von einem anderen, mysteriösen Ort. »… und Katya?«

Ja, Katya. So hieß sie, die große, rothaarige junge Frau mit den asiatischen Zügen. Vor zwei Jahren war Picard bei der Hochzeit gewesen. Mimi hatte bei jener Gelegenheit Blumen gestreut.

»Natürlich. Marie meinte, sie hätten eine Überraschung für uns.«

Mimi sah von den vielen bunten Papierfetzen zu ihren Füßen auf. »Eine Überraschung? Noch mehr Geschenke?«

Elise sah ihre Tochter an und lächelte. »Oh, bestimmt kommen sie nicht ohne Geschenke, keine Sorge. Aber was die Überraschung betrifft… Ich schätze, du mußt dich noch etwa acht Monate lang gedulden, bis du damit spielen kannst.« Sie warf Picard einen bedeutungsvollen Blick zu und zwinkerte, bevor sie den Raum verließ.

Jean-Luc lehnte sich zurück und beobachtete, wie sich die Kinder mit ihren neuen Spielzeugen vergnügten. Ihr Glück erwies sich als ansteckend. Picard verspürte nur noch den Wunsch, im Sessel zu sitzen und diese Szene bis in alle Ewigkeit zu genießen. Wohin er auch sah – jeder Anblick bot neue Freude. Mimi beschäftigte sich gerade mit der interaktiven Multimedia-Enzyklopädie, die er ihr geschenkt hatte. Unter dem Weihnachtsbaum lag auch eine kleine Schatulle, die Elise noch nicht entdeckt hatte. Jean-Luc wollte sie ihr am Abend geben, nachdem die Kinder zu Bett gegangen waren. Sie enthielt ein Erbstück seiner Großmutter: einen mit Diamanten besetzten Anhänger.

Und dann der Baum mit den vielen Lichtern… Alle an den Zweigen hängenden Schmuckstücke zeichneten sich durch eine eigene Geschichte aus. Einige von ihnen hatten schon bei Jean-Lucs Eltern am Weihnachtsbaum gehangen. *Offenbar ist es Elise irgendwie gelungen, Robert zu überreden, sich wenigstens vorübergehend von ihnen zu trennen.* Einmal mehr lächelte Picard, als er die dekorativen Gegenstände betrachtete und sich dabei an seine Kindheit entsann. Er sah einen fast kitschig anmutenden Weihnachtsmann aus Zinn und Glas. Ein Teil von der Nase fehlte und erinnerte an einen Zwischenfall: Als Neunjähriger hatte Robert in seiner Hast, die Geschenke zu erreichen, den Baum umgestoßen. Und dann die weißen Tauben, die Jean-Lucs Mutter aus echten Federn angefertigt hatte. Sie hielten kleine Stechpalmenzweige in den Schnäbeln.

Und oben …

Picard blinzelte und beugte sich vor, blickte zu einem Schmuckstück, das er nicht kannte. Es handelte sich um eine leere Glaskugel, und in ihrem Zentrum schien ein winziger Stern zu leuchten. Er flackerte nun, trübte sich und wurde dunkel. Gleichzeitig ging eine schimmernde Welle davon aus.

Jean-Luc versteifte sich unwillkürlich.

Die Schockwelle. Ihm drohte jetzt keine Gefahr mehr, aber irgendwo im All war die veridianische Sonne vernichtet worden, und dadurch hatten mehr als zweihundert Millionen Personen den Tod gefunden.

Vielleicht auch die Besatzungsmitglieder der *Enterprise*.

Dieser Gedanke störte Picards Freude und beunruhigte ihn so sehr, daß er aufstand und ans nahe Fenster herantrat. Draußen fiel Schnee aus einem bleigrauen Himmel und schuf eine weiße Decke auf der französischen Landschaft. Eine Zeitlang ließ er den Blick in die Ferne schweifen.

Doch dann sah er in der Fensterscheibe das Spiegelbild der Glaskugel mit dem sterbenden Stern in ihrem Innern.

Er konnte ihm nicht entkommen. So sehr er sich auch wünschte, erneut in dem alles umfassenden Gefühl des Glücks aufzugehen – er mußte sich der Erkenntnis stellen, daß jenes Empfinden mit Blut erkauft worden war.

Zweihundertdreißig Millionen Leben ausgelöscht ... Weil er es nicht geschafft hatte, Sorans Plan zu vereiteln.

»Nein«, sagte er zu dem verlockenden Drängen, das ihn veranlassen wollte, zu den Kindern und zur Freude zurückzukehren. »Dies ist nicht richtig. Es kann nicht die Realität sein ...«

»Es ist so real, wie Sie möchten.«

Er zuckte unwillkürlich zusammen, als er die Stimme vernahm – eine vertraute Stimme, die er aus einer anderen Wirklichkeit kannte. Er drehte sich um und sah ... Guinan. Sie sah so aus wie damals, als er einige Fragen in bezug auf Soran gestellt hatte.

»Was ist los?« fragte er. »Wo bin ich?« Gingen seine derzeitigen Erfahrungen vielleicht auf einen besonderen geistigen Zustand zurück, auf eine durchs Sterben bewirkte Veränderung im Gehirn? Nein, wohl kaum. Er fühlte sich sehr lebendig, sowohl in psychischer als auch in physischer Hinsicht.

Guinan gab die erwartete Antwort. »Sie sind im Nexus.«

Picard vollführte eine Geste, die dem Wohnzimmer galt. »Dies hier ist der ... Nexus?«

»Für Sie«, bestätigte die dunkelhäutige Frau. »Sie sind am Ort Ihrer Wahl.«

Jean-Luc schüttelte den Kopf. »Ich bin nie verheiratet gewesen. Ich hatte keine Kinder, kein solches Heim ...«

Ein wissendes Lächeln umspielte Guinans Lippen. »Jetzt können Sie sich daran erfreuen.«

Picard runzelte die Stirn, als er sich an sein früheres Leben erinnerte. »Was machen *Sie* hier? Ich dachte, Sie seien an Bord der *Enterprise*.«

»Das stimmt auch«, entgegnete sie. »Ich bin tatsächlich an Bord der *Enterprise*. Und ich bin hier.« Als sie seine Verwirrung sah, wuchs Guinans Lächeln in die Breite. »Sehen Sie in mir eine Art Echo jener Person, die Sie kannten. Ein Teil jenes Selbst, das sie zurückließ.«

»Das sie zurückließ …?«

»Als wir damals aus der *Lakul* gebeamt wurden, als uns die *Enterprise*-B aufnahm, befanden wir uns teilweise bereits im Nexus. Der Transfer fand statt – aber ein kleiner Teil von uns blieb zurück. Das gilt für alle.«

»Auch für Soran?«

Guinan nickte. »Ja, auch für ihn.«

»Wo ist er jetzt?«

»Dort, wo *er* sein möchte.«

»Papa!«

Picard drehte sich um, als Thomas nach ihm rief. Der Junge konstruierte ein Gebäude aus kleinen Bausteinen, die sich miteinander verbinden ließen – dieses Spiel hatte Jean-Luc als Kind stundenlang beschäftigt. »Hilf mir, ein Schloß zu bauen, Papa.«

Er seufzte und fühlte sich sehr versucht, in die warme Umarmung der so überaus realen Vision zurückzukehren. Im letzten Moment beherrschte er sich. »Gleich«, sagte er zu Thomas.

Dann wandte er sich wieder an Guinan. »Das sind meine Kinder. *Meine* Kinder …«

Die Frau bedachte ihn mit einem verständnisvollen Blick. »Ja. Großartig, nicht wahr? Sie können in die Vergangenheit zurückkehren, um ihre Geburt zu erleben. Oder machen Sie einen Abstecher in die Zukunft, um Ihre Enkel kennenzulernen. Die Zeit hat hier keine Bedeutung.«

Elise sah kurz ins Zimmer. »Das Essen ist fertig! Beeilung! Tante, Onkel und Cousins sind hier. Und sie haben Hunger!«

Die Kinder quiekten glücklich, legten die neuen

Spielzeuge beiseite, sprangen auf und liefen zum Eßzimmer.

Durch die offene Tür sah Picard einige Gestalten, die zum langen Tisch traten. Eine von ihnen lachte mit tiefer, kehliger Stimme.

Robert.

Jean-Luc schloß die Augen und trachtete danach, nicht die Fassung zu verlieren.

Er befand sich im Nexus, und das bedeutete: Zweihundertdreißig Millionen Unschuldige waren gestorben. Und wofür? Dies konnte nicht die Realität sein. Robert und René hielten sich nicht wirklich an diesem Ort auf. Was ihn selbst betraf ... In der anderen Welt galt er nun als tot, durch die Schockwelle umgekommen.

Der kleinste Junge – Matthew – zögerte und griff nach der Hand seines Vaters. »Kommst du mit, Papa?«

Picard blickte in das offene, ernste Gesicht des Knaben hinab. Liebe durchströmte ihn und erfüllte ihn mit einem Frieden, wie ihn keine Droge schaffen konnte. Er wandte sich von Guinan ab und ließ sich von Matthew in Richtung Eßzimmer führen.

Unterwegs kamen sie am Weihnachtsbaum vorbei, und dort weckte erneut die Glaskugel mit dem sterbenden Stern seine Aufmerksamkeit.

Abrupt blieb er stehen. Matthew sah verwundert zu ihm auf.

»Stimmt was nicht, Papa?«

»Nein.« Picard bückte sich kurz und strich dem Jungen über die Wange. »Es ist alles in Ordnung. Ich muß nur ... Mamas Geschenk verstecken, um es ihr nach dem Essen zu geben. Geh nur. Geh ohne mich ...«

In den nußbraunen Augen des Jungen – sie ähnelten so sehr denen des Vaters – leuchtete eine derartige Unschuld, daß Picard erneut in Versuchung geriet.

Doch dann richtete er sich auf und zog die Hand zurück. Matthew lief fort und verschwand im Nebenzimmer.

Jean-Luc drehte sich um. »Kann ich den Nexus verlassen, Guinan?« fragte er jäh.

Sie musterte ihn verblüfft. »Warum sollten Sie das beabsichtigen?«

»*Gibt* es eine solche Möglichkeit?«

»Ja«, erwiderte Guinan langsam. »Wohin wollen Sie?«

Picard zögerte verwirrt. »Wie meinen Sie das?«

»Wie ich schon sagte: Hier hat die Zeit keine Bedeutung. Wenn Sie den Nexus verlassen, können Sie jeden beliebigen Ort und jede beliebige Epoche aufsuchen.«

Jean-Lucs Lippen deuteten ein Lächeln an. »Ich weiß genau, wohin ich möchte. Und ich kenne auch den exakten Zeitpunkt. Ich will zurück zum Plateau auf Veridian III – bevor Soran die solare Sonde startete. Ich muß ihn daran hindern, seinen Plan zu verwirklichen.« Er legte eine kurze Pause ein. »Bevor ich gehe ... Nur ein Teil von Ihnen ist hier, woraus folgt: Ein anderer befindet sich noch an Bord des Schiffes. Läßt sich daraus der Schluß ziehen, daß mit der *Enterprise* alles in Ordnung ist? Gelang es ihr, der Schockwelle zu entkommen?«

Das Schmunzeln wich aus Guinans Miene, und sie wurde sehr ernst. »Nein, Jean-Luc.«

Picard schloß erneut die Augen, als er Roberts Lachen im Eßzimmer hörte. Er schluckte, weil er einen Kloß im Hals spürte, und hauchte: »Dann ist der Fall klar – ich kehre zurück.«

Guinan legte ihm die Hand auf den Arm. »Wieso glauben Sie, diesmal Erfolg zu haben? Was ist, wenn Ihre Bemühungen einmal mehr vergeblich bleiben?«

»Ein berechtigter Einwand.« Picard straffte die Schultern. »Ich brauche Hilfe. Sind Sie bereit, mich zu begleiten, Guinan? Gemeinsam könnten wir ...«

»Es klingt absurd, aber ... Ich kann nicht weg von hier, weil ich bereits dort bin.«

Jean-Luc senkte den Kopf, suchte nach den richtigen

Worten, nach einem anderen Weg. Als er wieder aufsah, lächelte Guinan geheimnisvoll.

»Aber ich kenne jemanden, der Ihnen helfen könnte…«

»Mein Gott«, raunte McCoy und grinste, als er durch den Türspalt blickte. »Sie sind alle da draußen. Sieht aus wie eine Versammlung von Starfleet-Pensionären.«

James Kirk sah durch die transparente Wand des Schlafzimmers zur nächtlichen Bucht von San Francisco. Die Positionslichter von Booten und Schiffen glitzerten auf einem Meer, das sich dunkel unter dem indigofarbenen Himmel erstreckte. Lächelnd drehte er sich um. »Hat es Spock geschafft?«

Leonard spähte erneut durch den Spalt und wirkte wie ein Kind, das vor der Bescherung einen verstohlenen Blick auf die Geschenke am Weihnachtsbaum warf. In den letzten Jahren schien er jünger geworden zu sein – das Leben als Großvater und Pensionär tat ihm gut. Das Haar blieb grau, doch die Schatten unter den Augen waren fast ganz verschwunden, und die Falten fraßen sich nicht mehr so tief in die Stirn. »Ja, er sitzt in der ersten Reihe. Bei Scotty, Uhura und Chekov.« Er schürzte die Lippen. »Aber wer ist die Frau neben ihm?«

»Eine Frau?« Jim trat an die Seite des Arztes. »Soll das ein Witz sein?«

»Eine große Rothaarige. Handelt es sich etwa nicht um eine Verwandte von dir?« McCoy wich ein wenig zur Seite, damit auch Kirk durch den Türspalt blicken konnte.

Jim schob sich näher und sah ins Nebenzimmer. Der große Wohnraum enthielt nicht mehr die üblichen Einrichtungsgegenstände, war mit weißen Rosen und Gardenien geschmückt worden. Auf der einen Seite erhob sich ein kleines Podium, und davor standen Stühle.

Nie zuvor hatte Kirk den Salon so sehr zu schätzen gewußt wie jetzt, denn dort warteten all jene Personen, die ihm besonders viel bedeuteten. Er lächelte, als er seine Freunde in der ersten Reihe sah – sie alle wirkten so ausgeruht und zufrieden wie McCoy. Das galt auch für Spock, der wie immer alterslos zu sein schien. Scott hatte auf der einen Seite des Vulkaniers Platz genommen, und auf der anderen saß eine geheimnisvolle Frau. Allem Anschein nach eine Terranerin: schlank, hochgewachsen, die Augen hell. Kupferfarbenes Haar reichte ihr bis auf die Schultern. Jim beobachtete, wie sie sich zur Seite neigte und Spock etwas zuflüsterte. Der Vulkanier hörte aufmerksam zu, ohne daß seine Miene irgend etwas verriet. Schließlich nickte er.

»Da soll mich doch der Schlag treffen«, flüsterte Kirk und grinste breit. »Er hat gefragt, ob er einen Freund mitbringen könnte ...«

»Einen *Freund*?« Leonard drückte Jim beiseite, um noch einmal ins Wohnzimmer zu sehen. »Soll das heißen, sie ist seine *Freundin*?«

»Keine Ahnung.« Kirk konnte das Lächeln nicht von seinen Lippen verbannen, und dabei ging es keineswegs nur um Spock. Er fühlte sich einfach prächtig – immerhin heiratete er heute. Und er befand sich an einem herrlichen Ort, und McCoy leistete ihm Gesellschaft. »Du ziehst voreilige Schlüsse. Vielleicht ist die Dame nur eine ... Kollegin.«

»Von wegen.« Leonard drehte den Kopf und sah Jim aus hellblauen Augen an – aus Augen, in denen mehr schelmische Fröhlichkeit leuchtete als jemals zuvor. Er sah so aus, wie sich Kirk fühlte. Glück zitterte in ihnen, und alles erfüllte sie mit Freude. Dabei hatten sie nur einen Tropfen von dem Dom Perignon getrunken, der aus den privaten Vorräten des Doktors stammte. »Ich hätte nie gedacht, so etwas zu erleben. Spock, der mit einer Freundin aufkreuzt ... Ich bitte Carol, ihm den Strauß zuzuwerfen.«

»Sie hat gar keinen«, wandte Jim ein.

»Dann sollte sie sich einen zulegen. Blumen gibt's genug dort draußen. Sie könnte ...« McCoy zuckte zusammen, als die Tür halb aufgeschoben wurde. »Ah, da kommt der Priester.«

Er wich zurück, und Hikaru Sulu betrat den Raum.

»Captain ...«

Jim ergriff die Hand des jüngeren Mannes, der eine Uniform trug.

»Freut mich, Sie wiederzusehen.«

Sulu lächelte, zeigte dadurch makellose weiße Zähne. Sein Gesicht offenbarte fast ebenso wenige Falten wie Spocks, und im dunklen Haar glänzte nur hier und dort eine graue Strähne. »Die Verspätung tut mir leid, Sir. Ich bin ... aufgehalten worden.«

»Schon gut.« McCoy griff nach dem beschlagenen Sektglas und hob es. »Wir vergnügen uns so sehr, daß es uns völlig gleichgültig ist, was aus der Hochzeit wird.«

»Das sehe ich ein wenig anders«, sagte Jim.

Sulu lachte. »Nun, ich schätze, wir können jetzt beginnen. Es sind alle da.« Er zögerte kurz. »Glauben Sie, Mr. Spock hat wirklich nichts dagegen, daß ich die Zeremonie durchführe? Ich dachte nur ...«

»Inzwischen sollten Sie wissen, daß Spock praktisch gar nicht zu beleidigen ist«, erwiderte McCoy. Er warf Kirk einen heiteren Blick zu. »Außerdem hat er seine Flamme mitgebracht.«

Sulu wölbte die Brauen. »Seine *was*?«

»Seine Freundin«, betonte der Doktor.

Jim berichtigte ihn sofort. »Eine *Bekannte*.«

Sulu musterte die beiden Männer abwechselnd. »Oh. Na schön. Das Universum hält immer neue Wunder bereit.« Er deutete zur Tür. »Meine Herren ... Sollen wir jetzt zu den anderen gehen?«

McCoy setzte das Sektglas an die Lippen, leerte es mit einem Zug und stellte es ab.

»Also los«, sagte Jim.

Er folgte Sulu und McCoy durch die Tür und zum Podium. Unterwegs nickte er seinen Freunden kurz zu: Scott, Chekov, Uhura und auch Spock. Die Miene des Vulkaniers blieb unbewegt, doch der Hauch eines Lächelns zuckte in seinen Mundwinkeln, als er Kirks Blick begegnete. Zu den Anwesenden gehörten auch sein Bruder Sam, der mit Ehefrau Aurelan und ihrem Sohn Peter gekommen war, einem großen und bärtigen Mann, der eine Starfleet-Uniform trug und sehr eindrucksvoll darin aussah.

Und: Will Decker und sein Vater. Gary Mitchell mit Familie. Und zwei Dutzend andere Personen, die Jim viel bedeuteten. Ihr Anblick erfüllte ihn mit solcher Freude, daß er glaubte, gleich platzen zu müssen.

Er spürte weder Unruhe noch Nervosität, als Sulu neben dem Podium Aufstellung bezog – nichts beeinträchtigte sein Hochgefühl.

McCoy stand als Trauzeuge neben ihm, als sich Kirk zu den Hochzeitsgästen umdrehte und Carol sah, die von der anderen Seite des Raums kam. Ihr Kleid war ebenso weiß wie die Rosen am Mittelgang und das Schleierkraut im Haar. Die Wangen glühten, und die Augen leuchteten, als sie sich vom Brautführer zum Podium geleiten ließ.

Bevor sie Jim ansah, lachte sie leise über eine ihr zugeflüsterte Bemerkung und wandte sich mit einem glücklichen Lächeln ihrem blonden Begleiter zu.

David erwiderte den Blick seiner Mutter, drehte dann den Kopf und sah durch den Mittelgang, zu Sulu, McCoy und seinem Vater.

Jim kannte seinen Sohn erst seit kurzer Zeit und wunderte sich noch immer über den Zorn, der ein Teil seines Gesichts zu sein schien. David wirkte immer ruhelos und schien einen unerklärlichen Groll gegen seinen Vater zu hegen.

Doch davon war jetzt nichts zu bemerken. Er

schmunzelte und bedachte Jim mit einem wissenden, verschmitzten Blick. Zwischen ihnen gab es nun jene Art von besonderer Verbindung, die nur zwischen zwei Männern existieren konnte, deren Liebe der gleichen Frau galt.

Carol sah auf und lächelte ...

»Aufhören«, flüsterte Jim und empfand so intensives Glück, daß es ihm das Herz zu zerreißen drohte. Er schloß die Augen. »Schluß damit ...«

So hätte alles sein sollen; so hätte es sich zutragen müssen. Kirk erinnerte sich nicht mehr an den Anfang, und inzwischen hielt er es für sinnlos, die Geschehnisse in Frage zu stellen. Er amüsierte sich damit, gelegentlich in die Vergangenheit zurückzukehren und die Ereignisabläufe zu ändern. Alle verlorenen Besatzungsmitglieder und Freunde lebten. Jede falsche Entscheidung war korrigiert, jede ungenutzte Chance wahrgenommen, alles Leid getilgt. Es blieben nur Zufriedenheit und Glück.

Manchmal hieß seine Ehefrau Carol, manchmal Ruth. Einmal hatte er sich zu einem Abstecher in die ferne Vergangenheit entschlossen, um Edith Keeler zu besuchen und etwas Unmögliches zu vollbringen: Er rettete ihr Leben, ohne daß dadurch die historische Stabilität in Gefahr geriet.

Die ganze Zeit über prickelte Freude in ihm.

Zwar wußte er nicht, wann sich dieser Zauber im Universum ausgebreitet hatte – vor einem Jahr, vielleicht auch vor einem Jahrhundert oder gar vor einem Jahrtausend –, aber er erinnerte sich noch vage an eine andere Realität. Zum Beispiel an die *Enterprise*-B und seine letzten Momente an Bord, an die Modifizierung der Deflektorschaltkreise, an die kurz darauf erfolgte Explosion.

Als er sich hier wiederfand – wo auch immer ›hier‹ sein mochte –, glaubte er sich tot und in einem jenseitigen Paradies. Nach einer Weile rang er sich zu der

Ansicht durch, daß ihn das energetische Phänomen in eine temporale Anomalie transferiert hatte.

Nun, eigentlich spielte es keine Rolle. Kirk verzichtete auf Fragen, akzeptierte und genoß alles.

»Schluß«, raunte er, und daraufhin veränderte sich der Boden unter ihm. Aus dem weichen Teppich wurde feste Erde, und kühler Wind strich ihm über die Arme.

Jim hob die Lider und sah schneebedeckte Berge, die einem blauen Himmel entgegenragten. Er lächelte.

14

Aber ich kenne jemanden, der Ihnen helfen könnte … So lauteten Guinans Worte.

Picard blickte über die Schulter – und zuckte zusammen. Er befand sich nicht mehr im Kreis seiner Familie, stand jetzt unter einem weiten, wolkenlosen Himmel. Ein Falke kreiste weit oben, und sein Schatten glitt über das glitzernde Weiß des Schnees.

Jean-Luc atmete die kalte, nach Kiefern und Fichten duftende Luft tief ein und öffnete den Mund, um Guinan zu fragen, was aus den Kindern und allem anderen geworden war. Doch dann stellte er fest, daß sie überhaupt nicht mehr bei ihm weilte. Er war allein in einem kleinen Tal zwischen majestätischen Bergen. Die Erde, sagte ihm der Instinkt. Aber dieser Ort wirkte nicht vertraut, im Gegensatz zu dem anderen, den er verlassen hatte.

Er verschränkte die Arme, um sich zu wärmen, drehte sich langsam um die eigene Achse und beobachtete die Landschaft. Weiter vorn, an einem weiten Felshang, stand eine alte Blockhütte. Picard näherte sich ihr und wollte um sie herumgehen, auf der Suche nach dem Eingang, als er ein rhythmisches Klopfen hörte, das hinter dem recht primitiven Gebäude erklang.

Er lauschte eine Weile und glaubte dann, das Geräusch identifizieren zu können: Jemand hackte Holz.

Er trat um eine Ecke der Hütte – und blieb abrupt stehen.

Es hackte tatsächlich jemand Holz. Ein Mann, der eine aus dem vergangenen Jahrhundert stammende Starfleet-Uniform trug, die burgundrote Jacke abgelegt und die Ärmel des Pullis hochgeschoben hatte. Und es war nicht *irgendein* Starfleet-Offizier. Dieser Mann hatte dichtes, kastanienbraunes Haar mit einigen silbergrauen Streifen darin, nußbraune, sehr intelligent blickende Augen und ein breites, attraktives Gesicht – ein Gesicht, das Picard während der Akademie-Ausbildung in zahllosen Hologrammen gesehen hatte.

»James Kirk«, hauchte er und merkte kaum, daß er die Worte aussprach. Er sah eine Legende, in Fleisch und Blut. Wie war das möglich? Wie konnte Kirk vor ihm stehen? Er hatte vor mehr als einem Dreivierteljahrhundert den Tod gefunden.

Dann erinnerte er sich. Die *Enterprise*-B. Soran. Das Energieband. Die Explosion hatte Kirk damals nicht umgebracht, sondern in den Nexus transferiert.

Der Captain der ersten *Enterprise* hob die Axt und schlug zu. Ihre Schneide bohrte sich in ein dickes Scheit zu seinen Füßen, spaltete es. Anschließend hielt Kirk inne und wandte das schweißbedeckte Gesicht Picard zu.

Jean-Luc sah darin jene Freude, die er selbst erfahren hatte, im Heim seiner Familie.

»Ein wunderschöner Tag, nicht wahr?« Kirks Frage war nicht der Versuch, eine höfliche Konversation zu beginnen. Er sah zum wolkenlosen Himmel hoch, zu den Bergen und Kiefern, lächelte dabei so offen und heiter, daß sich Picard fast wieder von der Euphorie anstecken ließ.

»Ja, in der Tat.« Er zwang sich, die Schönheit der Umgebung zu ignorieren, dachte statt dessen an die Toten, denen er seinen Aufenthalt in diesem speziellen Kosmos verdankte: die Besatzung der *Enterprise*; und zweihundertdreißig Millionen Bewohner von Veridian IV.

Kirk deutete auf ein Scheit an der Hütte. »Wenn Sie so freundlich wären ...«

Picard blinzelte verwirrt. »Oh ...« Er nahm das Scheit und stellte es vor Kirk.

»Captain ...« Er zögerte, suchte nach möglichst einfachen und gleichzeitig wirkungsvollen Worten, um zu erklären, warum er Hilfe brauchte. Wie sollte er diesen Mann vom Einfluß des Nexus befreien? »Ist Ihnen klar, daß …«

»Einen Augenblick!« Kirk blickte erschrocken an Jean-Luc vorbei. »Ich glaube, da brennt was!«

Er ließ die Axt fallen und lief los.

Picard wirbelte um die eigene Achse – Rauch wehte aus einem offenen Fenster der Hütte. Kirk eilte hinein und ließ dabei die Hintertür offen. Jean-Luc folgte ihm, doch im Zugang zögerte er. Es widerstrebte ihm, das Heim eines Fremden zu betreten, auch wenn es sich dabei nur um das Produkt von James Kirks Phantasie handelte.

Hinter der Tür erstreckte sich eine Küche, die aus dem neunzehnten Jahrhundert des amerikanischen Westens zu stammen schien, in der es jedoch auch Dinge gab, die aus dem dreiundzwanzigsten Jahrhundert kamen. Kupferpfannen hingen über einem geradezu antiken gußeisernen Herd, auf dem eine verbeulte Kaffeekanne stand. Nicht weit davon entfernt bemerkte Picard einen veralteten Computer, daneben einen Kommunikator, der vage vertraut wirkte – dieses Modell hatte er schon einmal gesehen, im Starfleet-Museum.

Der Rauch ging von einer großen Bratpfanne auf dem Herd aus. Kirk griff danach, doch unmittelbar darauf riß er die Hand zurück und fluchte. Mit einem Tuch gelang es ihm, die Pfanne vom Herd zu ziehen und der Spüle zu überantworten.

»Hier hat jemand versucht, Eier zu braten«, murmelte Kirk im Selbstgespräch. Dann sah er zu Picard in der Tür und lächelte. »Kommen Sie herein.« Er vollführte eine Geste, die dem ganzen Zimmer galt. »Dies ist mein Haus. Besser gesagt: Es war einmal meins. Ich hab's vor vielen Jahren verkauft.«

Picard trat ein und beschloß, sofort auf den Kern der Sache zu kommen. »Ich bin Captain Jean-Luc Picard, Kommandant der *Enterprise*.«

Ein Chronometer läutete, und dadurch dachte er sofort an Soran. Kirk schritt zu einem Regal und starrte verblüfft auf die Quelle des Geräuschs: eine Uhr, die eigentlich auf einen Kaminsims gehörte und ein goldenes Zifferblatt aufwies.

»Diese Uhr ...«, begann er hingerissen und tastete bewundernd über poliertes Kirschbaumholz. »Ich habe sie Pille geschenkt ...« Ein glückseliges Lächeln erhellte seine Miene, als er sich umdrehte. »Er meinte, nie hätte ihm jemand ein schöneres Geschenk gemacht – von seinen Enkeln abgesehen.«

»Captain«, sagte Jean-Luc und hoffte, mit einem schärferen Tonfall Kirks Aufmerksamkeit zu wecken. »Ich komme aus Ihrer Zukunft, aus dem vierundzwanzigsten Jahrhundert ...«

Kirk nickte geistesabwesend, doch die Umgebung hielt ihn in ihrem Bann. Mit verwundert gerunzelter Stirn nahm er ein lautes Bellen zur Kenntnis – und grinste dann, als eine große Dogge durch die noch immer offene Hintertür lief und sich ihm mit wedelndem Schwanz näherte.

»Jake!« Jim ging in die Hocke und umarmte das Tier. Eine lange Zunge leckte ihm über die Wange, veranlaßte ihn zu einem neuerlichen Grinsen. »Jake, alter Knabe – was machst *du* denn hier?« Er kraulte den Hund und sagte über die Schulter hinweg zu Picard: »Er ist seit sieben Jahren tot.«

Jean-Luc öffnete verärgert den Mund, doch jemand anders kam ihm zuvor. Im Obergeschoß erklang die Stimme einer Frau. »He, Jim, ich verhungere bald. Wie lange hast du noch in der Küche zu tun?«

Kirk stand auf und deutete erstaunt nach oben. »Das ist Antonia«, kam es von seinen Lippen. Er sah zum Herd, zur Pfanne in der Spüle, und dünne Falten formten sich in seiner Stirn. »Moment mal ...«

Er ging zu einem Schrank, zog eine Schublade auf. »Die Zukunft ... Wovon reden Sie da? Dies ist die *Ver-*

gangenheit.« Wie zum Beweis holte er ein mit kleinen roten Schleifen geschmücktes Hufeisen hervor. »Dies geschah vor sieben Jahren. Ich berichtete ihr von meiner Absicht, zu Starfleet zurückzukehren.«

Kirk neigte den Kopf ein wenig nach hinten, sah in eine Ferne, die sich nur seinen Blicken darbot. Dann schritt er zur Spüle und deutete auf die Pfanne.

»Das waren ktarianische Eier – ihre Lieblingsspeise.« Er wurde jetzt ernst. »Damit wollte ich den Schock mildern. Und ich gab ihr das hier.« Er hob das Hufeisen.

Picard trat ungeduldig vor. »Ich weiß, daß Ihnen dies alles sehr real erscheint«, sagte er, dachte dabei an Elise und die kleine Mimi, in deren Miene sich die Lichter des Weihnachtsbaums widerspiegelten. Jemand anders zu sehen, der den Verlockungen des Nexus erlag… Das kam einer Offenbarung gleich. Er hatte jetzt Abstand gewonnen von seiner eigenen Wunschwelt, und dadurch konnte er ganz deutlich erkennen, wie falsch alles war. »Dies ist *nicht* die Wirklichkeit. Wir befinden uns hier nicht in Ihrem Haus, sondern in einem temporalen Nexus.«

Kirk schnippte mit den Fingern. »Dill«, entfuhr es ihm aufgeregt, und er deutete zur Speisekammer links von Picard. »Da drin steht ein Glas mit Dill, und zwar im zweiten Regal links, direkt hinter dem Muskat.«

Er legte das Hufeisen beiseite, kratzte die Pfanne leer und stellte sie anschließend wieder auf den Herd.

Picard zögerte unsicher. Es war schwieriger als erwartet, Kirks Unterstützung zu gewinnen. Er fühlte sich versucht, hier und jetzt darauf zu *bestehen,* daß ihm der andere Captain Beachtung schenkte – doch irgend etwas riet ihm, geduldig zu sein. Immerhin: Er verlor keine Zeit. Guinan hatte ihm versichert, daß solche Dinge hier keine Rolle spielten. Wann auch immer er in die andere Realität zurückkehrte: Er traf dort ein, bevor Soran die solare Sonde startete.

Er seufzte, holte den Dill und reichte ihn Kirk.

Anschließend beobachtete er, wie Jim zwei Eier aus dem altertümlichen Kühlschrank holte, sie aufbrach und in die leise zischende Bratpfanne gab. Dann nahm er einen Spatel und begann zu rühren.

»Wie lange sind Sie schon hier?« fragte Picard im Plauderton. Vielleicht hatte er mehr Erfolg, wenn er versuchte, zu einem integralen Bestandteil von Kirks Vision zu werden.

Jim streute Dill über die Eier. »Keine Ahnung.« Er runzelte andeutungsweise die Stirn und erinnerte sich. »Ich befand mich an Bord der *Enterprise*-B, im Raum mit den Deflektormodulen …« Er unterbrach sich und reichte Picard den Spatel. »Bitte rühren Sie weiter.«

Kirk trat zu einem Schrank, öffnete ihn und stellte Teller auf ein Tablett. Ein Teil von Jean-Luc stellte amüsiert fest, wie sich in einem anderen Bereich seines Selbst Ärger regte – es war ziemlich lange her, seit er zum letztenmal Befehle von einem Captain empfangen hatte.

Er kam der Aufforderung nach, rührte gehorsam in der Pfanne.

»Die Wand vor mir löste sich auf«, sagte Kirk wie beiläufig. »Und dann fand ich mich plötzlich hier wieder, beim Holzhacken.« Er lächelte. »Ich bin auch an anderen Orten gewesen. Inzwischen dürften es mindestens tausend sein. Zuerst konnte ich es kaum glauben, aber inzwischen habe ich mich daran gewöhnt.« Er kehrte zum Herd zurück und kümmerte sich wieder selbst um die Pfanne. »Danke.«

»Die Geschichte lehrt uns, daß Sie vor achtzig Jahren starben, bei dem Versuch, die *Enterprise*-B vor der Zerstörung durch ein energetisches Phänomen zu bewahren.« Picard rechnete mit einer Reaktion, doch das glückliche Lächeln wich nicht von den Lippen des anderen Mannes.

Kirk sah auf, und seine Freude blieb ungetrübt. »Sie behaupten also, dies sei das vierundzwanzigste Jahrhundert. Und ich bin tot, wie?« Er nahm Pfanne und Spatel, füllte die Teller auf dem Tablett und stellte eine kleine Vase mit Blumen hinzu.

»Nicht unbedingt. Wie ich schon sagte: Wir sind hier in ...«

»In einem temporalen Nexus.« Kirks Lächeln wuchs in die Breite. »Ja, stimmt, das haben Sie gesagt.« Er legte die heiße Pfanne in die Spüle, drehte sich um und blickte aufs Tablett hinab. »Etwas fehlt ...«

Damit schien er das Stichwort gegeben zu haben: Es klickte laut, und ein alter Toaster auf der Arbeitsplatte präsentierte zwei Scheiben Brot. Jim nahm sie, legte sie zu den Tellern, hob das Tablett und verließ damit die Küche.

Picard folgte ihm. Er glaubte zu spüren, wie ihm eine Chance entglitt, und dadurch nahm seine innere Unruhe immer mehr zu.

»Captain ...«, sagte er in einem möglichst drängenden Tonfall. »Ich brauche Ihre Hilfe. Wir müssen den Nexus verlassen.«

Kirk schwieg, schritt durch ein erstaunlich großes Wohnzimmer und hielt auf eine ebenfalls aus Holz bestehende Treppe zu. Er schien nicht an einem Gespräch mit Picard interessiert zu sein, doch Jean-Luc blieb an seiner Seite.

»Ich bin entschlossen, zu dem Planeten Veridian Drei zurückzukehren«, fügte er hinzu. »Um dort jemanden daran zu hindern, eine solare Sonde zu starten und das Zentralgestirn jenes Sonnensystems zu vernichten. Viele Millionen Leben stehen auf dem Spiel.«

Die Unbekümmertheit in Kirks Zügen erschreckte ihn regelrecht. Jim zuckte mit den Schultern. »Eben wiesen Sie darauf hin, daß mich die Geschichte für tot hält. Es käme mir nie in den Sinn, historische Fakten in Frage zu stellen.«

»Sie leben«, betonte Picard. »Und als Starfleet-Offizier haben Sie eine Pflicht zu erfüllen.«

Am Fußende der Treppe blieb Kirk abrupt stehen und sah den Besucher an. Seine Züge verhärteten sich nun. »Sie brauchen mir nicht zu sagen, worin meine Pflicht besteht. Ich habe bereits die Galaxis gerettet, als Ihr Großvater noch Windeln trug. Und um ganz ehrlich zu sein: Ich glaube, daß die Galaxis in meiner Schuld steht.« Er zögerte und versuchte, mit der Empörung fertig zu werden, davon nicht die Euphorie verdrängen zu lassen. »Ich war einmal wie Sie«, fuhr er fort, und zum erstenmal schien er Picards Präsenz voll und ganz zur Kenntnis zu nehmen. »Dauernd dachte ich an Dienst und Pflicht, hatte nur die Uniform im Sinn. Und was bekam ich dafür? Ein leeres Haus.« Ein Schatten huschte über Jims Gesicht, und er sah die Treppe hoch. »Aber diesmal nicht.«

Er schob sich an Picard vorbei. »Ich gehe jetzt ins Schlafzimmer zu Antonia und sage ihr, daß ich sie heiraten möchte. Diesmal entwickeln sich die Dinge anders.«

Kirk stieg die Treppe hoch und schritt oben durch die Tür des Schlafzimmers.

Picard sah ihm einige Sekunden lang unschlüssig nach, holte dann entschlossen Luft und folgte dem anderen Captain. Oben zögerte er nur kurz, bevor er die Hand nach dem Knauf ausstreckte und die Tür aufriß.

Seltsamerweise erstreckte sich dahinter nicht das Schlafzimmer mit der geheimnisvollen Antonia, sondern das Innere einer alten Scheune. Sonnenschein filterte durch schmale Lücken zwischen den Brettern; Heugabel und Schaufel hingen an der gegenüberliegenden Wand. Picard wanderte langsam über strohbedeckten Boden und nahm die charakteristischen Gerüche eines Bauernhofs wahr.

Vor ihm stand Kirk – ohne Frühstückstablett. Sein Gesicht offenbarte eine Mischung aus Staunen und Begeisterung.

»Dies sieht nicht nach einem Schlafzimmer aus«, kommentierte Picard.

»Nein«, bestätigte Jim. Er lächelte einmal mehr. »Das hier ist viel besser.«

»Besser?«

»Die Scheune meines Onkels in Iowa.« Kirk näherte sich einigen Boxen mit Pferden. Eins von ihnen war bereits gesattelt, und sein Fell hatte die Farbe von glühenden Kohlen. Es schnaubte, schien Jim zu erkennen. »Vor neun Jahren habe ich dieses Pferd geritten – an einem Frühlingstag.« Voller Enthusiasmus eilte er zur Tür und öffnete sie. Draußen erstreckte sich eine sonnige Landschaft. »Ja, so war's… Wenn ich mich recht entsinne, ist dies der Tag, an dem ich Antonia kennenlerne.«

Er drehte sich zu Picard um. »Ihr Nexus gefällt mir sehr. Er gibt mir die Möglichkeit, jederzeit noch einmal von vorn zu beginnen.«

Kirk ging wieder zum Pferd, schwang sich in den Sattel und ritt los. Picard beobachtete Roß und Reiter, griff nach einem Sattel und wählte eins der anderen Tiere.

Kurz darauf ritt er ebenfalls durch eine grüne Landschaft, auf dem Rücken eines Pferds, das sich als sehr folgsam erwies. Er trieb es an, um Kirk nicht aus den Augen zu verlieren. Der Weg führte an einigen alten Eichen vorbei und über eine grasbewachsene Ebene.

Jim näherte sich einem tiefen Graben, wurde jedoch nicht langsamer. Ganz im Gegenteil. Er preßte die Hacken in die Flanken seines Rosses, und in einem weiten, eleganten Bogen setzte es über den schluchtartigen Einschnitt hinweg.

Auf der anderen Seite hielt er inne und runzelte die Stirn. Er drehte das Pferd, wiederholte den Sprung.

Kirks Verwunderung wuchs, als er – nun wieder auf Picards Seite des Grabens – verharrte. Jean-Luc schloß zu ihm auf.

Im Gesicht des anderen Captains zeigte sich jetzt

keine Euphorie mehr. Picard schöpfte Hoffnung, schwieg jedoch, als Jim nachdachte und mit seinen veränderten Empfindungen rang.

»Jenen Sprung habe ich bestimmt fünfzigmal hinter mich gebracht«, sagte Kirk schließlich. »Und jedesmal entsetzte er mich. Aber diesmal nicht. Weil ...« Er zögerte, und die nächsten Worte schienen ihm Schmerzen zu bereiten. »Weil dies alles nicht real ist.«

Er hob die Hand und beschattete seine Augen, sah etwas, das sich in der Ferne bewegte. Picard folgte seinem Blick und bemerkte eine kleine, zarte Frau, die ein Pferd führte.

»Antonia?«

Kirk nickte wehmütig. »Auch sie ist nicht real, oder? Diese Welt ... Sie besteht nur aus Illusion, aus lauter Trugbildern.« Kummervoll blickte er sich um. »Es ist wie mit dem Orbitalspringen. Einige Minuten lang hat man Aufregung, aber letztendlich spielt's keine Rolle. Man bewirkt keinen *Unterschied*.«

Er musterte Picard, sah ihn nun mit ganz anderen Augen.

»Captain der *Enterprise* sind Sie?« fragte er, und dabei zuckte ein kurzes Schmunzeln in seinen Mundwinkeln.

»Ja.« Erleichterung durchströmte Picard – endlich fand ein echter Dialog statt.

»Stehen Sie kurz vor der Pensionierung?«

»Nun, eigentlich habe ich nicht vor, mich bald in den Ruhestand zurückzuziehen.«

»Wenn ich Ihnen einen Rat geben darf ...« Kirk sprach mit einem Nachdruck, der eine deutliche Botschaft verkündete: Er war jetzt wieder *Captain* Kirk und kein Mann, der sich in Träumen verlor. »Bleiben Sie bei Starfleet. Lassen Sie sich nicht befördern oder versetzen. Behaupten Sie Ihren Platz auf der Brücke der *Enterprise* – denn von dort aus können Sie Unterschiede bewirken.«

»Dazu muß man nicht unbedingt auf der Brücke eines Raumschiffs sein«, erwiderte Picard, dankbar dafür, daß ihm Kirk zuhörte. »Kommen Sie mit mir. Helfen Sie mir, Sorans Plan zu vereiteln.« Er hob die Stimme, und in den nächsten Worten erklang eine Leidenschaft, die der des anderen Captains in nichts nachstand. »Sie haben recht – hier ist alles falsch, nur Schein. Hier gibt es nichts, das wirklich eine Rolle spielt. Aber die zweihundertdreißig Millionen Bewohner von Veridian Vier, die starben, als ihre Sonne erlosch – sie waren real. Ebenso wie die Besatzung meines Schiffes.«

Kirk beugte sich vor. »Meinen Sie die Crew Ihrer *Enterprise*?«

Picard nickte ernst. »Ja, die Crew der *Enterprise*-D. Durch die Vernichtung des Sterns kam es zu einer Schockwelle; ihr fiel das Schiff zum Opfer.«

Jim sah wieder zu der Frau, die in der Ferne wanderte, und eine Zeitlang schwieg er. Als er sich Jean-Luc zuwandte, erschien ein Lächeln in seinem Gesicht. »Wie kann ich es ablehnen, dem Captain der *Enterprise* zu helfen?« In seinen Augen leuchtete ein heiterer Glanz, der Picard an Riker erinnerte. »Wie heißt der Planet, den wir aufsuchen müssen? Veridian Drei?«

»Ja.« Jean-Luc begriff, daß er gewonnen hatte.

»Ich nehme an, unsere Aussichten stehen schlecht, und die Situation ist sehr ernst.«

»Eine angemessene Beschreibung.«

Kirk seufzte leise. »Nun, wenn Spock hier wäre ... Er hielte es sicher für irrational und unlogisch, sich auf eine derartige Mission einzulassen ...« Er grinste breit. »Es klingt nach viel Spaß.«

Im Anschluß daran drehte er sich um und begleitete Picard, ohne noch einmal zu der Frau zu sehen.

15

»Wenn Sie mich jetzt bitte entschuldigen würden, Captain …«, sagte Soran. *»Ich bin mit der Ewigkeit verabredet und möchte mich nicht verspäten.«*

Picard sah sich rasch um. Eben hatte er noch auf einem Pferd gesessen, direkt neben James Kirk, doch jetzt erstreckte sich kein weites Grasland mehr vor ihm. Er befand sich wieder auf dem Plateau, saß auf einem Felsen im Schatten des großen Baums, in der einen Hand mehrere kleine Steine. Die veridianische Sonne leuchtete am Himmel, und ihr Licht strich ihm warm über die Haut.

Von James Kirk war weit und breit nichts zu sehen.

Weiter vorn drehte sich Soran um. Entschlossenheit und wilde Vorfreude glühten in seiner Miene, als er am Gerüst emporkletterte.

Es gab keine Zeit für weitere Appelle oder eine List. Es gab auch keine Zeit, nach Kirk Ausschau zu halten und festzustellen, ob er den Nexus ebenfalls verlassen hatte. Picard streckte sich auf dem Rücken aus, direkt vor der Wurzel, preßte sich mit Füßen und Beinen an den Boden und versuchte, ganz auf die andere Seite zu gelangen. Inständig hoffte er, daß sich die bereits erlebten Ereignisse nicht noch einmal wiederholten.

Die Wurzel ließ ihm kaum Platz, aber es gelang ihm, den Kopf unter ihr hindurchzuschieben. Als er danach trachtete, auch die Schultern durch die Lücke zu zwängen … Plötzlich blitzte das Kraftfeld direkt vor seinem Kinn, knackte und knisterte. Jean-Luc zuckte mehrmals und wußte, daß Soran jetzt auf ihn aufmerksam wurde, daß er einen Intervaller zog, um zu schießen …

Er verharrte, atmete schwer und richtete den Blick nach oben, in Richtung Gerüst.

Der schwarze und weiße Schemen namens Soran zögerte.

Picard wand sich hin und her, doch die Füße hingen an der Wurzel fest. Er wußte, daß es zu spät war, bereitete sich innerlich auf das Unvermeidliche vor.

Auf dem Gerüst drehte sich Soran um und holte ein Objekt hervor.

Ein Intervaller, dachte Picard. Er holte tief Luft, schloß die Augen und lag ganz still …

Soran hob den Intervaller und blickte zur Staubwolke, die der sich hin und her windende Picard am Baum aufgewirbelt hatte. Er sprang auf die tiefer gelegene Etage des Startgerüsts, hielt die Waffe bereit und spürte Zorn. Für solche Dinge hatte er keine Zeit; er durfte sich jetzt nicht ablenken lassen. Er bedauerte es, den Menschen nicht sofort getötet zu haben – dadurch wären ihm diese Unannehmlichkeiten erspart geblieben.

Aber du mußtest unbedingt Anteilnahme zeigen, nicht wahr? Und warum? Bald hast du den Tod von zweihundertdreißig Millionen Personen auf dem Gewissen. Eine mehr … Spielt das eine Rolle?

Wind kam auf, wehte die Staubwolke davon. Dahinter kam ein rußiges Loch zum Vorschein – genau dort, wo Picard eben noch gelegen hatte.

Jetzt fehlte jede Spur von ihm …

Verärgert drehte der Wissenschaftler den Kopf von einer Seite zur anderen, hielt jedoch vergeblich nach dem Captain Ausschau.

Der Himmel erschimmerte, offenbarte einen vertrauten Glanz. Soran hielt unwillkürlich den Atem an.

Eine Schlange aus Regenbogenlicht wand sich übers Firmament, lockte mit einer so hinreißenden Pracht, daß sich die Augen des El-Aurianers mit Tränen füllten.

Keine Zeit. Keine Zeit, um nach Picard zu suchen. Keine Zeit für irgend etwas anderes. Es ging jetzt nur noch darum, die oberste Etage des Gerüsts zu erreichen und letzte Vorbereitungen dafür zu treffen, aus der Hölle dieses Universums zu fliehen.

Soran kletterte nach oben, fast geblendet von der unbeschreiblichen Herrlichkeit des Energiebands. Einst war ihm das Herz schwer geworden bei dem Gedanken, daß die Bewohner des Planeten Veridian IV sowie Picard und die Besatzungsmitglieder der *Enterprise* sterben mußten, aber das alles verlor nun an Bedeutung. Jenes Wunder, das er gleich empfing, befreite ihn von der Last aller Sünden.

Leandra …

Wie lautete die terranische Parabel? Ein Juwel, eine kostbare Perle, ein Schatz. Etwas, das einen unschätzbaren Wert verkörperte, das alle Anstrengungen lohnte. Soran verstand diese Metapher besser als sonst jemand. Der Nexus war jedes Opfer wert. Wer konnte einen Preis für das ewige Paradies nennen? Er lächelte, als er eine weitere Sprosse hinter sich brachte, entsann sich dabei an Leandras Hand, die ihm weich und kühl über die Wange strich.

Sein Kopf neigte sich ruckartig nach hinten, als ihn etwas Hartes am Kinn traf.

Ein Stiefel. Irgendwie gelang es Soran, sich mit einer Hand festzuhalten. Er blickte nach oben und sah das Unmögliche.

Ein Fremder stand dort – ein Fremder, der seltsam vertraut wirkte. Der El-Aurianer glaubte, ihn schon einmal gesehen zu haben, vielleicht in einem Holo-Bild. Ein Mensch: Er hatte kastanienfarbenes Haar, in dem sich einige silbergraue Strähnen zeigten, und er trug eine Uniform, wie sie vor fast hundert Jahren bei den Angehörigen von Starfleet üblich gewesen war.

Soran heulte, als er sich plötzlich erinnerte, als ihm der Name einfiel.

James Kirk. Es handelte sich um Captain James Kirk, der damals ums Leben gekommen war, als die *Enterprise*-B ins Energieband geriet. Der *angeblich* ums Leben gekommen war. Ganz offensichtlich hatte ein Transfer in den Nexus stattgefunden. Aber wieso erschien er hier und jetzt?

Soran schloß auch die andere Hand um die Sprosse. Bevor er Gelegenheit bekam, sich nach oben zu ziehen, trat Kirk erneut zu. Der Wissenschaftler verlor den Halt und fiel, prallte mit dem Rücken auf den Boden, blieb benommen liegen und schnappte nach Luft. Weit über ihm irrlichterten die bunten Farben des energetischen Phänomens.

Kirk landete neben dem Wissenschaftler und wirbelte eine kleine Staubwolke auf. Er griff nach den Armen seines Gegners, um ihn daran zu hindern, den Intervaller hervorzuholen. Der Mensch erwies sich als erstaunlich stark, aber dem El-Aurianer stand die Kraft der Verzweiflung zur Verfügung. Er stieß einen zornigen Schrei aus und riß sich los, sah aus den Augenwinkeln, daß Picard an den Kontrollen der Startvorrichtung stand.

Ein Gedanke durchzuckte ihn. Picard mußte im Nexus gewesen sein und von dort Hilfe geholt haben – ihm war natürlich klar, daß er nicht Soran ablenken und gleichzeitig den Startapparat reprogrammieren konnte. Aber wenn er tatsächlich aus dem Nexus kam…

Es konnte nur bedeuten, daß Soran einen Erfolg erzielt hatte: Es war ihm bereits gelungen, zu Leandra zurückzukehren. Tiefer Kummer erfaßte ihn. Er sollte jetzt bei ihr sein, anstatt hier gegen jemanden zu kämpfen.

Kirk sprang, als Soran erneut versuchte, den Intervaller zu ergreifen. Der Wissenschaftler kreischte wütend, streckte die Hände dem Hals des Captains entgegen…

Picard starrte auf die Kontrolle hinab und sah für ihn völlig unverständliche Hieroglyphen – vermutlich el-aurianische Schriftzeichen. Mehrere Bildschirme präsentierten Diagramme und Graphiken, deren Sinn ihm verborgen blieb. Er zögerte einige Sekunden lang, blickte dann zum gleißenden Energieband am Himmel empor und gelangte zu dem Schluß, daß er keine Zeit verlieren durfte. Es blieb ihm nichts anderes übrig, als wahllos Tasten zu drücken.

Er begann auf der einen Seite der Konsole und arbeitete sich von dort aus zur anderen vor. Die ersten sechs Schaltflächen schienen nichts zu bewirken. Picard setzte seine Bemühungen fort und hoffte dabei, irgendeine Möglichkeit zu finden, auf die Startsequenz Einfluß zu nehmen.

Nach einer Weile erhellte sich ein weiterer Bildschirm und zeigte die veridianische Sonne im Fadenkreuz. Aufgeregt betätigte Jean-Luc weitere vielversprechend erscheinende Tasten.

Dabei aktivierte er unabsichtlich die Tarnvorrichtung, wodurch der Startapparat verschwand. Verblüfft senkte Picard den Blick – er schien nun mitten in der Luft zu schweben, etwa einen Meter über dem Boden.

Rasch drehte er sich zu Kirk um, der unterdessen eine Art Patt mit dem Wissenschaftler herbeigeführt hatte. Der Intervaller lag auf dem Boden, und die beiden Männer schlichen geduckt um die Waffe herum.

Soran sprang, um den Strahler zu ergreifen, und Kirk holte aus. Seine Faust traf den El-Aurianer am Kinn und schleuderte ihn zurück.

Bewußtlos blieb Soran liegen. Jim stand vor ihm, keuchte und schnitt eine Grimasse, als er nach seinem Rücken tastete.

»Kirk!« rief Picard. »Er hat ein Kontrollgerät in der rechten Tasche!«

Jim drehte den Kopf, sah den anderen Captain ein ganzes Stück über dem Boden, bückte sich dann und zog den kleinen Apparat aus Sorans Tasche. Zum Glück war das Gerät nicht annähernd so kompliziert wie die Konsole des Startapparats. Kirk drückte einige Tasten und desaktivierte die Tarnvorrichtung.

Picard wandte sich sofort wieder dem Schaltpult zu. Hinter ihm erklang Kirks zufriedene Stimme: »Mit dem vierundzwanzigsten Jahrhundert scheint nicht viel los zu sein.«

Ein Intervaller fauchte. Jean-Luc wirbelte herum und beobachtete entsetzt, wie Kirk fiel und auf dem Bauch liegenblieb. Rauch kräuselte sich über seinem Rücken.

Soran erhob sich, und eisige Kälte glitzerte in seinen Augen, als er auf Picard zielte.

Es klickte und klackte. Dann zischte etwas, und eine Flamme loderte. Aus einem Reflex heraus hob Picard die Hand, um das Gesicht abzuschirmen. Er wußte das Geräusch sofort zu deuten – ein Treibsatz hatte gezündet.

Die Sonde stieg auf, glitt wie ein großer dunkler Vogel dem veridianischen Himmel entgegen.

Soran sah ihr hingerissen nach. Auch Picards Blick folgte ihr; in dem Captain rangen Hoffnung und Furcht miteinander.

Die Sonde flog in Richtung Sonne, aber kurze Zeit später neigte sie sich plötzlich zur Seite. Ihr Kurs beschrieb einen weiten Bogen, der sie zum Planeten zurückbrachte. Kummer zeichnete sich in Sorans Miene ab, als der dunkle Vogel fern im Dschungel verschwand. Einige Sekunden verstrichen, und dann ertönte das dumpfe Donnern einer Explosion.

Der El-Aurianer ließ die Waffe fallen, kletterte am Gerüst empor und hielt erst inne, als er ganz oben stand. Dort stellte er sich auf die Zehenspitzen und streckte die Arme zum Himmel hoch, als wollte er nach dem Energieband greifen.

»Leandra ...«

Picard ignorierte ihn und eilte zu Kirk. Der Intervallerstrahl hatte eine klaffende Wunde in den Rücken gebrannt und auch die inneren Organe erreicht. Jean-Luc tastete nach dem Handgelenk, fühlte dort einen schnellen Puls; die Haut war feucht und kalt, typisch für einen Schock.

Als er den Verletzten behutsam auf die Seite rollte, öffnete Kirk die Augen.

Selbst wenn es möglich gewesen wäre, ihn sofort in der gut ausgerüsteten Krankenstation eines Raumschiffs zu behandeln – auch in dem Fall hätte es kaum eine Überlebenschance für ihn gegeben. Picards Verstand stellte sich dieser Erkenntnis, doch der Rest von ihm lehnte es ab, das Offensichtliche zu glauben. Er wollte nicht glauben, daß er Kirk aus dem Paradies in den Tod geholt hatte.

»Neeeiiin ...!« rief Soran. Er fuchtelte mit den Armen, reckte die Hände dem fernen Energieband entgegen, das nun allmählich verblaßte.

Der El-Aurianer ballte die Fäuste, preßte sie an die Schläfen und krümmte sich wie in physischer Agonie zusammen. Dann drehte er sich um und sah auf die beiden Starfleet-Offiziere hinab. In seinen Augen glühten Lichter des Unheils, und Picard erkannte den Blick eines Mannes, der endgültig dem Wahnsinn anheimgefallen war.

»Es ist EURE Schuld!« heulte Soran mit sich überschlagender Stimme. Er nahm einen kurzen Anlauf, schickte sich an, vom Gerüst zu springen.

Picard spürte kalten Schrecken. Er hatte keine Angst vor dem Wissenschaftler, aber trotzdem fühlte er sich nun von Furcht erfaßt – weil er begriff, daß er jetzt auf eine ganz bestimmte Weise handeln mußte. Er durfte nicht zulassen, daß Soran noch einmal Gelegenheit bekam, zu zerstören und Leben auszulöschen.

Er nahm den neben Kirk liegenden Intervaller, zielte und feuerte.

Die Entladung traf den springenden Mann mitten

auf der Brust. Picard wußte, daß er sofort tot war – vielleicht fand er nun den Frieden, den er immer gesucht hatte.

Mit einem dumpfen Pochen fiel die Leiche des El-Aurianers auf den Boden, und ein leises Klirren kündete von splitterndem Glas. Ein glänzender Gegenstand rollte aus der Tasche des Toten und blieb neben ihm liegen: die Taschenuhr, der gläserne Deckel zerbrochen.

Picard wandte sich wieder Kirk zu und bettete den Kopf des Verwundeten vorsichtig auf seinen Schoß. Jims Lider zuckten mehrmals. Schließlich öffnete er die Augen, keuchte und atmete rasselnd.

»Guter Schuß ...«

Er hustete, und dadurch entflammte solcher Schmerz in ihm, daß er die Augen wieder schloß. Roter Schaum bildete sich auf seinen inzwischen fast grauen Lippen.

»Ich finde einen Weg, Kontakt mit der *Enterprise* aufzunehmen«, versprach ihm Picard, obgleich die Situation hoffnungslos war – der legendäre Captain starb; jetzt konnte ihn nichts mehr im Leben halten. Diese Tatsache erfüllte Jean-Luc mit sonderbarem Leid. Bis vor kurzer Zeit hatte er Kirk für tot gehalten, und auch jetzt blieb er ihm fremd. Doch gleichzeitig spürte er, daß sie etwas verband. »Keine Sorge – Sie kommen wieder in Ordnung.«

Kirk sprach so leise, daß sich Picard weit vorbeugen mußte, um ihn zu verstehen. »Haben wir es geschafft? Haben wir ... einen Unterschied bewirkt?«

»Ja.« Picard holte tief Luft. »Und das ist in erster Linie Ihr Verdienst.«

»Es war ... meine Pflicht, dem ... Captain der *Enterprise* zu helfen.« Agonie brannte in Kirk, und er hustete erneut – es klang seltsam gurgelnd. Noch mehr blutiger Schaum entstand auf seinen Lippen.

»Halten Sie durch«, drängte Picard und griff nach der kühlen Hand des Sterbenden.

Jim starrte zum Himmel hoch, und Sonnenschein glitt über sein Gesicht. Das Leid schien plötzlich von ihm zu weichen. So etwas wie nachdenkliche Ruhe senkte sich auf seine Züge herab.

Irgendwo zwitscherte ein Vogel.

»Schon gut ...« Kirk versuchte, dem anderen Captain auf die Hand zu klopfen – um ihm zumindest einen Teil des Kummers zu nehmen. »Ich habe mehr gelebt als hundert gewöhnliche Menschen ...«

Er lächelte schief.

»Es hat Spaß gemacht ...«

Und mit einem zufriedenen Seufzen starb James Kirk in Picards Armen.

Deanna Troi atmete Rauch ein, hustete und verzog das Gesicht, als sie ein Stechen in ihren Lungen spürte. Der Schmerz half ihr dabei, die Benommenheit zu überwinden. Sie bewegte sich und begriff, daß sie auf der Konsole lag – die Arme baumelten über ihren Rand hinweg. Data hatte sich weit vorgebeugt, nach den Beinen der Counselor gegriffen und so verhindert, daß sie gegen den Wandschirm prallte. Er hielt sie noch immer fest, erschien zunächst wie erstarrt. Doch als sie sich nun bewegte, fiel die Passivität auch von ihm ab. Er ließ die Betazoidin los und half ihr vom Schaltpult herunter.

»Ist alles in Ordnung mit Ihnen, Counselor?« Data war unverletzt, aber in seinen Augen stand so etwas wie ein Schock.

Deanna nickte, obgleich ihr die Knie zitterten und sich das Stechen in der Brust bei jedem Atemzug wiederholte. Glücklicherweise hatten die Erschütterungen aufgehört – der Boden unter ihren Füßen wirkte wieder fest und stabil.

Noch immer lösten sich Rauchschwaden von auseinandergeplatzten Konsolen, aber seltsamerweise herrschte keine Dunkelheit. Zunächst glaubte Troi, daß die Notbeleuchtung funktionierte, doch dann hob sie den Kopf, sah zur Kuppel über der Brücke und beobachtete zwei Vögel, die am Rand des transparenten Bereichs hockten.

»Ich glaube, wir sind gelandet«, sagte die Counselor zu sich selbst. Data hatte bereits seinen Posten verlassen, um den anderen zu helfen. Sie drehte sich um – Worf setzte sich gerade auf. Ganz offensichtlich war er über die taktische Konsole hinweggesaust.

Kurz darauf bemerkte sie Riker.

Völlig reglos lag er auf dem Boden, die Augen geöffnet, der Kopf weit zur Seite geneigt.

»Will!« entfuhr es Deanna. Sie lief zu ihm, davon überzeugt, daß er tot war. Erschüttert sank sie neben Riker auf die Knie.

»Keine Sorge«, krächzte er. »Ich genieße nur das Panorama.« Vorsichtig stemmte er sich hoch. »Statusbericht ...«

Data trat aus dem Qualm, gefolgt von Worf. »Alle Systeme sind ausgefallen, Sir«, sagte er. »Ich weiß nicht, wie es um den Rest des Schiffes bestellt ist, aber hier auf der Brücke gibt es keine Opfer. Die festgestellten Verletzungen sind nur geringfügiger Natur.«

»Gut.« Riker griff nach der Rückenlehne des umgestürzten Kommandosessels, lehnte Datas Hilfe ab und zog sich hoch. »Evakuieren Sie die Brücke und sorgen Sie dafür, daß die Unverletzten Such- und Rettungsgruppen bilden.«

»Aye, Sir.« Data eilte zum Notausgang. Worf und Troi folgten ihm.

Die Counselor zögerte und spürte eine Benommenheit, die nicht etwa auf den Absturz zurückging, sondern hervorgerufen wurde vom mentalen Schatten einer anderen Gegenwart. Die Realität erzitterte, und vor dem inneren Auge sah Deanna, wie es auf der Brücke plötzlich dunkel wurde.

Die Schockwelle, dachte sie entsetzt und glaubte, ein

Grollen in der Ferne zu hören. Langsam hob sie den Kopf, sah zur geborstenen transparenten Kuppel empor.

Vögel zwitscherten dort im warmen Licht einer Sonne, die am hellen Himmel strahlte. Troi atmete tief durch und schauderte, als sich die schreckliche Szene auflöste, und mit ihr auch die Furcht. Aus irgendeinem unerfindlichen Grund hatte sie so empfunden wie bei jener Gelegenheit, als der Captain ihr von einer Zukunft ohne sie berichtete – sie hatte das Gefühl, eine zweite Chance zu bekommen, praktisch ein neues Leben zu beginnen.

»Deanna?« Will trat auf sie zu, und Falten zeigten sich in der schmutzigen Stirn. »Ist alles in Ordnung?«

Worf und Data drehten sich zu ihr um.

Sie musterte die Gefährten, sah die Besorgnis in ihren Augen. Plötzlich war sie überaus dankbar dafür, die Gesellschaft ihrer Freunde genießen zu können. Ganz deutlich spürte sie die Einzigartigkeit dieses Augenblicks.

»Ja«, erwiderte sie leise. Sie lächelte und fügte etwas lauter hinzu: »Ja, Will. Es ist alles in Ordnung.«

Auf dem Plateau hob Picard Gräber für Kirk und Soran aus – mit dem Intervaller, der sie getötet hatte. Den Wissenschaftler beerdigte er vor der Felswand, in der Nähe des Gerüstes, von dem er sich eine Rückkehr zu Frau und Kindern erhofft hatte.

Für Kirk wählte er als letzte Ruhestätte den Schatten eines alten Baums. Von jener Stelle aus konnte man Wald und Himmel sehen. Als er den letzten großen Stein auf das Grab des Captains legte, rötete sich das Firmament, und schon nach kurzer Zeit folgte purpurnes Zwielicht. Die veridianische Sonne hing nun dicht über dem Horizont, und ihr Schein verlieh den weißen Grabsteinen ein tigerlilienartiges Orange.

Nach vollbrachtem Werk holte Jean-Luc Kirks Kommando-Insignien hervor und fügte sie ehrfurchtsvoll den Steinen hinzu.

Als er begriffen hatte, daß James T. Kirk starb, regten sich fast unerträgliche Schuldgefühle in ihm. Immerhin: Ohne ihn befände sich Jim noch immer im Paradies des Nexus, in einem Kosmos ewiger Wonne. *Ich habe ihn nicht in dem Sinne überredet,* dachte Picard. *Ich habe ihm die Situation beschrieben, und die Entscheidung traf er.*

Kirks Bereitschaft, sich zu opfern, befreite Jean-Luc von dem Wunsch, zu Robert, René, seiner Frau und den Kindern zurückzukehren. Er entsann sich an den Zorn in Guinans Gesicht.

Man brachte mich fort, und zwar gegen *meinen Willen… Damals dachte ich einzig und allein an die Rückkehr…*

Als er nun vor Kirks Grab stand und den Untergang der veridianischen Sonne beobachtete, fühlte er vor allem Erleichterung darüber, in die Realität zurückgekehrt zu sein. Jim hatte ihn verstanden. Die Existenz im Nexus wäre absolut sinnlos gewesen. Ewiges Glück, ja – aber ohne Bedeutung. Das Leben außerhalb der temporalen Anomalie kam einem flüchtigen Phänomen gleich, und gerade dadurch wurde es zu etwas Besonderem.

Picard stand völlig reglos und dachte daran, wie sehr er selbst und Millionen andere in Kirks Schuld standen. Schließlich hörte er das Summen eines Triebwerks, blickte auf und bemerkte ein glänzendes Objekt am dunkler werdenden Himmel.

Ein Shuttle der *Enterprise.* Es näherte sich schnell, landete ganz sanft, ohne eine Staubwolke aufzuwirbeln. Picard schritt an einigen Bäumen vorbei zu der Raumfähre und erreichte sie, als die Luke aufklappte. Worf und LaForge erschienen.

Der Klingone sprang zu Boden, spähte durchs Halbdunkel und musterte den Kommandanten. »Alles in Ordnung, Captain?«

»Ja«, erwiderte Jean-Luc müde.

»Was ist mit Dr. Soran?« fragte LaForge, der im Zugang verharrte.

Picard zögerte und dachte an die beiden Gräber, verborgen hinter Bäumen und Büschen. Irgendwann mußte er natürlich Bericht erstatten und in allen Einzelheiten schildern, was sich hier auf dem Plateau und im Nexus zugetragen hatte, welche Rolle Kirk und Soran bei jenen Ereignissen spielten. Aber derzeit wollte er zum Schiff zurückkehren und ausruhen. »In Hinsicht auf den El-Aurianer brauchen Sie sich keine Sorgen mehr zu machen.«

Er trat einen Schritt vor, zögerte dann und sah das Pflaster an LaForges Stirn, einige Risse in Worfs Uniform und rußige Beulen in der Flanke des Shuttles.

»Gab es Probleme mit den Klingonen?«

Der Chefingenieur wechselte einen kurzen Blick mit Worf, und einige Sekunden lang schwiegen die beiden Offiziere. Schließlich seufzte Geordi. »Das könnte man sagen ...«

»Captains Logbuch, Sternzeit 48650.1:

Die *Farragut* ist in den Orbit geschwenkt und hat damit begonnen, die Überlebenden der *Enterprise* an Bord zu beamen, um sie zur Erde zu bringen.

Wir haben nur leichte Verluste erlitten. Doch das Schiff ist leider nicht zu retten – die *Enterprise* kann nicht geborgen werden.«

Picard unterbrach die Aufzeichnung und sah durch die offene Tür. Dutzende von Besatzungsmitgliedern kamen vorbei. Einige trugen persönliche Gegenstände aus ihren Kabinen oder diverse Geräte; andere brachten Verletzte auf Bahren fort. Das Licht von Notlampen erhellte den Korridor, der zu einer geöffneten Luke führte. Dahinter erstreckte sich das üppige Grün des veridianischen Dschungels.

»Computer, Ende des Logbucheintrags«, sagte Picard, drehte den Sessel und sah durch die Luke nach draußen zu den fernen Bergen. »Ich möchte eine Tasse Tee. Earl Grey. Heiß.« Er stützte die Ellenbogen auf den glänzenden Konferenztisch. Eigentlich war der Bereitschaftsraum kaum mehr als ein Trümmerhaufen. Bisher hatte Jean-Luc keine Zeit für den Versuch gefunden, Ordnung in das Durcheinander zu bringen. Er arbeitete hier, denn es handelte sich um einen der wenigen Orte an Bord, wo Kommunikationssysteme und Computer nach wie vor funktionierten.

»Earl Grey steht derzeit leider nicht zur Verfügung«, antwortete eine Sprachprozessorstimme. »Die Auswahl beschränkt sich auf: Banchu, Brombeer und Pfefferminz.«

Picard seufzte. »Schon gut.«

Ein Schatten fiel auf den Tisch, und er hob den Kopf, sah die lächelnde Guinan in der Tür.

»Freut mich, Sie wiederzusehen.« Sie wirkte unverletzt und unerschütterlich. Chaos herrschte um sie herum, aber es blieb ohne Einfluß auf die für sie typische Gelassenheit.

»Ich bin ebenfalls erfreut.« Jean-Luc erwiderte das Lächeln. »Ich möchte Sie etwas fragen ...«

»Ja, ich weiß.« Eine Aura des Geheimnisvollen umhüllte die dunkelhäutige Frau. »Und ich möchte Sie um Entschuldigung bitten – weil ich Sie unterschätzt habe. Weil ich fürchtete, daß Sie nicht zurückkehren würden.«

»Es gab einen guten Grund für mich. Veridian Vier. Die Besatzung dieses Schiffes. Und Sie.« Er zögerte. »Warum haben Sie mich nicht auf dies hier hingewiesen?« Er vollführte eine Geste, die der ganzen *Enterprise* galt.

Guinan antwortete nicht sofort, neigte statt dessen

den Kopf zur Seite und lauschte dem Trillern eines Vogels. »Einige Dinge sind vorherbestimmt. Zum Beispiel der Umstand, daß Sie die veridianische Sonne vor der Vernichtung bewahrten. Und das hier.« Sie sah sich um. »Es *sollte* geschehen.«

»Es starben Mitglieder der Besatzung«, wandte Picard bedrückt ein. »Insgesamt siebzehn.«

»Ja …« Guinan nickte knapp, und Anteilnahme leuchtete in ihren Augen. »Und so *sollte* es sein. Der Tod kommt nicht immer einer Niederlage gleich, Jean-Luc. Er ist Teil der Geburt, Teil allen Lebens im Universum.« Sie legte eine kurze Pause ein. »Ich habe Welten gesehen, auf denen man über die Geburt trauert und den Tod feiert. Eigentlich gar nicht so schlecht. Es hilft, die Dinge so zu sehen, wie sie sind.«

»Es war also vorherbestimmt, daß ich die Bewohner von Veridian Vier sowie die meisten Besatzungsmitglieder rettete«, sagte Picard. »Mit Ausnahme jener siebzehn Personen …?« Er schüttelte andeutungsweise den Kopf. »Wenn Sie mir davon erzählt hätten …«

Guinan kam ihm zuvor. »Dann wären Sie zu einem früheren Zeitpunkt in der Vergangenheit zurückgekehrt, um die *ganze* Crew vor dem Tod zu bewahren. Ja. Genau aus diesem Grund habe ich es verschwiegen.« Sie seufzte wehmütig. »Manchmal ist es nicht einfach, Bescheid zu wissen.« Einmal mehr sah sie sich um. »Ich werde dieses Schiff vermissen …«

Picard nickte. Die Rettung der Bewohner von Veridian IV und der Crew erfüllte ihn mit Erleichterung, doch es gab auch kummervolle Aspekte: Er hatte die *Enterprise* verloren; und siebzehn Personen waren gestorben. Er trauerte sowohl über das eine als auch über das andere. Sein Leid erreichte nicht das gleiche Ausmaß wie bei der Nachricht von Roberts und Renés Tod, aber es existierte.

Als er nun an die Mitteilung dachte, die ihm vom Ende des Bruders und Neffen berichtet hatte, wurde ihm ein Unterschied klar. Diesmal spürte er keinen hilflosen Zorn. Die Erfahrungen mit dem Nexus und Kirk bewirkten eine Verschiebung der Perspektive. Er wußte nun das Vergängliche zu schätzen – gerade *wegen* seiner Unbeständigkeit.

»Ich möchte Ihnen danken«, sagte er zu Guinan. »Für Ihre Hilfe im Nexus. Dafür, daß Sie mir dort die Möglichkeit gaben, Kirk zu begegnen.« Jean-Luc sprach nun leiser und sanfter, vertraute Guinan das an, was er noch niemandem sonst verraten hatte. »Er kehrte mit mir zurück. Ohne seine Hilfe wäre es mir nicht gelungen, Sorans Plan zu vereiteln.«

»Ich weiß«, entgegnete Guinan. Ein seltsamer Ernst kam nun in ihrem Gesicht zum Ausdruck. »Auch das sollte geschehen. Manchmal kann das Universum sehr fair und gerecht sein. James Kirk starb so, wie er es sich wünschte – indem er einen Unterschied bewirkte.«

Picard hob ruckartig den Kopf und entsann sich an Kirks letzte Frage. Seine Lippen formten den Hauch eines Lächelns. »Ich hoffe, das Universum ist ebenso freundlich zu mir, wenn meine Zeit abläuft.«

Guinan beugte sich vor und legte ihre warme Hand auf die des Captains. »Da bin ich sicher, Jean-Luc«, sagte sie und lächelte ebenfalls. »Da bin ich sicher …«

16

Deanna Troi stand zwischen den Trümmern der Frachtkammer, sondierte mit Hilfe eines Tricorders und suchte nach Überlebenden.

Gerade sie wußte, wie knapp sie alle dem Tode entronnen waren. Noch immer huschten an ihrem inneren Auge gespenstische Bilder vorbei – wie unmittelbar nach dem Absturz im Kontrollraum –, Bilder, die ihr eine andere, alternative Gegenwart zeigten.

Durch die direkte Konfrontation mit dem Tod fühlte sie sich nun wie verjüngt. Die letzten Erlebnisse halfen ihr, alles aus dem richtigen Blickwinkel zu sehen, das eigentlich Wichtige zu erkennen und ihr Unbehagen in bezug auf Worf und Will zu erkennen.

Sie hatte mit ihnen beiden gesprochen und festgestellt, daß sie ihre Empfindungen teilten. Sie waren schlicht und einfach dankbar dafür, überlebt zu haben; und sie wollten, daß sich eventuelle persönliche Beziehungen von selbst entwickelten, auf natürliche Weise.

Seit dem Absturz hatte Deanna Dutzenden von Besatzungsmitgliedern dabei geholfen, mit ihren Gefühlen fertig zu werden. Der Captain wirkte erstaunlicherweise wie neugeboren. Troi war zunächst sicher gewesen, daß ihm der Verlust der *Enterprise* einen zusätzlichen Schock versetzen würde, doch das Gegenteil schien der Fall zu sein. Die Zerstörung des Raumschiffs half ihm irgendwie dabei, über den Tod des Neffen und des Bruders hinwegzukommen.

Data hingegen weckte nach wie vor Besorgnis in ihr. Sie stand nun neben ihm, sah aufgeplatzte Wände und zerfetzte Schaltkreissysteme.

Unruhe zeigte sich in der Miene des Androiden, als

er seinen Tricorder auf einen Schutthaufen richtete. »Ich danke Ihnen dafür, daß Sie mir bei der Suche helfen. Es ist sehr nett von Ihnen.«

»Kein Problem, Data.« Sie hob den Blick von ihrem eigenen Ortungsgerät und lächelte. »Ich habe bereits alle persönlichen Dinge aus der Unterkunft geholt. Viel war nicht übrig.«

»Sie scheinen mit den erlittenen Verlusten gut fertig zu werden. Auf jeden Fall besser als ich ...« Der Androide seufzte niedergeschlagen und begann damit, einen anderen Bereich zu sondieren.

»Nun, Data, ich habe nur *Dinge* verloren. Und außerdem: Es beeindruckt mich, wie gut Sie mit Ihrer besonderen Situation zurechtkommen.«

Data nickte, und Stolz erklang in seiner Stimme, als er erwiderte: »Es ist nicht leicht, aber ich glaube, inzwischen habe ich mich unter Kontrolle.«

»Soll das heißen, Sie wollen den Emo-Chip nicht mehr entfernen lassen?«

»Derzeit behalte ich ihn«, sagte Data. »Zuerst war ich nicht auf die unvorhersehbare Natur von Gefühlen vorbereitet. Inzwischen hatte ich Gelegenheit, zweihunderteinundsechzig verschiedene emotionale Variationen kennenzulernen, und dadurch habe ich gelernt, eine gewisse Kontrolle auszuüben.« Er straffte die Schultern und strahlte so unschuldige Entschlossenheit aus, daß Troi schmunzelte. »Ich lasse mich jetzt nicht mehr von meinen Empfindungen beherrschen.«

»Nun, Data, ich wünsche Ihnen Erfolg bei Ihren Bemühungen.« Eigentlich hatte sie noch etwas hinzufügen wollen, aber plötzlich piepste ihr Tricorder, und sie blickte aufs Display. »Dort drüben!« Aufgeregt deutete sie in die entsprechende Richtung. »Ich glaube, wir haben etwas gefunden.«

Data trat an ihre Seite, und Hoffnung leuchtete in seinen Augen.

Troi hob den Tricorder, damit er die Anzeigen sehen

konnte. »Eine Lebensform. Die Biosignale sind eher schwach.«

Der Androide orientierte sich und eilte los, lief zu einem umgestürzten Wandsegment und schob es mit übermenschlicher Kraft beiseite. Darunter lagen Metallfragmente und der verstreute Inhalt von Lagerungsbehältern: Uniformen, Stiefel, Nahrungskonzentrate, Medikamente. Data räumte alles beiseite, entdeckte eine Verkleidungsplatte, hob sie ...

Spot hockte in einer Ecke. Die Katze sah zum Androiden auf und miaute kläglich.

»Spot!« Data ging in die Hocke, griff nach dem Tier und drückte es sich an die Wange. Die Katze schnurrte so laut und begeistert, daß Deanna unwillkürlich lachte.

»Ich bin sehr froh, daß ich dich gefunden habe, Spot«, murmelte Data und streichelte seinen Liebling.

»Eine weitere Familie vereint.« Troi lächelte, schritt durchs Trümmerfeld zu Data und beugte sich vor, um Spot unterm Kinn zu kraulen.

Der Androide drehte den Kopf, und Tränen glänzten in seinen großen goldenen Augen. Sofort verflüchtigte sich Deannas Lächeln.

»Ist alles in Ordnung mit Ihnen?« fragte sie überrascht und besorgt.

Er zuckte wie verlegen mit den Schultern, und ein einzelner silbriger Tropfen rann ihm über die Wange. »Ich weiß nicht genau, Counselor. Es freut mich sehr, daß Spot wohlauf ist und ich sie wieder in den Armen halten kann. Aber gleichzeitig weine ich. Offenbar handelt es sich um eine Fehlfunktion des Emo-Chips.«

Troi legte ihm sanft die Hand auf den Arm. »Nein, Data. Der Chip funktioniert perfekt.«

Der Androide sah auf und lächelte durch einen Tränenschleier.

Picard befand sich noch immer im Bereitschaftsraum, bückte sich und berührte die Reste der Vergangenheit.

Sorans Beispiel zeigte, wie dumm es war, nach Dingen zu greifen, die nicht mehr existierten und deren Natur sich durch Unbeständigkeit auszeichnete. Hier gab es viele Gegenstände, die für Jean-Luc eine große Rolle gespielt hatten und die er vermissen würde. Doch angesichts der Erfahrungen im Nexus verloren sie einen Teil ihrer Bedeutung. Einige der Objekte mochten unersetzlich sein, aber es waren eben nur *Objekte*.

Eins von ihnen wollte er behalten. Mit dem Verlust der anderen fand er sich ab, wenn es sein mußte, aber jener eine Gegenstand lag ihm sehr am Herzen.

»Suchen Sie das hier?« fragte Riker.

Picard drehte sich zum Ersten Offizier um, der zwischen den umgestürzten Möbeln stand und eine verstaubte Mappe aus dem Durcheinander zog.

»Ja«, sagte Jean-Luc erleichtert. »Ja, Nummer Eins. Vielen Dank.«

Er ging zu Riker und nahm das Album von ihm entgegen. Der geprägte Deckel war zerrissen, aber der Inhalt hatte den Absturz der *Enterprise* unbeschädigt überstanden. Picard strich den Schmutz beiseite und blätterte zu den letzten Seiten, betrachtete dort Holofotos, die seinen lächelnden Neffen zeigten.

Riker stand neben ihm, stützte die Hände in die Hüften und sah sich um. »Ich werde das Schiff vermissen. Für diese *Enterprise* kam das Ende zu früh.«

Picard schloß das Album und ließ den Blick einmal mehr durchs Zimmer schweifen. »Es kommt nicht darauf an, wie viele Jahre man gelebt hat, Will. Wichtiger ist, *wie* man sein Leben verbrachte.« Er zögerte. »Jemand hat die Zeit mit einem Raubtier verglichen, das sich heimlich an seine Opfer heranschleicht. Nun, vielleicht ist die Zeit auch ein *Gefährte*, der uns begleitet, uns daran erinnert, alle Augenblicke unseres Lebens zu schätzen, weil sie sich nie wiederholen. Schließlich sind wir alle sterblich.«

Riker schwieg eine Zeitlang, und dann kehrte der schelmische Glanz in seine Augen zurück. »Das ist *Ihre* Ansicht. Was mich betrifft: Ich habe vor, ewig zu leben.«

Der Captain lächelte, als sie den Bereitschaftsraum verließen und gemeinsam auf die Brücke zurückkehrten. Ein Schatten huschte über Rikers Miene, als er den Kommandosessel sah.

»Ich habe immer gehofft, irgendwann einmal dort zu sitzen, und zwar nicht nur vorübergehend.«

»Vielleicht erfüllt sich Ihr Wunsch noch«, erwiderte Picard. »Ich bezweifle, daß dies das letzte Raumschiff namens *Enterprise* war.« Er sah sich noch einmal auf der Brücke um, prägte sich ihren Anblick fest ins Gedächtnis. Dann klopfte er auf seinen Insignienkommunikator.

»Picard an *Farragut*. Beamen Sie uns an Bord.«

Ein Transporterfeld summte. Jean-Luc straffte die Gestalt und beobachtete, wie sich die Vergangenheit auflöste.

HINTER DEN KULISSEN VON STAR TREK GENERATIONEN

Ein Bericht von
JUDITH und GARFIELD REEVES-STEVENS

Als Ronald D. Moore und Brannon Braga, die Autoren von STAR TREK GENERATIONEN, im Februar 1993 zu einer geheimnisvollen Besprechung in Rick Bermans Büro gebeten wurden, rechneten sie mit ihrer Kündigung.

Damals arbeiteten die beiden als Drehbuchautoren und Produzenten für die Fernsehserie STAR TREK – DIE NÄCHSTE GENERATION, bei der Rick Berman als ausführender Produzent fungierte. Moore schrieb seit seinem ersten Skriptverkauf (›The Bonding‹, Folge 52, 3. Season) für die Serie; Braga kam bei der 4. Season hinzu – sein Name erscheint zum erstenmal im Nachspann von ›Reunion‹ (Folge 80). In jenem Februar war

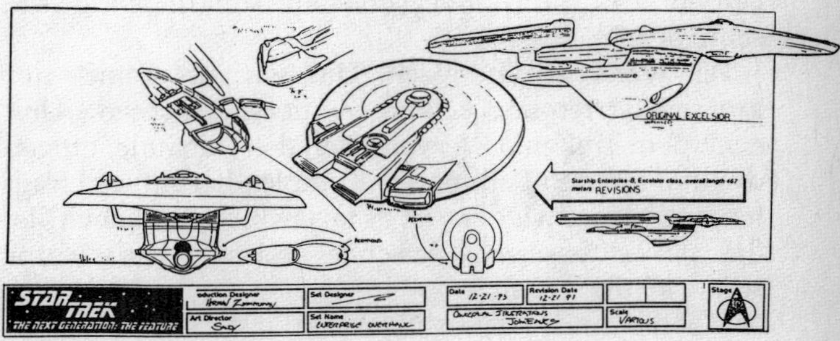

Vom Dezember 1993. Diese erste Ansicht der *Enterprise*-B zeigt einige Modifikationen, die am ursprünglichen *Excelsior*-Modell vorgenommen wurden, um es in ein moderneres Raumschiff zu verwandeln. Die Zeit entspricht etwa dem Jahr 2295. Man achte auf den damaligen und nicht sehr attraktiven Arbeitstitel des Films.

DIE NÄCHSTE GENERATION auf halbem Wege durch die 6. Season, und die meisten Beteiligten vermuteten, daß es sogar noch eine 8. Season für die Serie geben würde.

Ron Moore und Brannon Braga waren keineswegs sicher, daß sie auch weiterhin am Erfolg der Serie beteiligt sein würden. Moore sagt dazu: »Es gab einfach keinen Grund für eine Besprechung zu jenem Zeitpunkt. Rick Berman lädt nicht jemanden zu sich ein, um ein wenig zu ›plaudern‹. Deshalb befürchteten Brannon und ich, daß uns ein Rauswurf bevorstand, daß die Fernsehserie nicht weiter produziert werden sollte.«

Die Situation wurde nicht unproblematischer, als sie das Büro betreten. Moore lächelt und erinnert sich daran: »Rick spannt andere Leute gern auf die Folter. Wir setzten uns, und er war sehr ernst, wanderte auf und ab. ›Nun, Jungs‹, sagte er schließlich. ›Seit drei Monaten verhandle ich mit dem Studio ...‹ Daraufhin dachte ich: O mein Gott, wir sind gefeuert; das Studio nimmt die Serie aus dem Programm, und damit ist alles vorbei. Die Sache hört wirklich auf, hier und jetzt. Aber dann fuhr Rick fort. ›Ich produziere die nächsten beiden STAR TREK-Filme, und ihr sollt einen davon schreiben.‹

Wir waren so überrascht, daß wir ihn einfach nur groß anstarrten und keinen Ton hervorbrachten.« Und nach dem Treffen: »Wir verließen das Gebäude, gingen dreimal um den Paramount-Komplex herum und fragten uns immer wieder: ›Ist es tatsächlich geschehen? Ist das *wirklich* passiert?‹ Anschließend machten wir uns sofort an die Arbeit.«

Moores und Bragas Reaktion auf Rick Bermans Ankündigung war nicht nur dem Umstand zuzuschreiben, daß sie sich darüber freuten, ihren Job zu behalten. Sie empfanden es auch als aufregend, beim neuesten Projekt von DIE NÄCHSTE GENERATION mitzuwirken. Es erstaunte sie keineswegs, daß in diesem Zu-

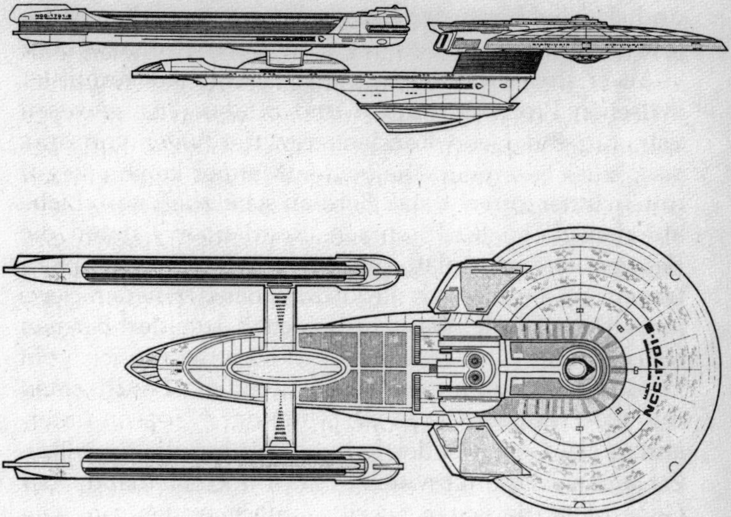

Vom Konzept des Künstlers zum Computerdiagramm. Diese Darstellung zeigt eine andere Ansicht der Modifikationen, die das *Excelsior*-Modell in die *Enterprise*-B verwandelten. Bill George entwarf die ursprüngliche *Excelsior,* und gebaut wurde sie von Industrial Light and Magic.

sammenhang ein Kinofilm geplant war – immerhin hatten die bisherigen STAR TREK-Filme große Erfolge erzielt. Außerdem: Im Lauf der letzten dreißig Jahre ist STAR TREK zu einem Phänomen geworden, das einen Umsatz von vielen *Milliarden* Dollar ermöglicht hat. Ein beträchtlicher Teil des jüngsten Erfolgs ist zweifellos Rick Bermans Verdienst.

Er kam 1984 zu Paramount, als ›Director of Current Programming‹, und er war dort für so erfolgreiche Programme wie *Cheers, Family Ties* und *Webster* zuständig. Im Mai 1986 wurde er zum Vizepräsidenten ›Long Form‹ – dieser Hollywood-Jargon bezieht sich auf Filme, die fürs Fernsehen produziert werden. In seiner neuen Rolle kümmerte er sich um ›besondere Dinge‹, und dazu gehörte das gerade bekannt gegebene Projekt der neuen STAR TREK-Serie DIE NÄCHSTE GENERATION.

Als er etwa zwei Wochen lang als eine Art Vermittler zwischen Produktionsteam und Studio tätig gewesen war, lud ihn Gene Roddenberry, der Vater von STAR TREK, zum Essen ein. Die beiden Männer kamen so gut miteinander zurecht, daß Berman scherzhaft von ›Liebe auf den ersten Blick‹ sprach. Roddenberry nahm die Begegnung zum Anlaß, am nächsten Tag Paramount zu fragen, ob Berman als Produzent bei der neuen Serie mitwirken konnte. Was dann geschah, schildert Berman so: »Während der ersten drei Monate wurde ich vom Produzenten zum aufsichtsführenden Produzenten und Co-Produzenten. In der Mitte der 1. Season unterstützte ich Gene bei der Leitung des ganzen Projekts.« Zu jenem Zeitpunkt wußte es zwar noch niemand, aber Gene hatte die ersten Schritte unternommen, um sein Werk einem Nachfolger zu übergeben.

In den Jahren nach Roddenberrys Tod wurde Berman zu mehr als nur einem Verwalter von Genes Vermächtnis. Er ist ausführender Produzent aller derzeitigen STAR TREK-Projekte fürs Fernsehen, Produzent des neuen STAR TREK-Films und Mit-Schöpfer der beiden neuen TV-Serien STAR TREK – DEEP SPACE NINE und STAR TREK – VOYAGER. Darüber hinaus liefert er auch Storys für DIE NÄCHSTE GENERATION.

Letztendlich war es unvermeidlich, daß ein Kinofilm gedreht wurde, der DIE NÄCHSTE GENERATION betrifft, und natürlich wandte sich Paramount an Rick Berman – immerhin gelang es ihm, ein bereits blühendes Geschäft noch erfolgreicher zu machen. In der Produktion des Films sah Paramount eine langfristig angelegte Verwaltung und Pflege jenes Schatzes, der auch als ›Kronjuwelen der Unterhaltungsabteilung‹ bezeichnet wird.

Paramounts Entwicklungs- und Produktionsstrategie, zu der auch STAR TREK GENERATIONEN gehört, begann nicht erst mit den drei Monate langen Verhandlungen zwischen Berman und dem Studio. Rick sagt dazu: »Brandon Tartikoff, der den Laden damals leitete, trat vor drei Jahren an mich heran und bat mich darum, alles für eine neue Fernsehserie in die Wege zu leiten – daraus wurde *Deep Space Nine*. Nun, DS9 und *Die nächste Generation* sollten sich für etwa anderthalb Jahre überlappen. Nach der 7. Season war das Ende der zweiten STAR TREK-Serie geplant, unter anderem auch deswegen, um einen Kinofilm zu ermöglichen. Ich glaube, diese Entscheidung geht auf Stanley Jaffe zurück, das Oberhaupt von Paramount Communications.«

Zur Entstehungsgeschichte des Films berichtet Berman: »Sherry Lansing, John Goldwyn und Don Grainger kamen gegen Weihnachten 1992 zu mir und baten mich, einen STAR TREK: DIE NÄCHSTE GENERATION-Film für sie zu produzieren. Nun, gute Drehbuchautoren gibt es nicht wie Sand am Meer, und daher beschloß ich folgendes: Es sollten zwei Skripte gleichzeitig geschrieben werden. Ich wollte mit zwei Autoren zusammenarbeiten und das bessere der beiden Drehbücher schließlich als Grundlage für den ersten Film benutzen. Das andere Skript sollte nicht etwa in der Versenkung verschwinden, sondern bearbeitet werden, um gegebenenfalls als Basis für einen zweiten Film zu dienen.«

Die Paramount-Direktoren waren von Bermans Plan begeistert – was dazu führte, daß Ron Moore und Brannon Braga die geheimnisvolle Einladung zu einer Besprechung in Ricks Büro bekamen. Berman wandte sich auch an jemand anders: an Maurice Hurley, einen guten Freund, mit dem er zwei Jahre lang bei *Die nächste Generation* zusammengearbeitet hatte.

Während der nächsten sieben Monate kümmerte sich Berman als ausführender Produzent um alle Produktionsaspekte von *Die nächste Generation* und *Deep*

Space Nine. Außerdem arbeitete er mit Moore, Braga und Hurley an zwei verschiedenen und für die Leinwand geeigneten *Die nächste Generation*-Drehbüchern.

»Auf meine Bitte hin gab es in beiden Skripten Verbindungen zwischen den Figuren der klassischen STAR TREK-Serie und von *Die nächste Generation*«, erklärt Berman. »Zuerst legten wir den Plot fest und reichten ihn beim Studio ein. Von dort bekamen wir viele Anregungen und Änderungsvorschläge, die wir in einem ersten Entwurf berücksichtigten. Nach einer Weile stellte sich heraus, daß sowohl das Studio als auch ich selbst dazu neigten, die Geschichte von Ron und Brannon vorzuziehen. Was keineswegs bedeutet, daß Maurys Skript nichts taugt. Es war nur weniger weit gediehen, als wir eine Entscheidung treffen mußten.« Berman fügt hinzu, daß Hurleys Story vielleicht für einen weiteren *Die nächste Generation*-Film verwendet wird. »Es ist ein gutes Skript«, betont er.

Doch vor der Entscheidung für das eine oder andere Drehbuch ging es um die Entwicklung von Plot und Storystruktur. Sieben Jahre lang hatte das Produktionsteam die Beschränkungen des Mediums Fernsehen berücksichtigen müssen, und Berman wußte natürlich, daß beim Kino andere Maßstäbe herrschen. »Wir dachten an eine Geschichte mit epischer Breite.«

Rick legte seine Vorstellungen bei den ersten Autorentreffen dar. »Ich wies darauf hin, daß ich mir eine Story vorstellte, die im dreiundzwanzigsten Jahrhundert beginnt und bis ins vierundzwanzigste reicht. Das später von Ron und Brannon vorgelegte Skript enthielt die gewünschten Elemente. Maurys Entwurf unterschied sich ein wenig davon, aber er integrierte Captain Kirk ebenfalls in die Geschichte. Abgesehen davon waren praktisch keine Grenzen gesetzt. Wir ignorierten einfach die Restriktionen, die man bei der Arbeit fürs Fernsehen als selbstverständlich hinnimmt.«

Ron Moore erinnert sich auch an die dramaturgische

Freiheit, die der neue Auftrag mit sich brachte. Bei dem ersten Treffen mit den am Projekt beteiligten Paramount-Repräsentanten hörten er und Braga: »›Schreibt einen guten Film, Jungs.‹ Diese Worte richteten sie an uns. So einfach war das. ›Ihr wißt, worum's geht. Wir kennen eure Arbeit und sind zufrieden damit. Wir wollen, daß diese Sache ein Erfolg wird. Liefert uns einen guten Film.‹ Mehr sagten sie nicht.«

Kurze Zeit später begannen die Besprechungen, bei denen es um die Entwicklung der Geschichte ging. Brannon Braga: »Einige Wochen lang bestand unsere Arbeit hauptsächlich darin, miteinander zu reden. Immerhin waren wir auch mit der Fernsehserie beschäftigt. Deshalb begnügten wir uns zunächst damit, Ideen zusammenzutragen. Wir hatten eine Menge Spaß dabei, alles zu planen und so.«

Moore beschreibt die Brainstorming-Phase folgendermaßen: »Wir sprachen über die Protagonisten der klassischen STAR TREK-Serie und überlegten, ob wir sie an unserem Film beteiligen sollten oder nicht. Wir fragten uns auch, ob sie in dem anderen Skript erschienen, das zur gleichen Zeit entstand. Nun, diese Vorstellung übte einen großen Reiz auf uns aus, und wir erwogen mehrere Möglichkeiten. Eine Zeitlang waren wir von einem imaginären Plakat fasziniert, das zwei Raumschiffe namens *Enterprise* zeigte, die gegeneinander kämpften. Wir hielten das für toll: Kirk gegen Picard! Aber uns fiel nichts ein, das plausibel genug sein mochte, um eine derartige Konfrontation zu rechtfertigen. Außerdem: Das Publikum hing an ihnen beiden. Ein derartiges Szenario brachte zu viele Probleme mit sich, und deshalb wandten wir uns schließlich davon ab. Schließlich kam Rick auf den Gedanken, es mit einem Geheimnis zu versuchen, das in Kirks Epoche begann und bis in die Zeit der *Nächsten Generation* reichte. Eine mysteriöse Sache, die zwei Generationen betraf. Auf dieser Grundlage suchten wir nach weiteren Ideen. Wie sollte die Story beschaffen sein? Unter welchen Umständen findet die Begegnung der beiden *Enterprise*-Kommandanten statt? Kommt Zeitreise dabei ins Spiel? Begibt sich Picard in die Vergangenheit? Oder macht Kirk einen Abstecher in die Zukunft? Oder sollte alles ganz anders erklärt werden?«

Berman, Moore und Braga entschieden sich letztendlich dagegen, die Protagonisten der beiden STAR TREK-Serien mit einer Zeitreise zusammenzuführen. Daraus ergaben sich natürlich neue Fragen. Man brauchte eine Art ›neutralen Boden‹, um das von den Fans ersehnte Treffen der beiden Generationen stattfinden zu lassen.

»So kamen wir auf den Nexus«, sagt Moore. »Dabei handelte es sich um einen Ort, den sowohl Kirk als auch Picard aufsuchen konnten, der sich weder in der Vergangenheit noch in der Zukunft befand.«

Eine Begegnung zwischen den beiden berühmten *Enterprise*-Kommandanten wird seit langer Zeit erwartet, aber ihr Ergebnis dürfte für viele eine Überraschung sein.

Dramatischer Höhepunkt von *Generationen* ist natürlich der heroische Tod von Captain Kirk – zweifellos eins der wichtigsten Ereignisse in der zweiunddreißigjährigen Geschichte des STAR TREK-Universums. Allerdings: Rick Berman erinnert sich daran, daß die Idee für Kirks Tod dem Autorenteam nicht zu einem bestimmten Zeitpunkt kam.

»Ich glaube, wir nahmen die Sache als gegeben hin«, schildert uns Berman. »Auf einer unterbewußten Ebene stand für uns fest: Wenn wir Kirk ins vierundzwanzigste Jahrhundert holen, so muß er sterben. Es stand fest, vom ersten Tag an. Drei Möglichkeiten standen uns zur Verfügung: Wir konnten Kirk in die Vergangenheit zurückschicken, nachdem er und Picard die Pläne des Wahnsinnigen vereitelt hatten. Oder er blieb in der Zeit von *Die nächste Generation*. Oder er starb.

Es erschien uns töricht, ihn lebend in Picards Zeit zu lassen. Und ihn zurückzuschicken... Das paßte nicht gut zu der Geschichte. Eine solche Rückkehr hätte einen früheren Tod bedeutet, und zwar den zu Anfang des Films gezeigten, wo Kirk scheinbar bei dem Versuch, die *Enterprise*-B zu retten, stirbt. Wir hielten es für angebracht, ihn am Ende des Films sterben zu lassen – obgleich man uns vermutlich Symbolismus vorwerfen wird. Daß Picard Kirk begräbt... Es ist *keine* Metapher dafür, daß *Die nächste Generation* die klassi-

Achtundzwanzig Jahre nach seinem ersten Auftritt als Captain James Tiberius Kirk kehrt William Shatner in die Paramount-Studios zurück, um die Rolle zum letztenmal zu spielen. Andererseits: Mr. Spock starb am Ende des dritten STAR TREK-Films, nur um später ... Nein. Unmöglich. So etwas kann sich nicht wiederholen, oder?

sche STAR TREK-Serie zu Grabe trägt. Darauf sei hier ganz deutlich hingewiesen: Es steckt keine Absicht dahinter. Nun, es dürfte interessant sein festzustellen, wie die Leute darauf reagieren und was sie dazu meinen.«

Brannon Braga glaubt, daß Kirks Tod bei den Zuschauern nicht auf Kritik stößt. »Die Szene fühlt sich einfach richtig an«, sagt er. »Damit findet ganz offiziell ein Wechsel statt, von der einen Generation zur anderen. Und das Bild eines James T. Kirk, der in Picards Armen stirbt und von ihm zu Grabe getragen wird ... Bestimmt geht es jedem STAR TREK-Fan zu Herzen.«

Die zweitgrößte Überraschung des Films bezeichnet Ron Moore als ›Sequenz des großen Staunens‹. Gemeint ist damit die spektakuläre Szene am Ende, als die Gefechtssektion der *Enterprise*-D zerstört wird und das Diskussegment in den Dschungel eines fremden Planeten stürzt – ein Aspekt des Plots, der älter ist als alle anderen.

»Diese Idee hatten wir ursprünglich für die letzte Folge der sechsten Season«, erklärt Moore. »Brannon, Jeri [Taylor] und ich schlugen es Rick und Mike [Piller] vor. In der Story ging es um eine *Enterprise*, die zur Erde zurückkehrte, um dort in eine Art *Queen Mary* verwandelt zu werden, in ein diplomatisches Showboat, das Passagiere durchs Sonnensystem kutschierte. Ihre eigentliche Mission sollte enden und die Crew auseinandergehen. Der Arbeitstitel jener Folge lautete: ›All Good Things.‹ [Diesen Titel bekam schließlich die letzte Folge von *Die nächste Generation*.]

Nun, auf dem Rückweg zur Erde kommt es zu einem Zwischenfall, der das Diskussegment vom Rumpf trennt und es auf einen Planeten stürzen läßt. Das sollte der Cliffhanger für die letzte Folge der Season sein: die abstürzende Diskussektion der *Enterprise*. Unglücklicherweise teilte uns die Produktion mit, daß wir eine solche Szene nicht mit dem Budget einer TV-Episode drehen konnten. Es mußte gespart werden,

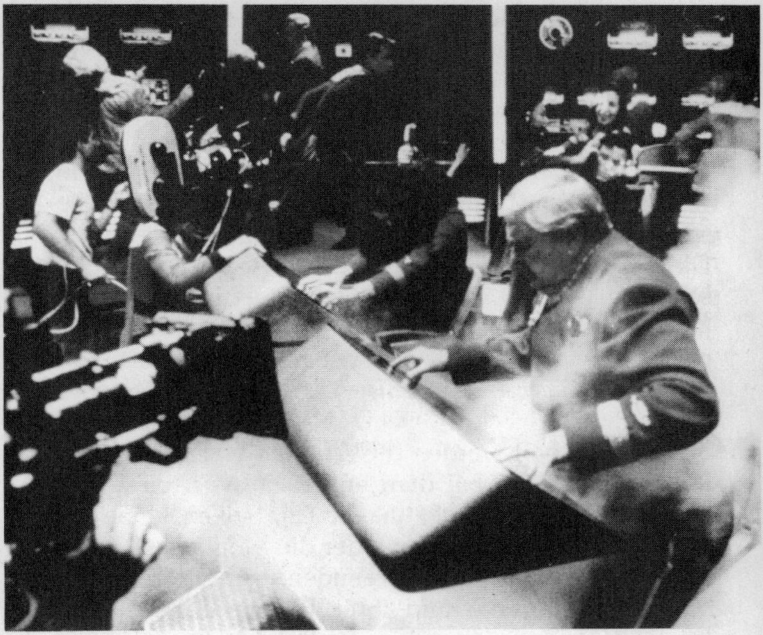

Im Kontrollraum der *Enterprise*-B. Scotty ringt mit den Kontrollen, während Kirk zum Raum mit den Deflektormodulen eilt. Dieses Foto zeigt einen der Vorteile des höheren Kinofilm-Budgets: *Zwei* Kamerateams sind zugegen und halten das Geschehen aus verschiedenen Perspektiven fest.

und dadurch bestand die Gefahr, daß die Trickaufnahmen als solche zu erkennen waren. ›Es würde euch bestimmt nicht gefallen‹, warnte man uns.«

Doch die *Idee* des abstürzenden Diskussegments blieb faszinierend. Für den Kinofilm *Generationen* stand zehnmal soviel Geld zur Verfügung wie für eine einzelne Fernsehfolge, und deshalb regten Moore und Braga an, jene Szene in die Geschichte zu integrieren. Berman erklärte sich einverstanden, und der Rest ist bereits Kinogeschichte.

Berman fragt sich, ob der Zuschauer etwas Symbolisches zu erkennen glaubt, wenn er sieht, wie Kirk von Picard zu Grabe getragen wird. Ähnliche Überlegungen stellt Brannon Braga in Hinsicht auf die allgemeine Struktur der Geschichte an, die er zusammen mit Ron Moore entwickelte. »Das Studio meinte einfach nur, wir sollten Spaß haben. Und wir haben versucht, diesen Rat zu beherzigen. Wir vergnügten uns damit, Dinge zu zerstören. Ich weiß nicht, wie ich es sonst beschreiben soll.« Lächelnd fügt er hinzu: »Seit sieben Jahren fliegt die *Enterprise* über den Fernsehschirm. Ich glaube, es wird Zeit für eine neue. Dadurch dürfte der zweite *Die nächste Generation*-Film noch interessanter werden.«

In Hollywood werden die Autoren traditionsgemäß aufgefordert, sich bei dem ersten Entwurf eines Manuskripts nicht zurückzuhalten. Sie sollen keine Gedanken an zu teure Szenen oder die Möglichkeiten der modernen Tricktechnik vergeuden, sich ganz auf die Story konzentrieren und ihrer Phantasie freien Lauf lassen. Wenn allerdings der Produktionsbeginn näher rückt und der zweite, dritte oder vierte Entwurf in Arbeit ist – dann müssen auch die praktischen Gesichtspunkte der Dreharbeiten berücksichtigt werden. STAR TREK GENERATIONEN bildete dabei keine Ausnahme. Rick Berman erinnert sich: Als das Skript zum erstenmal in Hinsicht auf die zu erwartenden Kosten geprüft wurde, stellte sich heraus, daß ein solcher Film achtzig Prozent mehr kosten würde als vorgesehen.

Als es darum ging, zu sparen und Szenen billiger zu gestalten, konnten Berman und seine Mitarbeiter zum Glück auf langjährige Fernseherfahrung zurückgreifen: Sie wissen, wie man mit wenig Geld eine möglichst große Wirkung erzielt.

Nicht ohne Stolz berichtet Berman: »Außer uns wäre vermutlich niemand imstande gewesen, ein solches Projekt durchzuziehen, ohne den Etat weit zu überziehen. Der Grund: unsere Erfahrungen mit dauernder Pfennigfuchserei. Heutzutage gibt es beim Fernsehen nur noch wenige Leute, die sich auf Action und Abenteuer spezialisiert haben. Wir wissen, wo gespart werden kann und wo nicht. Das versetzte uns in die Lage, einen Film zu drehen, der zehn Millionen Dollar teurer zu sein scheint, als er es in Wirklichkeit ist.«

Nicht alle Veränderungen des Manuskripts gingen auf Kostenerwägungen zurück. Sobald das Wort AUF-

An Bord der *Enterprise*-B. Captain Kirk befindet sich im Raum mit den Deflektormodulen, öffnet dort die Wandverkleidung und entdeckt ... ein Kamerateam. Wenn ein Darsteller aus dem *Innern* von Einrichtungsgegenständen und dergleichen gesehen wird, so spricht man aus offensichtlichen Gründen von einem ›refrigerator shot‹, einer ›Kühlschrank-Einstellung‹.

BLENDE geschrieben steht, muß für alle Beteiligten die Geschichte im Vordergrund stehen. Bei dem ersten *Die nächste Generation*-Film gibt es in diesem Zusammenhang wahrhaft einzigartige Elemente.

Brannon Braga erläutert: »Der Film muß auch für Leute interessant sein, die nie etwas von STAR TREK gehört haben. Deshalb legten wir die Handlung breit an und schufen einen aktionsbetonten Plot. Bei den Fernsehfolgen gibt es eine Menge Psychologie, und in dem Film ist der Plot stärker ausgeprägt als bei den TV-Episoden. Was nicht heißen soll, daß es ihm an Psychologie fehlt. Ganz im Gegenteil: Er enthält viele emotionale Höhepunkte. Aber wir benötigten auch einen pulsierenden roten Faden, eine gut organisierte und strukturierte Handlung. Wir brauchten mehr Action, mehr Humor.«

Ron Moore pflichtet dem bei. »Von Anfang an wußten wir, daß wir uns nicht im gleichen Maß wie bei der Fernsehserie auf einen allgemein bekannten Story-Hintergrund stützen konnten. Wir durften nicht auf den Plot von ›Descent‹ oder anderen TV-Episoden zurückgreifen und daran anknüpfen, in der Hoffnung, daß die Zuschauer sofort wissen, worum es geht – im Kino gibt es ein anderes Publikum, das die Fernsehfolgen vielleicht gar nicht kennt. Nun, andererseits wollten wir auch nicht erklären, was Raumschiffe sind oder so. Wir mußten einfach voraussetzen, daß STAR TREK als Begriff bekannt ist. Die Leute wissen, was es mit der *Enterprise* auf sich hat – auch wenn sie nie die TV-Serie gesehen haben. Man kann auch das Universum verstehen, in dem sich alles abspielt. Aber falls es doch jemanden gibt, der nicht Bescheid weiß ... Man füge hier und dort Hinweise darauf hinzu, daß Data Androide ist, Troi empathische Fähigkeiten hat, Geordi ein VISOR trägt und Worf zu den Klingonen gehört. Während des ganzen Films gibt es solche Informationen für die Zuschauer, die mit STAR TREK nicht vertraut sind.«

Es existiert ein weiterer wichtiger Unterschied zwischen der Story für eine Fernsehfolge und der Geschichte für einen Film. Beim Fernsehen müssen Protagonisten und allgemeine Situationen Woche für Woche gleich beschaffen sein. Bei einem Film sieht die Sache ganz anders aus.

»Zum Beispiel gaben wir Data Gefühle«, meint Braga und spricht damit eine weitere Überraschung des Films an. »So etwas wäre uns bei einer Fernsehfolge nie in den Sinn gekommen, denn damit hätten wir das Wesen des Androiden viel zu sehr modifiziert. Doch der Film gab uns die Möglichkeit zu einer so drastischen Veränderung, und wir nahmen sie wahr. Der nächste Kinofilm präsentiert vermutlich wieder einen anderen Data, aber dagegen gibt es kaum etwas einzuwenden – immerhin liegen die einzelnen Filme mindestens zwei Jahre auseinander.«

Die Entscheidung, Data Gefühle zu geben – mit Hilfe eines von seinem Schöpfer Noonien Soong konstruierten Emo-Chips –, fiel nicht leicht. Daraus ergab sich schließlich eine Szene, die zu einer Kontroverse führte. »Es ging um die Szene zum Schluß«, erklärt Braga. »Data findet seine Katze Spot, und dabei rinnt ihm eine Träne über die Wange.«

Ron Moore und Rick Berman hielten jene Szene für ergreifend. »Data sollte glauben, seine Empfindungen unter Kontrolle zu haben«, sagt Braga. »Doch dann erlebt er eins der Gefühle, die niemand erklären kann: Er weint, obgleich er sich freut. Er findet seine Katze und weiß gar nicht, wie ihm geschieht. ›Es freut mich sehr, daß Spot wohlauf ist‹, meint er. ›Aber gleichzeitig weine ich. Offenbar handelt es sich um eine Fehlfunktion des Emo-Chips.‹ Und Troi erwidert: ›Nein, Data. Der Chip funktioniert perfekt.‹«

Zur Kontroverse um diese Szene kam es, als der Darsteller Brent Spiner Bedenken anmeldete. Seiner Ansicht nach veränderte sich Data zu sehr, wenn er

Tränen vergoß; er glaubte, das sei zu schmalzig. Braga erwiderte, dieser Einwand hätte durchaus etwas für sich, aber »letztendlich vertraten wir die Auffassung, daß der Film durchaus ein wenig Schmalz vertragen konnte. Mal sehen, wie's beim Publikum ankommt.«

Wenn die Geschichte vorliegt, geht es darum, das geschriebene Wort in ein Bild zu verwandeln. Dieser Prozeß beginnt vor der Produktion, wenn der Regisseur eine Vorstellung von den einzelnen Szenen gewinnt. An dieser Stelle gesellt sich der Designer dem Team hinzu. Der für STAR TREK GENERATIONEN zuständige Spezialist hatte bereits erhebliche Erfahrung darin, der Zukunft visuelles Leben einzuhauchen. Er heißt Harry Zimmerman und nahm häufig an STAR TREK-Produktionen teil.

Zimmerman beschreibt den Designer für einen Film als jemanden, »der für alles verantwortlich ist, was man auf der Leinwand sieht – abgesehen von der Schauspielerei«. Um einer solchen Verantwortung gerecht zu werden, sind umfassende Kenntnisse erforderlich: Sie reichen von den richtigen Kameraobjektiven über visuelle Spezialeffekte und Garderobe bis hin zu Requisiten. Und alles wird aus dem Blickwinkel des Künstlers gesehen.

Zimmermans Arbeit für STAR TREK im Fernsehen begann, als Produzent Robert Justman ihn als Produktionsdesigner für die erste Season von *Die nächste Generation* ins Team holte. Später kehrte Zimmerman zur Kino-Arbeit zurück, wirkte unter anderem bei *Star Trek V* und *VI* mit. Heute kann man seine Kompetenz bei STAR TREK – DEEP SPACE NINE bewundern, einer in visueller Hinsicht außerordentlich eindrucksvollen Fernsehserie.

Da bei der Produktion von TV-Episoden alles sehr schnell gehen muß, beginnt Zimmerman schon dann mit der Arbeit an einer *Deep Space Nine*-Folge, wenn nur der erste Entwurf des Skripts zur Verfügung steht.

An diesen Kostümentwürfen für STAR TREK GENERATIONEN wird deutlich, welche Herausforderung es ist, glaubwürdige Szenerien für einen STAR TREK-Film zu schaffen. Die Sequenz auf dem Holo-Deck der *Enterprise*-D sorgte dafür, daß die Arbeit des Kostümdesigners Robert Blackman fünfhundert Jahre terranische Geschichte überspannte und auch noch Ausflüge in die Mode fremder Welten unternahm.

Bei *Generationen* genoß er den Luxus eines kompletten Drehbuchs. Es konfrontierte ihn mit zahlreichen sehr schwer zu gestaltenden Schauplätzen: von der *Enterprise*-B des dreiundzwanzigsten Jahrhunderts bis zu Bereichen der *Enterprise*-D, die noch nie zuvor gezeigt wurden; von den mystisch anmutenden Orten im Nexus zu Dschungel und Wüste von Veridian III. Jemand, der nicht über die Produktionsarbeiten bei einem Film Bescheid weiß, kann sich kaum vorstellen, auf welche Weise man eine derart komplexe Aufgabe wahrnimmt. Glücklicherweise ist Herman Zimmerman ein alter Hase.

Eine seiner ersten Maßnahmen bestand darin, die Fernseh-*Enterprise* aus *Die nächste Generation* zu modernisieren. »Kameraaufnahmen für einen Film erfordern einen wesentlich größeren Detailreichtum als bei TV-Episoden«, sagt Zimmerman. »Ich hoffe, die vorgenommenen Veränderungen geben dem Publikum das Gefühl, nichts anderes zu sehen, nur mehr. Der Zuschauer soll denken: ›So hat es die ganze Zeit über ausgesehen, aber davon haben wir nichts bemerkt, weil wir die Sache auf der Mattscheibe eines Fernsehers beobachteten und nicht auf der Leinwand.‹

Wir nahmen uns zum Beispiel die Decke der Brücke vor«, fährt Zimmerman fort und nennt nur einige der vielen von ihm hinzugefügten Details. »Bei meiner ersten Tätigkeit für STAR TREK – DIE NÄCHSTE GENERATION gab es einen recht knappen finanziellen Rahmen, der mich daran hinderte, die Decke meinen Wünschen entsprechend zu gestalten. Sie ist ein sehr interessanter Bestandteil der Brücke, doch im Fernsehen kommt sie nicht so zur Geltung, wie es eigentlich der Fall sein sollte. Ihre Balken bilden ein hübsches Muster, aber kaum ein Zuschauer merkt etwas davon. Beim Film nutzte ich die Chance, sie von siebeneinhalb Zentimetern auf knapp zwanzig zu verbreitern, und dadurch hat die Decke ein wesentlich besseres Erscheinungsbild.«

Zu den übrigen Veränderungen auf der Brücke sagt Zimmerman: »Wir hoben den Kommandobereich ein wenig an, indem wir eine Plattform darunter hinzufügten. Dadurch gewann er optisch an Bedeutung. Darüber hinaus kamen der Captain und die ihn flankierenden Offiziere Worf näher, der immer hinter ihnen an der Waffenkonsole stand. Somit wurde es leichter, die Interaktionen zwischen ihnen zu filmen.

Rechts und links vom gewölbten Geländer installierten wir neue Konsolen, um der Brückencrew weitere Personen hinzuzufügen. In dem Film gibt es einige sehr aufregende Szenen, die auf der Brücke spielen, während dort große Anspannung herrscht, und die Anwesenheit zusätzlicher Besatzungsmitglieder erhöht das Drama der Situation.«

Die Installation einiger neuer Konsolen war dem Studio schon einmal vorgeschlagen worden, als Kulissen-Änderung für die Fernsehserie. Aber solche Stationen bedeuteten auch, daß bei Brückenszenen dort jemand sitzen oder stehen mußte – zusätzliche Offiziere, die das Storypotential nur unwesentlich erweiterten. Das Studio lehnte die Erweiterung mit dem Hinweis darauf ab, damit seien zu hohe Kosten verbunden.

Die Modernisierung der bereits bestehenden Kulissen von *Die nächste Generation* für den Film weckte gemischte Gefühle, denn den neuen Kulissen war ein nur kurzes dramaturgisches Leben beschieden: Beim Absturz der *Enterprise* sollte alles auseinanderbrechen. Brannon Braga sagt dazu: »Es fühlte sich seltsam an, eine Umgebung zu sehen, die einen über Jahre hinweg bei der Arbeit begleitet hatte – und dabei zu wissen, daß sie bald nicht mehr existieren würde.« Auf die Frage, was er bei der Zerstörung jener Dinge empfunden hat, meinte Braga, es sei unglaublich und gleichzeitig sehr zufriedenstellend gewesen.

Nach Veränderungen der bereits bekannten Bereiche im Raumschiff *Enterprise*-D wandte sich Zimmerman den neuen Sektionen zu. »Der Sternkartenkammer kommt zentrale Bedeutung zu, denn: Wer nicht versteht, was sich dort zuträgt, dürfte später Schwierigkeiten haben, dem Handlungsverlauf zu folgen«, sagt Zimmerman. In jener Kammer finden Picard und Data heraus, was Soran plant; dort gelangen sie zu dem Schluß, daß sie den Wissenschaftler unbedingt daran hindern müssen, seinen Plan zu verwirklichen.

Wie die Drehbuchautoren und Produzenten mußte Zimmerman seine Ideen häufig noch einmal überdenken, um die finanziellen Ressourcen so einzusetzen, daß sie den größten Nutzen brachten. Doch aufgrund seiner langjährigen Erfahrungen mit Fernsehproduktionen war er daran gewöhnt, sparsam und zugleich sehr kreativ zu sein.

»Wir haben keine Szene gestrichen«, sagt Zimmerman. »Aber dann und wann entschieden wir, die Maßstäbe ein wenig zu reduzieren. Wenn das Drehbuch zum Beispiel einen dreißig Meter langen Korridor verlangte, so begnügten wir uns mit zehn oder fünfzehn Metern. Einerseits mußten wir die Kosten unter Kontrolle halten, und andererseits mußte eine möglichst gute visuelle Wirkung erzielt werden. Ich schätze, der Zwang zur Sparsamkeit hat dem Film letztendlich nicht geschadet.«

Nun, bei der Produktion muß man nicht nur aufs Geld achten, sondern auch auf die Zeit. Als die Arbeit begann, wurde der Faktor Zeit beim Design immer wichtiger.

Die Konstruktion der Kulissen kam zwar gut voran, aber es gab andere Probleme. »Als die Dreharbeiten begannen, standen sechs von sieben Orten für die Außenaufnahmen noch nicht fest. Zusammen mit dem Regisseur und jenem Mann, der für die Außenaufnahmen zuständig war, verbrachte ich praktisch jedes

Wochenende auf der Suche nach geeigneten Plätzen. Dauernd hielten wir Ausschau, bis zwei Wochen vor dem Drehtermin im ›Valley of Fire‹, der zum Schluß unseres Arbeitsplans gehörte. Nun, diese Unsicherheit war nicht nur ungewöhnlich, sondern auch sehr anstrengend und ermüdend. Wie dem auch sei: Der größte Teil der Arbeit fand natürlich im Studio statt, und darauf blieb unsere Suche ohne Einfluß.«

David Carson, Regisseur von STAR TREK GENERATIONEN (Unter seiner Regie entstanden auch die Pilotepisode von STAR TREK – DEEP SPACE NINE und seit der 3. Season viele Folgen von STAR TREK – DIE NÄCHSTE GENERATION.), war natürlich ebenso wie Zimmerman an einem guten visuellen Gewand des Films interessiert. Deshalb legte er großen Wert auf angemessene Orte für die Außenaufnahmen.

»STAR TREK-Filme sind nicht so sehr naturalistisch, eher episch«, sagt Carson. »Gelegentlich haben sie fast etwas Opernhaftes. Aus diesem Grund beschlossen wir, in ›Anamorphic‹ zu drehen, einem besonders breiten Format, das dem Publikum den richtigen Eindruck vermitteln soll. Wenn man einen STAR TREK-Film dreht, muß man neue Maßstäbe anlegen, um die Zuschauer so gut wie möglich zu unterhalten. Dann geht es darum, die seltsamste Wüste und den sonderbarsten Berg zu finden. Man baut kein Segelschiff im Studio, sondern dreht draußen auf dem Meer. Das alles ist sehr schwer, erst recht dann, wenn die Zeit immer mehr drängt.«

Als besonders schwer erwies es sich, einen geeigneten Ort für die Plateau-Szenen zu finden. Auch bei der Darstellung von Sorans Lager wollte Carson den epischen Aspekt gewahrt wissen. »Wir suchten nach einem außergewöhnlichen Berg, der dem Himmel nahe war und uns einen weiten Blick in alle Richtungen gewährte – ohne daß sich irgendwo Anzeichen von Zivilisation offenbarten.«

Außenaufnahmen bei Marina Del Rey. Regisseur David Carson spricht mit Patrick Stewart. Es geht um die Vorbereitung der Anfangsszene des Films, die auf dem Holo-Deck spielt. Kurze Zeit später werden die Offiziere zur Brücke der *Enterprise*-D gerufen, ohne eine Möglichkeit, sich vorher umzuziehen. Brent Spiner meint dazu folgendes: Als er im historischen Kostüm an der Operatorstation Platz nahm, kam er sich wie Liberace vor.

Als Carson, Zimmerman und der Verantwortliche für die Außenaufnahmen schließlich im Valley of Fire eintrafen, konnten sie sich nicht darauf beschränken, nach einem geeigneten Berg *Ausschau* zu halten. »Herman und ich kletterten zu elf Gipfeln empor«, sagt Carson. »Spät am Nachmittag gelangten wir in einen neuen Bereich, und dort begann eine weitere Kletter-

Sorans Lager auf Veridian III befand sich in Wirklichkeit im Valley of Fire, etwa anderthalb Autostunden von Las Vegas entfernt. Man beachte die Lastwagen in der Ferne. Vor Drehbeginn mußte die ganze Ausrüstung emporgeschleppt werden.

partie. Oben angekommen blickte ich mich um – und sah den Berg, für den wir uns schließlich entschieden. ›Wie wär's damit?‹ fragte ich meine Begleiter, und sie starrten mich so an, als hielten sie mich für verrückt. Herman und ich machten uns an den Aufstieg, und der Gipfel erwies sich als wundervoll. Er gewährte tatsächlich einen ungehinderten Blick in alle Richtungen, und nirgends ließen sich Anzeichen von Zivilisation erkennen – ein wunderschöner Ort.«

Doch Schönheit allein genügt nicht. Und es reichte

auch nicht aus, den richtigen Ort gefunden zu haben. Die Frage lautete nun: Wie sollte ein komplettes Aufnahmeteam mitsamt der Ausrüstung in die Wüste gebracht werden?

»Zuerst schien alles darauf hinzudeuten, daß auf jenem Gipfel nicht gedreht werden konnte«, fährt Carson fort. »Die Entfernung zur nächsten Straße war einfach zu groß. Als wir zu den Rangern zurückkehrten und ihnen mitteilten, daß wir auf dem Berg drehen wollten, erwiderten sie: ›Wir erlauben Ihnen nicht, mit Lastern und so die Wüste zu durchqueren.‹ Und selbst wenn wir bis zum Berg fahren konnten: Dann stand uns noch immer ein Aufstieg von etwa einem halben Kilometer bevor. Nun, wir kehrten mit einem Hubschrauber zurück, um uns die ganze Sache aus der Luft anzusehen, und dabei bemerkten wir einen alten Pfad, der halb am Hang des Berges emporführte. Von der Straße aus war er nicht zu sehen, wohl aber aus der Luft. Es muß ein sehr, sehr alter Weg sein, denn der größte Teil davon war längst verwittert und wieder eins geworden mit dem Gestein. Wir baten einen Ranger, uns zu begleiten, zeigten ihm den Pfad bei einem weiteren Flug. ›Oh‹, kommentierte er. ›Nun, wenn ein Weg existiert … meinetwegen.‹ Ja, so bekamen wir die Möglichkeit, auf dem Berg zu drehen.«

Ein weiterer wichtiger Ort des Films ist Kirks Blockhaus auf der Erde. Zimmerman meint dazu: »Es handelt sich deshalb um einen bedeutungsvollen Schauplatz, weil dort Kirk und Picard zum erstenmal einander gegenübertreten.« Er erinnert sich daran, wie schwer es war, einen geeigneten Ort zu finden. »Im Manuskript stand, die Blockhütte befände sich im Nordwesten der Vereinigten Staaten, im Kaskadengebirge, um ganz genau zu sein. Aber in einem Umkreis von zweihundertfünfzig Kilometern um Los Angeles gab es nichts, das wir als Kaskadengebirge präsentieren konnten. Schließlich entdeckten wir eine Hütte in

Bei Außenaufnahmen in der Nähe von Mount Whitney.
William Shatner und Patrick Stewart scherzen miteinander.

der Nähe von Mount Whitney – sie kommt dem, was im Drehbuch verlangt wird, ziemlich nahe. Nun, als wir sie fanden, blieben uns nur noch zwei Wochen bis zum entsprechenden Drehtermin.«

Die eben erwähnten zweihundertfünfzig Kilometer sind keine magische Hollywood-Distanz, sondern sehr wichtig in bezug auf die Kosten von Außenaufnahmen. Je weiter von Los Angeles entfernt sie stattfinden, desto mehr Geld muß für Reisezeit, Unterbringung und so weiter aufgewendet werden. Als die Suche nach geeigneten Drehorten begann, »waren etwa fünfzig Kilometer das Limit«, erzählt Zimmerman. »Als wir nichts fanden, erweiterten wir den Radius erst auf hundertfünfzig und dann auf zweihundertfünfzig. Daraufhin fanden wir alles Benötigte, bis auf das ›Valley of Fire‹ mit Sorans Startvorrichtung. Um einen Ort zu entdecken, der sich dafür eignete, mußten wir nach Las Vegas fliegen und von dort aus mehr als eine Stunde lang mit dem Wagen fahren.«

Nun, die meisten Schauplätze eines STAR TREK-Films findet man nicht einmal eine Milliarde Kilometer von Los Angeles entfernt. Raumschiffe, Forschungsstationen im All, der Dschungel eines fremden Planeten – so etwas existierte nur in der Phantasie des Drehbuchautors. Um solche Dinge zu filmen, braucht man die Hilfe ganz besonderer Leute – von Experten für visuelle Spezialeffekte.

Um die Tricktechnik von STAR TREK GENERATIONEN kümmerte sich ein Team, das bei vielen Branchenkennern als das beste weit und breit gilt: Industrial Light and Magic, eine Firma, die von George Lucas gegründet wurde und mit *Star Wars* zu Ehren kam. Seitdem hat sie die Kunst der Spezialeffekte kontinuierlich weiterentwickelt, was Filme wie *Terminator 2* und *Jurassic Park* beweisen.

Bei *Generationen* wurde die ILM-Gruppe schon vor der Produktion als Berater an der Entwicklung des

Projekts beteiligt. Bill George, bei ILM und *Generationen* Art Director für visuelle Effekte, weist darauf hin, daß der erste Schritt in einer direkten Begegnung besteht, die das Drehbuch betrifft. »Zu Anfang führte ich ein Gespräch mit dem Regisseur David Carson. Hier bei ILM haben wir eine sogenannte kreative Gruppe. Sie besteht aus dem für visuelle Effekte zuständigen Spezialisten und dem Art Director. Wir machten uns auf den Weg, gingen zu Dave Carson und Rick Berman, um einen Eindruck von ihren Vorstellungen in bezug auf das Projekt zu gewinnen. Anschließend kehrten wir zurück und begannen mit dem Design: Illustrationen, Skizzen, Szenenüberblicke und so. Diese Dinge legten wir später dem Regisseur vor; seine Reaktion veranlaßte uns zu Änderungen und Erweiterungen, mit denen wir später erneut an ihn herantraten. Und so weiter. Auf diese Weise kam die Entwicklung voran.«

Alex Siden – ein ILM-Mitarbeiter, der sich um die visuellen Effekte von *Generationen* kümmerte – erklärt den Vorgang mit Begriffen, die besser zu STAR TREK passen. »Wenn wir an einem solchen Film arbeiten, so müssen wir irgendwie zu einer kreativen Partnerschaft mit dem Produktionsteam finden. Es geht darum, eine Art Mentalverschmelzung herbeizuführen und festzustellen, wie die Ideen beschaffen sind, wie das Endprodukt aussehen soll.«

Nun, das Produktionsteam wollte die STAR TREK-Tradition fortsetzen und etwas auf die Leinwand bringen, was dort noch nie zuvor gezeigt worden war. Eine ganz besondere Rolle bei den Spezialeffekten spielte dabei der geheimnisvolle Nexus.

Im Drehbuch wird das Phänomen als ›langes Band aus flackernder Energie‹ beschrieben. Alex Siden meint dazu: »Der Nexus hat zentrale Bedeutung für den ganzen Film. Er steht im Mittelpunkt des Plots; letztendlich dreht sich alles um ihn. Daher wollten wir, daß er möglichst eindrucksvoll aussieht.« Schon ganz zu Anfang war klar: Um mit einem STAR TREK-Film etwas Neues auf die Leinwand zu bringen, mußte eine Technik verwendet werden, die man bisher bei STAR TREK noch nicht benutzt hatte: Computerdesign.

Computer-generated images (vom Computer erzeugte Bilder), CGI, sind auch Teil von früheren STAR TREK-Filmen, aber diesmal sollte weitaus mehr Gebrauch davon gemacht werden. Die besten bisherigen Beispiele für CGI-Bilder bei STAR TREK sind der ›Genesis-Effekt‹ in STAR TREK II: DER ZORN DES KHAN sowie die spektakuläre Explosion des klingonischen Mondes und die dadurch hervorgerufene energetische Druckwelle in STAR TREK VI: DAS UNENTDECKTE LAND. Allerdings: Die beiden genannten Sequenzen zeigten keine Objekte, die ›real‹ wirken sollten. Bei *Generationen* hingegen gibt es Szenen, in denen alle dargestellten Dinge vom Computer stammen, darunter auch die *Enterprise*-B und *Enterprise*-D.

Wenn es darum geht, ein durchs All fliegendes Raumschiff zu zeigen, so hat man bisher kleine Modelle gebaut und sie mit einer speziellen Aufnahmetechnik dem Film hinzugefügt. Computeranimationen sind komplexer und gleichzeitig einfacher. Seltsamerweise gibt es heute kaum mehr einen Kostenunterschied zwischen diesen beiden Methoden. Nun, bei STAR TREK standen bereits ausgezeichnete Modelle zur Verfügung, und deshalb neigte man dazu, auf sie zurückzugreifen.

Bei *Generationen* gab es jedoch Szenen, in denen Raumschiffe zusammen mit den energetischen Tentakeln des Nexus gezeigt wurden. Bei ILM gelangte man schon bald zu dem Schluß, daß sich nur mit CGI annehmbare visuelle Resultate erzielen ließen.

Bill George erklärt: »Der Grund für unsere Entscheidung, die *Enterprise*-B vom Computer darstellen zu lassen, waren jene Szenen, in denen sie dem Nexus begegnet. Jenes energetische Phänomen ist sehr unbeständig; ständig flackert es darin, und tentakelartige Auswüchse strecken sich dem Schiff entgegen. Wenn wir ein traditionelles Modell verwendet hätten, so wäre es zu Problemen mit dem Licht gekommen. Wir müßten bei den Aufnahmen die *Enterprise* von kleinen Scheinwerfern dort beleuchten lassen, wo später im Film Energieranken nach ihr tasten. In dieser Hinsicht bot der Computer bessere Möglichkeiten. Wir wiesen ihn einfach an, dort die Lichtintensität zu erhöhen, wo sich dem Schiff ein energetischer Tentakel näherte – es sollte gewissermaßen von dem Phänomen beleuchtet werden. Deshalb beschlossen wir, diese Szenen dem Computer zu überlassen: wegen der interaktiven Beleuchtung.«

Allerdings wird die *Enterprise*-B in *Generationen* nicht ausschließlich mit Hilfe von CGI gezeigt. Es handelt sich bei ihr um die Modifikation eines existierenden, mehr als zwei Meter langen Modells der *Excelsior*, die zum erstenmal in STAR TREK III: AUF DER SUCHE NACH MR. SPOCK auftauchte. Es wurden einige Details hinzugefügt, zum Beispiel zusätzliche Triebwerksmodule, und dadurch wird sofort klar, daß die *Enterprise*-B ein Raumschiff der *Excelsior*-Klasse ist. Damit wird ihr Erscheinungsbild den Modellen im Konferenzraum der *Enterprise*-D gerecht.

Wenn sich ILM die Mühe machte, ein CGI der *Enterprise*-B herzustellen – wieso wurde dann überhaupt noch ein traditionelles Modell benötigt? Bill George gibt die nicht ganz so offensichtliche Antwort: »Computergraphiken wirken um so besser, je weiter sie von der Kamera entfernt sind. Nehmen wir *Jurassic Park* als Beispiel: Die weit entfernten Dinosaurier sind leichter darzustellen als die nahen. Je näher das CGI-Bild, ob Saurier oder Raumschiff, der Kamera kommt, desto schwerer wird es, über ihren Computerursprung [unverkennbare Muster aufgrund der begrenzten Fähigkeit des Computers, Details zu schaffen] hinwegzutäuschen und dem Publikum Realität vorzugaukeln. Wir benutzten das Modell für Aufnahmen, bei denen die *Enterprise* der Kamera ganz nahe kommt. Solche Szenen sind mit tatsächlich vorhandenen Modellen – noch – leichter zu drehen als mit Hilfe von Computeranimationen.«

Bill George fügt hinzu, seiner Ansicht nach sei es nur eine Frage der Zeit, bis Computer und Software leistungsfähig genug geworden sind, um auch derartige Nahaufnahmen zu ermöglichen. »Aber selbst wenn wir eine Sequenz ganz im Computer gestalten – wir stellen trotzdem den Prototypen eines Modells her. Weil es etwas ganz anderes ist, etwas in die Hand nehmen und betrachten zu können.«

Übrigens: In gewisser Weise ist das Modell der *Enterprise*-B auch Bestandteil der CGI-*Enterprise*. Der wichtigste Vorteil eines physischen Modells besteht darin, daß es mehr Einzelheiten aufweist. Diesen Punkt nahm man bei ILM zum Anlaß, Fotos des Modells zu digitalisieren, diese Daten der graphischen Darstellung hinzuzufügen und so einen größeren Detailreichtum zu schaffen.

Die gleiche Technik wurde bei der CGI-Version der *Enterprise*-D eingesetzt. Man verwendete sie bei Szenen, in denen das Raumschiff weit von der Kamera entfernt ist oder den Warptransfer einleitet. Bill George meint dazu: »Wir beabsichtigten einen deutlich sichtbaren Dehneffekt. Damit haben wir es in der Vergangenheit mehrmals versucht, mit nur mäßigem Erfolg. Die Computeranimation ermöglicht es uns, das Schiff wie ein Gummiband zu dehnen, wenn es auf Warpgeschwindigkeit beschleunigt.«

Die Sequenz heißt ›Gummiband-Aufnahme‹ und gehört zum Vorspann der Fernsehserie *Die nächste Generation*. Zu ihrer Entstehung sagt Bill George: »Wir nannten das Verfahren ›slit-scan‹ – es nimmt viel Zeit in Anspruch und erfordert besondere Sorgfalt.« Leiser und in einem fast verschwörerischen Tonfall fügt er hinzu: »Es gibt einen ganz bestimmten Grund dafür, warum die *Enterprise* im Vorspann mit einem Blitz in den Warptransfer geht – an jener Stelle wechselten wir vom hundertachtzig Zentimeter langen Modell zum sechzig Zentimeter großen. Das kleinere Schiff benutzten wir für den Dehneffekt, das größere für den Vorbeiflug. Nun, die beiden Modelle stimmen nicht ganz überein – deshalb der Blitz. Er soll über die Unterschiede zwischen den beiden *Enterprise*-Versionen hinwegtäuschen.«

Doch nicht alle Trickaufnahmen für *Generationen* konnten im Studio stattfinden. Jene Szene, die das abstürzende Diskussegment zeigte, drehte ILM im Freien: auf dem eigenen Parkplatz.

Bill George beschreibt es folgendermaßen: »Wir bauten eine gut dreieinhalb Meter durchmessende Diskussektion, hoben sie mit einem Kran an und ließen sie dann herabfallen. Das Modell bestand aus Glasfaser und war daher recht widerstandsfähig – wir konnten es nach dem Aufprall zusammenflicken und noch einmal benutzen. Immerhin fiel es auf Erde und kleine Bäume herab; die Schäden hielten sich also in Grenzen. Nun, auf diese Weise konnten wir die Szene mehrmals drehen. Darüber hinaus nahmen wir den Vorgang mit zwei oder drei Kameras auf, woraus sich eine Menge Filmmaterial für den Schnitt ergab.«

Der ILM-Parkplatz diente auch als Drehort für eine Sequenz gegen Ende des Films. Bill George spricht in diesem Zusammenhang von einem der ›lustigsten‹ Tage während der Dreharbeiten. »Es ist ein Tag nach dem Absturz, und eine großangelegte Evakuierung findet statt. Viele Leute wandern auf dem Diskussegment umher. Für die Aufnahmen schickte uns Paramount zwanzig Kostüme, und ILM-Mitarbeiter zogen sie an, gingen zum Parkplatz und schritten dort auf

B'Etors und Lursas Crew entspannt sich bei einer Drehpause auf dem Paramount-Gelände. Zumindest *vermuten* wir, daß sich die Klingonen entspannen.

einem großen blauen Tuch umher. Anschließend fanden Einzeleinstellungen statt: Besatzungsmitglieder der *Enterprise* begaben sich an Bord von Shuttles und so. Ich selbst schlüpfte dabei ebenfalls in eine Statistenrolle; meine Uniform kennzeichnete mich als Angehörigen der wissenschaftlichen Abteilung.«

Das große blaue Tuch, auf dem Bill George und die anderen herumspazierten, diente dazu, bei jedem Einzelbild die Personen vom Hintergrund zu trennen. Später fügte man die Bilder einer Darstellung der Diskussektion hinzu, wodurch der Eindruck entstand, daß Hunderte von Besatzungsmitgliedern darauf standen.

Diese Blue-screen-Technik verwendete man auch bei der letzten Konfrontation zwischen Kirk, Picard und Soran. Dabei wurde die konkrete, physische Gestaltung des Drehorts zu einem integralen Bestandteil des fiktiven Geschehens. Gemeint ist die Szene, in der Picard versucht, den Start von Sorans solarer Sonde zu verhindern. Dabei kommt es zu einer unbeabsichtigten Aktivierung der Tarnvorrichtung – der Startapparat verschwindet, und Captain Picard steht plötzlich in leerer Luft. Um die Koordination der dafür notwendigen Aufnahmen kümmerte sich Herman Zimmerman.

Zimmerman erinnert sich: »Es war eine sehr schwierige Sache. Die Szene erforderte mehrere Einstellungen, die genau aufeinander abgestimmt werden mußten.

In diesem Fall kam noch hinzu, daß sich alles auf einem Berg abspielte. Requisiten, Kameras, Geräte und so weiter – diese Dinge mußten mehrere Kilometer weit vom Lager zum hohen Drehort geschleppt werden. Außerdem verlangte das Drehbuch von uns, eine große Plattform einfach so verschwinden zu lassen. Nun, zu diesem Zweck besannen wir uns auf einen alten Zaubertrick.«

Zimmerman senkt die Stimme, als schicke er sich an, ein Geheimnis zu verraten. »Kennen Sie den Trick mit dem zum Essen gedeckten Tisch? Es blitzt, und plötzlich ist der Tisch leer. Was geschah mit den Messern, Gabeln, Tellern, Gläsern und so weiter, fragt sich der Zuschauer. Die Erklärung lautet: Sie sind an einen Tisch geklebt, der sich um die eigene Achse drehen kann. Beim Blitz schwenkt er einfach herum, wodurch die Unterseite nach oben zeigt.

Diesen alten Trick liehen wir uns aus und montierten eine Startvorrichtung, die rotieren konnte und sich im Sockel verbergen ließ. Im Film ist davon natürlich

Als dieses Foto entstand, ließ William Shatner gerade sein Make-up in Ordnung bringen. Hier gewinnt man einen Eindruck davon, wie komplex die Dreharbeiten für einen Film sein können. Abgesehen von den beiden Schauspielern Shatner und Malcolm McDowell zeigt das Foto noch 36 weitere Personen – es sind sogar 37, wenn man den Fotografen mitzählt. Die gesamte Truppe bei den Außenaufnahmen bestand aus etwa 150 Personen, nicht mitgerechnet 30 Arbeiter für den Aufbau der Kulissen und die Fahrer. Ein solcher Aufwand war nötig für den Höhepunkt des Films: eine Szene, in der nur drei Personen erscheinen! Man beachte auch folgendes: Der Drehort befand sich in der Wüste außerhalb von Las Vegas, und die Aufnahmen fanden mitten im Sommer statt. Trotzdem brauchte man zusätzliches Licht, was die auf die Plattform montierten Scheinwerfer beweisen.

nichts zu sehen. Wie dem auch sei: Wir bekamen dadurch eine große Plattform, die in ihrem Innern genug Platz bot, um den Startapparat aufzunehmen. Ich habe die Zeit gemessen, die unsere Techniker brauchten, um die Vorrichtung verschwinden zu lassen. Beim erstenmal benötigten sie elf Minuten. Später schafften sie es in fünf oder sechs. Die Unterbrechung der Dreharbeiten mußte so kurz wie möglich sein – immerhin kostete uns jede Stunde ungefähr fünfzigtausend Dollar.«

Nach dem Abschluß der Außenaufnahmen filmte man Patrick Stewart vor einem blauen Hintergrund im Paramount-Studio, um sein Bild der Szene vom verschwundenen Startapparat hinzuzufügen.

Das Ende der Dreharbeiten bedeutet normalerweise, daß die Schauspieler ihr Werk vollbracht haben – es sei denn, man muß sich vor einem blauen Hintergrund filmen lassen oder Dialoge neu aufzeichnen. Vielleicht ist es auch nötig, die eine oder andere Einstellung noch einmal zu wiederholen. Wie dem auch sei: Für die Darsteller ist das Projekt im großen und ganzen beendet. Ganz anders sieht die Sache für ILM und alle anderen Leute aus, die an der Nachproduktion beteiligt sind. Für sie beginnt die eigentliche Arbeit erst. Bei Industrial Light and Magic erwartet man sogar, bis Oktober 1994 mit einzelnen Sequenzen von *Generationen* beschäftigt zu sein – und Mitte November soll der Film in den Kinos gezeigt werden.

Bill George weist darauf hin, daß ein so knapper Zeitplan keineswegs ungewöhnlich ist – erst recht dann nicht, wenn man dabei an einen anderen ILM-Film denkt. »Wir haben hier bei ILM an *Das Imperium schlägt zurück* gearbeitet, und zwar *nachdem* der Film in den Kinos lief. Ganz zum Schluß gibt es eine Szene, in der Luke und Leia in einem Hospitalschiff sind, während sich Lando und Chewie an Bord des *Millennium Falcon* befinden. George Lucas sah sich die Sequenz an und meinte, der jeweilige Aufenthaltsort der Personen sei nicht ganz klar. Er beschloß eine zusätzliche Aufnahme, die im Hospitalschiff beginnt und dann mit einem Kameraschwenk zum *Falcon* wechselt. An dieser Szene arbeiteten wir, obgleich der Film längst in den Kinos gezeigt worden war. Einige Wochen später wurde die alte Sequenz durch die neue ersetzt.«

Der Kinostart für *Generationen* rückte immer näher,

und niemand rechnete damit, daß die Zeit für die Fertigstellung des Films so knapp wurde wie bei *Das Imperium schlägt zurück*. Eigentlich war die Produktion des ersten *Die nächste Generation*-Films sogar erstaunlich problemlos, was sicher dem Umstand zu verdanken war, daß Rick Bermans Produktionsteam auf langjährige Fernseherfahrung zurückblicken konnte. Hinzu kamen echtes Engagement und der Wunsch, ein geliebtes Projekt auf ein neues Niveau zu heben.

Rick Berman denkt an seine leitende Rolle bei der Produktion von *Generationen* und sagt: »Wenn man vom Fernsehen zum Kino kommt, so stehen einem plötzlich Möglichkeiten offen, von denen man immer geträumt hat. Endlich kann man eine Geschichte erzählen, die nicht nach dreiundvierzig Minuten enden muß. Man kann alles breiter anlegen, mehr in die Tiefe gehen. Zum Beispiel braucht man nicht alles im Studio zu drehen. Man hat Gelegenheit zu weitaus komplexeren und daher auch eindrucksvolleren visuellen Sequenzen. Bei den einzelnen Szenen kann man hundert Extras verwenden und muß sich nicht mit den fünfzehn zufriedengeben, die einem das TV-Budget erlaubt. Man ist in der Lage, sorgfältiger und besser zu arbeiten.

Tief in seinem Herzen möchte jeder Fernsehregisseur zwei Skriptseiten pro Tag erledigen, doch die Umstände zwingen ihn, sieben zu schaffen. Wenn man jeden Tag nur zwei Seiten vor sich hat – und das ist bei einem Film der Fall –, so kann man sich mehr Zeit für die einzelnen Szenen nehmen. Dann arbeiten Kameramann und Regisseur zusammen, planen Einstellungen, sprechen mit den Schauspielern, gehen mit ihnen alles durch. Das Ergebnis einer derartigen Sorgfalt sieht besser aus und klingt besser.«

Die nächste Generation gehört zu den erfolgreichsten Fernsehserien überhaupt. Der Film *Generationen* soll nicht nur an den Erfolg der TV-Serie anknüpfen, sondern sie qualitätsmäßig noch übertreffen. Wenn man als Produzent anschließend mit seinen Bemühungen zufrieden ist, führt das zu einem seltsamen Resultat: Man kann Dinge genießen, die der Zuschauer im Kino als selbstverständlich hinnimmt.

Als Berman gefragt wird, ob es im Film einzelne Szenen gibt, die ihm besonders gefallen und auf die er stolz ist, lächelt er wehmütig und erwidert: »Ich habe *Generationen* viele Male gesehen. Manchmal nehme ich mir einzelne Sequenzen vor; bei anderen Gelegenheiten sehe ich den Film in einem Stück.« Das klingt sachlich und neutral, doch schon nach kurzer Zeit zeigt sich der Enthusiasmus für *Generationen.* »Ab und zu bin ich überrascht«, fährt er fort. »Zum Beispiel die Sternkartenkammer. Im Drehbuch ist die Szene sieben Seiten lang, und sie betrifft einen Raum mit nur zwei Personen. Wir befürchteten, daß alles sehr langweilig wird, aber das Gegenteil ist der Fall. Die Sequenz zeichnet sich durch ein großes dramatisches Element aus.

Oder die Sache mit Picard und Troi im Quartier des Captains. Eine sehr emotionale Szene, überaus wirkungsvoll.«

Bermans Begeisterung für den Film wird nun so stark, daß sie alles andere überlagert. »Der Absturz des Diskussegments ist natürlich die wichtigste Action-Sequenz. Aber für ebenso spannungsgeladen halte ich den Kampf gegen die Klingonen und schließlich die Zerstörung des imperialen Kreuzers. Und ganz zu Anfang: Kirk im Raum mit den Deflektormodulen, an Bord der *Enterprise*-B. Dauernd gibt es Überraschungen. Ich staune immer wieder darüber, daß manche Szenen noch viel wirkungsvoller sind, als ich dachte und hoffte. Andererseits: Seit inzwischen fünf Wochen ändern wir dauernd etwas, bringen die Szenen in eine neue Reihenfolge und so… Deshalb erwarten uns praktisch täglich neue Überraschungen.«

Die Sternkartenkammer an Bord der *Enterprise*-D. Hier wird Picard – und damit dem Publikum – schließlich klar, was Soran plant.

Wenn STAR TREK GENERATIONEN soviel Enthusiasmus in jemandem weckt, der seit fast zwei Jahren daran arbeitet und alle Einzelheiten kennt, mit jeder einzelnen Plotnuance vertraut ist... Dann stehen die Chancen gut, daß der Film auch den Zuschauern gefällt.

Es gibt einen guten Hinweis auf den (zu erwartenden) Erfolg eines Films: die Schnelligkeit, mit der das Studio beschließt, eine Fortsetzung zu drehen. Hollywood ist eine sehr konservative Stadt, wenn es darum geht, Geld auszugeben. Für gewöhnlich wollen die Direktoren erst sehen, wieviel der gerade fertiggestellte Film am ersten Wochenende einspielt, bevor sie darüber nachdenken, ein neues Projekt in Auftrag zu geben. Ganz anders lag der Fall bei *Die nächste Generation*. Schon *drei* Monate vor der geplanten Uraufführung von *Generationen* begannen Rick Berman und Paramount mit der Planung für den nächsten Film.

Rick Berman drückt es folgendermaßen aus: »Der Film [*Generationen*] hat überall ein gutes Echo; das Publikum freut sich auf ihn.«

Fast dreißig Jahre sind vergangen, seit Gene Roddenberrys Schöpfung zum erstenmal der Welt präsentiert wurde. Wir verdanken es Paramount, Rick Berman und allen an STAR TREK GENERATIONEN beteiligten Personen, daß sich Genes Zukunftsvision in guten Händen befindet. Ein Ende des Abenteuers ist nicht in Sicht.

DANKSAGUNG

Folgende Personen haben auf irgendeine (ihnen bekannte oder unbekannte) Weise dazu beigetragen, daß dieses Projekt nicht nur möglich, sondern sogar sehr angenehm wurde:

Mike und Denise Okuda
John Ordover
Amanda Conti
Renee Martinez
Suza Francina

Ich danke ihnen ebenso wie meinem geliebten Mann George.

HEYNE BÜCHER

DAVID WINGROVE

Die Chronik des Chung Kuo
Nach dem Untergang der westlichen Zivilisation der Aufstieg Chinas zur Weltherrschaft

Im 22. Jahrhundert ist die Welt der Hung Mao, der »Westmenschen«, vergangen. Das große Reich der Han, der Chinesen, ist wiedererstanden. Chung Kuo, das Reich der Mitte, umspannt die ganze Erde. Sieben gewaltige Städte, Hunderte von Ebenen hoch, überwölben die Kontinente, um die riesigen Bevölkerungsmassen zu beherbergen. Sieben T'ang, Kaiser von gottgleicher Macht, herrschen über sie.

Das Reich der Mitte
06/5251

Die Domäne
06/5252

Die Kunst des Krieges
06/5253

Schutt und Asche
06/5254

Wilhelm Heyne Verlag
München